U0500384

Chinese Network Art & Literature Criticism Series

中国网络文艺批评丛书

网络文艺批评理论与实践

范　周◎主　　编

王青亦◎执行主编

知识产权出版社

全国百佳图书出版单位

图书在版编目（CIP）数据

网络文艺批评理论与实践 / 范周主编 . —北京：知识产权出版社，2019.1
ISBN 978-7-5130-5924-4

Ⅰ . ①网… Ⅱ . ①范… Ⅲ . ①文艺评论—研究 Ⅳ . ① I0

中国版本图书馆 CIP 数据核字 (2018) 第 271485 号

内容提要

本书着重探讨、研究网络文艺批评的基础理论及实践。在基础理论研究方面，涉及网络文艺批评的基本概念、价值选择、生产机制及批评主体素质；在实践方面，涉及网络音乐、网络美术、艺术市场等。在致力于网络文艺批评基础理论研究的同时，亦把网络文艺批评纳入当代人文精神重建的重大时代命题之中，以期拓展网络文艺批评视野，以批评深度介入网络文艺现场，建构网络文艺批评体系。

责任编辑：李石华　　　　**责任印制**：孙婷婷

网络文艺批评理论与实践

WANGLUO WENYI PIPING LILUN YU SHIJIAN

范　周　主　　编

王青亦　执行主编

出版发行：知识产权出版社有限责任公司	网　　址：http：//www.ipph.cn
电　　话：010-82004826	http：//www.laichushu.com
社　　址：北京市海淀区气象路 50 号院	邮　　编：100081
责编电话：010-82000860 转 8072	责编邮箱：lishihua@cnipr.com
发行电话：010-82000860 转 8101	发行传真：010-82000893
印　　刷：北京中献拓方科技发展有限公司	经　　销：各大网上书店、新华书店及相关专业书店
开　　本：720mm × 1000mm　1/16	印　　张：13.5
版　　次：2019 年 1 月第 1 版	印　　次：2019 年 1 月第 1 次印刷
字　　数：180 千字	定　　价：45.00 元

ISBN 978-7-5130-5924-4

◎序言

随着互联网和信息技术的深入发展，党和政府对于网络文艺的关注和重视，网络文艺的发展呈现出新的特征。第一，网络文艺消费的规模不断扩大，网络已经成为人们文艺欣赏和消费的主要途径。根据2017年经济数据，我国的国内生产总值已经突破了80万亿元的大关，文化产业作为国民经济的支柱性产业的总额，已稳稳站在了4万亿元的上方。而在这4万亿元的体量中，2189.6亿元的网络游戏则直接占据了5%的份额，而以网络游戏、网络动漫、网络视听为主的网络文艺，更是以5000亿元左右的规模占据了我国整个文化产业当中高达13%左右的比例。第二，网络文艺与其他文化产业的融合发展迅速。以网络文学为例，一些广受好评的文艺作品如《微微一笑很倾城》《三生三世十里桃花》等，都成功地带动了出版、影视、动漫、游戏等相关产业的发展，引领了创作与产业融合、传统与当下融合的新模式。第三，网络文艺IP开发成为热点，粉丝经济助力IP全产业链开发。2017年网络文艺各领域的优质IP呈现爆发之势，从文学IP《微微一笑很倾城》、音乐IP《同桌的你》，到游戏IP《王者荣耀》、动漫IP《秦时明月》，优质IP保证了粉丝黏性，为IP在不同维度、不同产业的运作奠定了基础。第四，网络文艺促进了商业“生态圈”的构建。近日，腾讯音乐赴美递交招股书受到业界的广泛关注，作为一个“一站式”音乐娱乐平台，打破了国外在线音乐平台以“会员付费和数字专辑”为主的盈利模式，打通会员付费＋数字专辑＋直播打赏＋音乐社交的多维度的变现渠道，不断地重塑着音乐生态圈。

但是与网络文艺的繁荣发展相比，网络文艺批评的发展却相对薄弱，处于碎片和杂乱状态，缺少优质的批评，有质量的批评也没有得到广泛的认同，这些都导致了网络文艺作品泥沙俱下，缺乏优质和经典之作，甚至出现没有底线、弘扬错误价值观的低俗作品。究其原因，首先，我认为与互联网逐利、嘈杂、纷乱的环境有关。这是批评集体的功利性心态。比如，微博、微信等新媒体平台上的电影评论背后都有追逐经济利益的动机，大量网络水军甚至专业影评推手的存在对舆论和票房有着强大的影响，这值得我们警惕和反思。其次，信息爆炸，淹没了理性的声音。网络文艺批评主体的大众化导致批评的感性化，缺乏理性精神。大多数文艺批评者凭着自己的喜好任意地、片面地进行评判，使得文艺批评水平参差不齐、良莠不一。而网友随意的跟帖式批评也让理性的中肯批评意见淹没在众多感性认识之中。再次，缺乏良好的网络文艺批评环境。网络时代，批评变得更加简单，却也更加情绪化，缺少理性的讨论和批评，网络环境的嘈杂不再适合传统的批评。同时，批评者们大多充满戾气，这是整个社会浮躁的环境所致。这些乱象可能和网络出现的时间比较短还没有建立一个成熟的讨论环境和机制有关。批评需要一个客观和理性的环境，营造这样的环境并不容易。环境最终导致批评无法继续，这对网络文艺创作者和受众来说都会产生负面影响。文艺缺少客观的批评，缺少理念的争锋和交融，就难以形成共识，形成一个普遍的标准，对于文艺创作来说就无法提供更好的引导。

当然，网络文艺与传统文艺相比，具有许多新的特征，这就要求批评家、评论员们走出学术的“象牙塔”，深入了解互联网技术、互联网思维、互联网话语体系以及互联网用户，从而进行网络文艺批评。一要坚持文本上的技术美学和生活美学并重。许多著名文艺批评家在学术和理论上根基扎实，但是在面对网络文艺批评这一新兴问题时显得力不从心，文本也无法吸引人们的关注，最根本的原因是他们没有意识到网络文艺作品与传统文艺作品之间存在的差异。网络文艺相比于传统文艺具有技术美学和生活美学双重属性，因此在形成文艺批评的文本时要从这两个方面出发。二要关注叙事模式的变化，从学术理论到互联网话语的转变。现在针对网络文艺作品的批评还依然集中在各大纸质媒体上。一方面，由于传播渠道的问题，与互联网受众之间存在信息壁垒，所以停留在“自说自话”的阶段。另一方面，因为传统的文艺批评学理性较强，文字相对晦涩难懂，不符合“网生一代”的阅读习惯，这些都导致了网络文艺批评无法实现真正的大众化。可见，相比于传统的文艺批评，网络文艺批评的叙事模式发生了局部变异，这也要求网络批评家和评论员对这样的变化及其内在规律要有深刻的认知。三要关注受众的变化，全面走近“网生一代”。网络文艺批评的受众主要是广大的网民，因此要求批评家们全面走近互联网一族，了解他们的生存状况、消费习惯、消费心理以及信息传播和接收方式，尤其是要了解“90后”和“00后”这些“网生一代”，他们是目前和未来的网络文艺作品的主要受众和消费者。最后要注重专业网络文艺批评人才的培养。目前，我国网络文艺批评的人才队伍呈现“小、少、散、杂”的特点，没有能够培养和集聚一批专业的网络文艺批评专家，因此无法建立健全完善的相关话语体系和理论体系。一方面，主要是因为在人才队伍的锻造和培养方面没有给予足够的重视和支持。另一方面，我们不缺少文艺批评家，但缺少有互联网基因的文艺批评家。网络文艺与传统文艺存在较大差异，网络文艺批评需要借鉴传统批评理论但不照搬照抄。需要在对网络文艺现象进行深刻理解后，在传统文艺批评理论的基础上形成自己独特的理论体系。比如，传统的文艺批评的相关理论主要来源于哲学、美学、伦理学等领域。但是相比于传统文艺，网络文艺的题材和内容十分丰富，如近年来出现并引起广泛关注的玄幻、科幻、悬疑等文艺作品题材，单纯依靠原有的理论和思维方式无法产生优质的批评，这也要求网络文艺批评要根据现实情况形成自己的理论体系。

今天的文艺批评不缺少赞美的声音，缺少的是有价值、有针对性的高质量的批评。批评界说好话唱赞歌的人太多，而有责任、有担当的批评却少之又少。如果只有赞美没有挑剔，就谈不上真正的批评，批评就注定不能讨好。如果只做讨好的事，那批评就变成了一种广告，好的批评可以成为宣传的途径，但现在的批评却大多是为了宣传而批评，真正提出问题的批评寥寥可数。诚实和真诚是批评家在从事批评实践时所应当具备的基本素质，失去了这样的素质，就会颠倒是非黑白，失掉底线。

“文艺批评是文艺创作的一面镜子、一剂良药，是引导创作、多出精品、提高审美、引领风尚的重要力量。”习近平总书记这一深刻阐述和精辟论述有力地揭示了文艺批评所要承担的时代责任。网络文艺批评将迎来持续发展的浪潮，作为新时代的网络文艺评论家，应该既有传统的文艺批评理论基础，又有互联网的基因。既像一个活泼的网络原住民，敏锐捕捉兴起于网络的审美新风尚，又像一个严谨的理论学者，揭示网络文艺作品背后的问题和本质，从而为网络文艺的健康发展打开一片更广阔的空间。

是为序。

范周

中国传媒大学文化发展研究院院长

2018 年 11 月

◎目录

第一章　“后人文主义”的启示

中国艺术研究院　韩少玄

在正式进入对本文的正题——即是否可以把“后人文主义”的某些思想作为网络文艺、网络文艺批评的价值参照——的讨论之前，应该首先思索这样几个问题：何谓网络文艺？网络文艺的特点是什么？网络文艺与传统文艺的区别何在？网络文艺需要什么样的批评以及应该如何展开批评？如此等等。问题很多，这里不可能一一展开。

何谓网络文艺？

毋庸置疑，尽管究竟应该如何准确地定义网络文艺，研究者和网络文艺的关注者相互之间还存有大量的争议，甚至不同观点之间还存在着针锋相对、水火难容的现实情形，但是对于网络文艺这个概念本身却已经没有太多争议了。也就是说，至少在既定事实的意义上，网络文艺作为切实存在的文化现象和理论术语已经得到了大多数人的认可。而这种认可最大限度上保证了我们讨论一切关于网络文艺问题的合法性。不确切地说，所谓网络文艺，就是随着互联网技术的不断发展，进而不断改变着我们的生活方式、思维方式、审美方式和价值观念的选择与构建，一种依托于现代互联网技术、根源于互联网时代人类的审美需求的文艺形态、文艺创作方式应运而生，也就是我们这里所讨论的网络文艺。不过，这里需要申明的是，网络文艺绝对不是指存在于互联网时代、仅仅把互联网等现代信息技术作为传播手段的传统文艺样式，而是特指新近出现并且区别于传统文艺的在创作中体现着网络时代思维、审美、文化特征的一切文艺门类和作品。彭文祥、付李琢把网络文艺界定为："受网络技术、新媒体和社会变迁作用与影响而禀赋互联网艺术思维，并以新型艺术生产方式来表征时代生活、表达现代性体验和思想感情的审美艺术形式。其外延包括网络文学、网络剧、网络综艺、网络电影、网络音乐、网络动漫、网络游戏、网络演出等。其质的规定性有互联网艺术思维、新型艺术生产方式、审美艺术三个主要方面。"[①] 由此可见，只有真正具有"网感"的文艺作品才能够被称为网络文艺。"网感"是网络文艺研究中很重要的一个概念,但也是一个不太容易准确定义的概念。下面这段话虽然没有直接定义"网感"，却也概括了"网感"某些重要特征："'网生一代'的年轻受众追求个性化、娱乐化，不喜欢正襟危坐的训导；喜欢简单直接的表达方式，容易被张力强的内容所吸引；重视自我表达的话语权和社群化的认同感。这些总结，正是综艺节目希望借助'网感'能给予受众的观感体验。"[②]

在此基础上，进而可以讨论关于网络文艺批评的问题。是否可以说，网络文艺批评的工作就是把"网感"作为一种既定的评价标准（或者用

① 彭文祥，付李琢.何谓网络文艺?[N] 现代传播（中国传媒大学学报），2017（12）.

② 张琼子."网感"——"网生一代"观感呈现 [EB/OL].（2017-03-21）[2018-08-25]. https://wap.jzwcom.com/jzw/a3/16795.html.

另外的概念、思想)，去一一衡量出现在我们视野中的网络文艺作品呢？答案是否定的。因为，鉴于网络文艺作为一种新生事物，“未完成”是其最根本的存在状态，所以批评家的工作在这里应该有所调整。[①]具体而言，目前网络文艺所需要的批评不仅是判断、裁定，更是校正、扶持、规划与建构。在某种程度上，网络文艺的创作者和批评者需要采用更为融洽的合作关系，在不同角度上运用各自的方式共同促成网络文艺不断趋于完成(尽管不太可能有最终的完成，那种完成同时也意味着终结)。对于网络文艺来说，批评与理论建构是同步的，一切都还处于谋划、行进、探索和尝试的过程中，不可能有一个绝对适用的评价标准为批评者所掌握。面对网络文艺的未来，创作者和批评者怀有同样的期待，也怀有同样的困惑。介入网络文艺批评的时候，批评家不应该再是“局外人”，如果不能适时完成转换，那么网络文艺批评的有效性是值得怀疑的。

如上的讨论是本文展开的基础。

基于对网络文艺、网络文艺批评的认知，决定了在本文中被反复讨论的“后人文主义”仅仅只是被作为一个思索的起点，并且假设由此开始的对于网络文艺的讨论，终将有助于网络文艺自我形象的塑造、自我价值的构建。

---

① 胡一峰在《网络文艺评论重“网感”更要重“美感”》一文中谈到了对网络文艺批评家的期许：“……一个熟谙传统意义上的美学或艺术理论评论家，面对网络文艺大家族特别是其新生代成员时，理论手段和概念工具的缺失就会清晰地凸现出来。而随着人工智能、虚拟现实等技术的发达，可以预见，在不远的将来，文艺对感官的触动还将迎来一场全新的变革，一种前所未有因而也很难套用现成理论加以阐释的美感体验也将来临。这些都在呼唤一种新的美学，要求网络文艺评论不但要从个体和群体两个维度深入研究互联网对人的认知、心理、情绪以及真假、美丑、善恶等价值判断的影响，而且要探究这种影响发生的机制，在此基础上追踪美感在网络文艺语境下产生和变化的轨迹，进而阐明网络文艺重塑美感体验的内在机理。”

一、“后人文主义”的兴起及人文价值重建

20世纪末期，随着“后人类”①（posthuman）社会的临近，“后人文主义”②（posthumanism）随之开始成为频繁出现于学术话语和大众媒体的一个概念。

从“后人文主义”出现伊始，不但备受关注，同时对它的讨论和研究也在不断走向深入，最终使得“后人文主义”开始成为一个有能力横跨哲学、科学、政治学、经济学、社会学、人类学、医学、生态学、地理学、文学批评、电影研究、性别研究、文化研究等多种学科的极具阐述可能性也被认为是极具学术前景的学术话语③。当然，不可避免的这也是一个饱受争议的学术话语。

严格地讲，在西方学术界，“后人文主义”其实有两种尽管不乏含

---

① 近几十年来，随着信息技术、生命科学的不断深入和发展，诸如人工智能、基因工程等已经全面切入到人的现实社会生活以及人类自身的身体之中，最终导致人类的生存状态发生了根本性的改变，因此人类必须改变一种立场来关照自身，也必须要运用一些全新的概念和理论来描述自身、定义自身。所谓“后人类”，正是这样一个人类用于指代新的自我的概念。罗西－布拉伊多蒂如是说：“以普遍生命力为中心的平等主义，在我看来，是后人类中心主义的核心：它是对作为发达资本主义逻辑，即生命的机会主义跨物种商品化的一个唯物主义的、世俗的、负责的和非感性的回应。它也是社会与文化理论对另一个文化，即科学文化取得的巨大进步做出的肯定反应。”

② 对于“posthumanism”，港台学者比较倾向于译为“后人类主义”，国内学界有“后人文主义”“后人类主义”和“后人道主义”三种译法，并无一致意见。但是，从含义上看，无疑“后人文主义”的概念比“后人类主义”“后人道主义”更为宽泛、更适合作为学术话语出现于研究和讨论中，也更加方便继承和转化使用“人文主义”的学术积淀，所以本文把“posthumanism”译作“后人文主义”。

③ 伊凡·卡鲁斯和斯蒂芬·赫布雷什特的一段话，可以让我们对“后人文主义”特性有更进一步的了解：“后人文主义……可以看作一种创建跨学科概念平台的努力。在面临着根本与快速质问它对人类意味着什么，以及再度设想的人类命运可能是什么时，它将艺术、人文科学和自然科学的视角与研究汇聚在一起。相应地，它特别关注对人类与人文科学体制传统观念的技术、文化、社会与观念挑战。”

义的相关联性，但是也确实有着根本性区别的用法，一种可以被称为“工具性后人文主义”（instrumental posthumanism），而另一种则应该被称为“批判性后人文主义”（critical posthumanism）。之所以在学术讨论和媒体传播过程中对“后人文主义”的理解总是会有一些不必要的分歧，其缘由大概正是因为没有能够清晰地区分开这两种不同的“后人文主义”。简要解释一下，两者的区别是，“工具性后人文主义”肯定了人类自身被现代信息技术、生命技术所改变的事实并为此而欢欣鼓舞；相反，“批判性后人文主义”对“后人类”社会的到来表现出某种程度的疑虑。

廓清种种概念和定义上的差异无疑有助于对“后人文主义”的理解和运用。不难理解，“后人文主义”的出现，最直接的原因是表示对“人文主义”的种种不满以及反抗。也就是说，曾经积极促进了人类文明不断前行的“人文主义”，或许此时已经成为人类文明发展进步的绊脚石。事实正是如此。我们知道，“人文主义”之所以能够有能力把人类从中世纪神权的约束中解救出来，是因为理性的存在。从这个时候开始，理性取代了神性，成了新的人类形象的表征。应该承认，理性的到来，让人类史无前例地认识了自己同时也前所未有地深入发掘了蕴藏在自身内部的能力、个性和诸多思想行为的可能性，从而使得人类在近几百年的时间里总是充满着自信。但是，也正是因为人的理性，从19世纪末以来却越来越表现出一种把人类逼上生存绝境的趋势和倾向。更悲观一点说，生存的困境乃至绝境已经在我们的周围悄悄蔓延开来。比如世界范围内的两次惨绝人寰的屠杀、生态环境的不断恶化、人的价值世界和精神寄托的虚无化等。稍稍回溯一下就可以发现，理性正是这一切的始作俑者。为了能够生存下去，反思、批判“人文主义”是不可避免的，而“后人文主义”则应运而生。

1976年，文化理论家伊哈布·哈桑[①]（Ihab Hassan）在威斯康星大学的演讲中说：

目前，“后人文主义”可能看上去是个含糊的新词，是时髦的标语，是不断复现的人类自我憎恨的另一个形象。但是，后人文主义也暗示着我们文化中的某种潜力，某种挣扎着逃脱沦为时尚的趋势……人类的形态——包括人类的欲望以及所有的外部表征——可能都在发生着剧烈的变化，因此必须要重新构想。500年的人文主义传统可能走到了尽头，人文主义蜕变成了一种我们不得不称为后人文主义的东西。

哈桑的这段话指明，“人文主义”终将被“后人文主义”代替的结局是无可挽回的。因此，我们就有理由把“后人文主义”纳入到我们的学术视野加以观照。不过，需要进一步指出的是，在哈桑的这几句话里，还隐含着另外一层意思。“人类的形态——包括人类的欲望以及所有的外部表征——可能都在发生着剧烈的变化，因此必须要重新构想”，哈桑的这句话是非常关键的。由此我们可以看出，“后人文主义”虽然在某种程度上说是作为“人文主义”的批判者甚至是颠覆者而存在的，但是“后人文主义”绝对不能够被理解成“反人文主义”。“后人文主义”之所以不同于“反人文主义”，一方面表现在“后人文主义”不仅致力于批判和瓦解“人文主义”，同时还致力于在“人文主义”坍塌的地基上有新的建树，也就是哈桑所说的“重新构建”，但是我们也知道，“反

---

① 伊哈布·哈桑，著名的文学评论家，被誉为“后现代主义之父”。1925年10月17日出生于开罗，2015年在美国威斯康星州密尔沃基（Milwaukee）辞世，享年89岁。大学毕业后去美国深造，先学工，后改学文学。此后在卫斯理大学执教十余年，从1970年开始转到威大密尔沃基校区，从普通教师做到顶尖级的教授，直到1999年退休。在半个多世纪的教学与研究生涯中，他发表了十几本著作，300多篇论文，还创作了小说，他曾两次获古根海姆研究基金、三次获富布赖特高级讲座资助，还获得美国国家人文基金资助，以及多个著名大学荣誉学位，在世界各地大学讲学，80年代应我国美国文学研究会之邀在山东大学等地讲过学。代表作有《后现代转向》《当代美国文学》《奥尔菲斯的解体》等。

人文主义”并没有如此的宏愿；另外，“后人文主义”所蕴含的建构性也就决定了，对“人文主义”的传统，它也绝对不会全盘否定、全然舍弃；相反，它会用批判的方式化“人文主义” 的某些部分为己所用。也就是说，“后人文主义”其实也就是“人文主义”面对基因工程、人工智能等现代高科技影响下的现实生活的自我反思、自我重构。尽管这种反思和重构里多少会有一点酸楚。不可忽视的一点是，在“后人文主义”的“重新构建”和 网络文艺的自我构建之间是否会有某种关联？而这种关联恰恰是本文希望能够把握的。当然，到目前为止，这一切还只是假设。

二、回归：“后人文主义”的价值倾向

诚然，“后人文主义”与网络文艺之间究竟有什么样的关系，或者说两者之间究竟有没有关系，还都是值得进一步讨论的问题。但是这并不意味着不能做出这样的假设，即“后人文主义”完全有可能成为网络文艺的价值参照，尽管这一假设的正当性和可能性在后文注定还要加以必要的论证。

在论证这一问题之前，首先有必要阐述的是，“后人文主义”作为一种学术话语有着什么样的价值内涵。如果缺乏这一论述的基础，那么也就很难进入到对“后人文主义”与网络文艺之间关系的讨论。已经可以确信，“后人文主义”不意味着对“人文主义”的全盘否定，事实上，如果真的是那样的话也完全没有必要提出“后人文主义”这样一个概念。顾名思义，“后人文主义”总还是与“人文主义”有着千丝万缕的联系。后人类理论的领军人物、美国莱斯大学教授卡里·伍尔夫（Cary

Wolfe）不仅肯定了“后人文主义”与“人文主义”之间积极友善的关联，同时也曾经试图界定“后人文主义”的价值内涵，他曾说过这样一段话：

> “后人文主义”并不是对人文主义的拒绝，也未否定人文主义的价值，而是在新的历史条件下使得面临挑战的诸如正义、宽容、公平、高尚、人权等的人文主义价值，再度熔铸成为人类特性的内在组成部分，由此来探究人文科学的谱系。①

于此，卡里·伍尔夫至少肯定了讨论“后人文主义”的价值内涵的可行性，他为我们的工作提供了便利。需要辨别的是，难道“后人文主义”在价值层面仅仅只是延续了“人文主义”的固有命题、所不同的只是这些命题面对着的历史条件？似乎事实并非如此。

下面讨论的几个关键词在某种程度上呈现着“后人文主义”在价值层面具有代表性的取向。

（1）生态。如果说物理学曾经作为自然科学的主要代表，为人文学科输入了大量到目前依然还在运用着的思维范式和思想观念，那么到了20世纪末期，生物学、生命科学以其独到的魅力取代了曾经一度辉煌的物理学。从这个时候开始，人文学科不再满足于从物理学等纯粹抽象的、逻辑的自然科学中吸取、借鉴，而是以无比的热情关注着一切与生命自身有关的学科，于是“生态主义”随之成为一个越来越具有某种公共性、普适性的学术热点。不仅如此，在人文学、生态学的深度对话中，诸如生态人类学、生态史学、生态哲学，后来又产生了生态美学、生态媒体和生态电影、生态语言学、生态诗学、生态评论、生态符号学、政

---

① 刘悦笛．后人类境遇的中国儒家应战——走向“儒家后人文主义”的启示[J]．探索与争鸣，2017（6）．

治生态学等一系列带有跨学科性质的研究领域随之涌现，并且也无一例外地成了这个时代的显学[①]。人文学科之所以会如此看重生态学，其深层的原因无非是生态学可以保证我们能够从一个崭新的视角看待生命、看待世界、看到我们自身以及与我们自身相关的一切事物。在现代主义、人文主义的语境中，人以及人生存其中的这个世界无疑是清晰可知的，只要通过一定方式获取到并掌握某些原理、定律，那么所有这一切不仅是可知的，同时又是可以操控的。但生态学很快否定了这一点。生态学告诉我们，无论是人还是这个世界，其复杂性、神秘性都远远超过我们的认知，我们其实对这个世界知之甚少，更加让我们难以接受的是我们其实对自己也没有太多的了解。所以，生态学首先告诉我们面对这一切要学会心怀敬畏。在敬畏中感受、领会人类自我以及世界万物的奥秘，当我们的认知因此而有所扩展的时候，我们的思维、我们的行为随之有所调整。可以说，“生态主义”是“后人文主义”最不可或缺的有机构成部分，因为“生态主义”不仅使得“后人文主义”获取了独特性，同

① 综合这些人文学科、生态学相结合出现的新的研究领域，可以统称为“生态人文科学”。“生态人文科学”这个概念并非臆造，一般认为，生态人文科学始于1980年卡罗琳·默钱特出版《自然之死：妇女、生态与科学革命》。在罗宾·埃克斯利看来，该书将生态学引入人文科学。该书通过表明标题自然之死并非对自然的万物有灵论和有机论理解，而且接受了服务于资本主义的机械论观念。这种观念将自然看作死的，通过外力带动的。然而，生态人文科学的真正成长始于20世纪90年代末期。这与批判的、激起争论的后现代主义的消亡过程同时，而且与日益关注聚集在不同种类转型之下的趋势同时：后人文主义的、关联的、空间的、后世俗的；物质性转型（返归事物）、中介转型、情感转型、非人类转型、物种转型等。最明确的是，后殖民研究、动物与植物研究推动了生态后人文科学。伦理学、对长时段的关注，以及系统理论（格里高利·贝特森、翁贝托·马图拉纳、弗朗西斯科·巴雷拉）启发了生态后人文科学的研究兴趣。系统理论基于生物学和不断渗透的人文科学，以及复合理论与认知科学。

时也塑造了其人文价值形象[①]。

（2）传统。“后人文主义”并不否认“向前看”，只是认为在“向前看”的同时也有必要“向后看”，而“向后看”曾经是让现代主义者、人文主义者颇为反感的。不过，让现代主义者、人文主义者意想不到的是，他们会为他们不恰当的反感付出如此高昂的代价。前车之鉴是必须要汲取的。所以我们不难看到，“后人文主义”开始对人类的过去以及人类过去所做的一切、所想的一切满怀敬意。在这里，传统这个词不会再与落后、腐朽、没落、守旧等很多负面性较强的判断联系在一起。在经过重新的审视之后，传统被赋予了智慧、创造、源流、归宿等更为积极的含义，这在现代主义者、人文主义者看来简直是不可思议的事情。当现代主义者、人文主义者坚持“向前看”时候，他们其实内在地坚信，在探究的尽头，会有他们所期待的一切美好等待着他们。但不幸的是，人类的智慧终于发现并承认，在我们的前面，除了我们无法掌控的虚空之外，其实真的一无所有。而这广袤虚空的沉重是我们人之为人很难肩负起来的。更为致命的是，这虚空的宿命我们没有理由躲避。或许，回归传统是唯一的选择。也只有传统，才先天具备在虚空中立足的坚韧和力度。基于对传统的回望，“后人文主义”在价值观层面上多了一重历史的沧桑与厚重。我们其实应该追问的是，除了历史的沧桑、厚重，传统还能给我们带来什么？当然不只是所谓的经验和教训。确切地来讲，

---

① “当今人文科学是建立整体论的、包容的、整合的和互补的知识过程的参与者。这种知识将人文科学与自然科学结合起来，将本土认知方式纳入其框架中。而且最极端的观念是，人类并非这种知识的唯一作者。因此，生态人文科学选择作为首选的研究视角和框架，是世界观的选择。这种世界观的选择与从工业社会到生态社会的转型相联系。这也是一种教育观念，旨在教育任何对生态学与其他存在形式敏感的人。”“当代人文科学路向何方？回答是：趋向地方的、实在论的理想状态。这个发展方向的诸多表现包括，生态人文科学日益受欢迎，提出以人类共同体和非人类互相依赖为基础的共生关联观念。”

传统为我们的生命构建了一个境域，经由传统，我们能够得到人之为人、世界之为世界的全部规定性。回望，不一定意味着退守。的确，“后人文主义”对传统会有新的期许，但“后人文主义”也不会以任何方式胶着于传统的某个角度、某个片段。

（3）生活。很难说，是不是只有人类才会有探问真实的冲动与尝试。但就目前所见，确实只有人类这个群体不满足于本然的存在状态，不断尝试询问着、构建着具有恒定而可信的“真实性”。人类文化中的这种“真实性”因素概括地讲主要有以下两种表现。一种是彼岸世界。在很长一段时间里，人类对自身生存的短暂和不稳定满怀忧虑，而他们对外在于自己的整个世界的神秘和强大知之甚少，在他们看来，有一种比人的力量更为强大、更接近永恒的世界存在着。这时的人类设想，如果有办法接近这个世界、得到这个世界的力量，那么就相应地把握住了真实。于是，一个有神的世界诞生于人类的文明实践中；另一种是理性的、逻辑的世界。当人类开始对自身以及外在的世界有了更多的了解和认知之后，至少有一部分人不再相信会有那样一个曾经让自己无比狂热虔信的神圣世界，相比之下，对理性力量的肯定转而让追寻真实存在感的人类对理想的世界有了新的认知、新的期待。通过理性的审问、逻辑的推演，一个不同于带有神性的彼岸世界的新的世界观诞生了，在这个世界里，人们似乎拥有了真实的目标、真实的方法、真实的路径等；再等到人类对彼岸世界、理性世界都不再信任的时候，能够表示信任的似乎只有一个感性的世界了。带着对重新发现人的感性的无限欣喜，通过艺术，人类再次给自己创造了一个似乎绝对可信的纯粹的美的世界。但不幸的是，人类对于真实的渴望同时破灭于这三重世界。除了对真实的渴望不用怀疑，似乎其他一切都是虚幻不实的。其实，在构建这三重世界的时候，人类同时忽视了一个最为真实可信的因素，即人的生命不断展开着的、由人的思和行共同组成的现实生活世界。遗憾的是，在漫长的人类文明历史中，最不为人类所信任的恰恰就是我们的生活。“诗和远方”固然值得追求，但不应该忘记的是，“诗和远方”总有一个起始的点和回归的点，这个点就是生活。而生活也正是“后人文主义”开始的地方。

虽然不能说生态、传统、生活这几个关键词就全然昭示了“后人文主义”的全部价值内涵，但至少也表征着“后人文主义”某些重要的价值倾向。由此不难看出，“后人文主义”的价值思想中明显体现着一种“回归”的趋向，更准确地说，应该是一种“回归真实”的趋向。因为，在“后人文主义”这里“真实”被赋予了全新的价值内涵。

三、去中心化：“后人文主义”与网络文艺的共通性

到目前为止，“后人文主义”和网络文艺还是两条互不相交的平行线。虽然值得庆幸的是，对于这两条平行线各自的运行轨迹已经有了比较清晰的认识和把握，但也不可否认，对于这里的研究工作而言，前面所做的一切都尚属准备性工作。为了完成前文所提出的论题，接下来应要做的是，探测到“后人文主义”和网络文艺两者最可能交叉的点在哪里。

这个交叉点应该就是“去中心化”[①]。

① “去中心化”本来是一个出现并应用于网络信息技术的概念，而非文化的、美学的概念，但是由于这个概念在当下社会越来越得到更多人的重视，其应用也越来越不限于技术层面，所以本文对于“去中心化”这一概念的使用，着重凸显的是其文化的、美学的含义。关于“去中心化”的本来含义，可参读如下两段论述：“‘去中心化’是一种现象或结构，其只能出现在拥有众多用户或众多节点的系统中，每个用户都可连接并影响其他节点。通俗地讲，就是每个人都是中心，每个人都可以连接并影响其他节点，这种扁平化、开源化、平等化的现象或结构称之为‘去中心化’。”“同时‘去中心化’是区块链的典型特征之一，其使用分布式储存与算力，整个网络节点的权利与义务相同，系统中数据本质为全网节点共同维护，从而区块链不再依靠于中央处理节点，实现数据的分布式存储、记录与更新。而每个区块链都遵循统一规则，该规则基于密码算法而不是信用证书，且数据更新过程都需用户批准，由此奠定区块链不需要中介与信任机构背书。”

下面分别来探讨一下“后人文主义”和网络文艺之于“去中心化”的关系。

“后人文主义”最初是以“人文主义”的批判者和反思者的姿态出现的。而“后人文主义”之所以会对“人文主义”有所不满，其关键也就在于现代性的“人文主义”在其价值思想体系里存在着根深蒂固的“中心化”倾向，并且这种带有“中心化”倾向的价值思想体系在“后人文主义”看来，在人类文明发展的过程中越来越表现出其负面的影响和作用。所谓“中心化”，是指自人类进入文明的“轴心时代”以来，坚持把与人类生存相关的这个世界人为地划分成现象和本质两个层面，进而认为一切事物都有其固定不变的本质、事物的本质对事物的存在具有决定性的作用。于是，人类的一切思维和实践都要围绕事物的本质展开，事物的本质也就不可避免地成为“中心”，从而导致人类文明不期然出现了一种“中心化”的论调。这一点在近代推崇逻辑理性的“人文主义”中有着最为充分的表现。但是需要进一步追问的是，人类文明中的这种“中心化”倾向是否是客观存在的，抑或只是人类理性的主观设想？也就是说，每一事物是否真的具有带有根本决定性、永恒不变的本质？再进一步可以追问，除了本质，事物的其他构成因素是否如“中心论”者认为的那样是可有可无的、必然居于从属地位，如果答案是确定的，那么做出这一判定的理论根据是什么？面对“后人文主义”的层层驳问，事实上，“人文主义”很难做出有效的辩护。因为，尤其在近代以来的人类文明中，推崇本质论、“中心论”的种种弊病展现无遗，甚至可以说当下人类所遭遇的一切灾难性问题无一不是由本质论、“中心论”造成的。正是由于确切地认识到了这一点，“后人文主义”才把批驳“人文主义”的本质论、“中心论”作为首要的工作，这从“后人文主义”的价值倾向中不难看到。比如，“生态学”的引入就意味着“后人文主义”开始尝试用一种更为全面也更为符合实际的视角看待一切事物，不再固执地追问事物的本质，转而开始关注事物的状态、趋向和可能性。

与“后人文主义”相比，网络文艺的“去中心化”特征更为明显。众所周知，一切文学、艺术形式都源于人类原初的生活，彼时的文学艺术与人类的生活紧密联系，也可以说，在那个时候文学艺术本来就是生活的有机构成部分。但自文学艺术从生活中分离出来被定义为“文学艺术”之后，其性质也随之发生了根本的转变。这种转变表现在，人类开始对文学艺术有了更多的期许，通过文学艺术创作、欣赏，人类开始越来越注重文学艺术中深层次的思想内涵，于是文学艺术也就不得不被赋予了认知、教育、教化等特有的功能。也就是从这个时候开始，出现了文艺与非文艺、高级的文艺与通俗的文艺之别。对于文学艺术的发展而言，独立身份的确实当然是不可低估的进步，但也不能不同时看到，独立与生活的文艺也开始慢慢变异。因为人类很快就发现，文艺其实是一个非常适用的工具，通过文艺可以完成很多用其他手段和方式都很难达至的目的，或者通过使用文艺这样一种工具会比使用其他方式和手段更容易取得理想的效果。以宗教为例，宗教比较及时地发现了文艺的这种独特的功能，并且较早地、几近完美地利用了文艺可以负载、传递思想和价值的这种独特的功能，于是我们不难理解，一部人类文明史、艺术史为什么会有那么多的宗教题材的作品出现。事实也证明，通过这种方式极为有力地促进了各大宗教教义的传播，同时也让更多的信仰者更便捷、更直观地理解教义、接受教化、坚定信念。文艺的工具性利用价值得到了淋漓尽致的发挥，但文艺的存在价值却并不应该仅限于此。把文艺作为工具，文艺本身似乎也就不重要了，重要的是文艺所负载的那些思想、价值，在很长一段时间里，文艺的存在都保持着这种存在状态，即便有过试图改变这一点的努力也收效甚微。网络文艺的出现是一个转折点，由于网络信息技术自身固有的“去中心化”特征，使得依托于网络技术发展起来的网络文艺同时具备了“去中心化”的特征。如果说在网络文艺刚刚出现的时候这种特征还是无意识的，那么随着网络文艺作品的大量涌现、创作者与受众的相互交流和影响，使得“去中心化”开始慢慢成为网络文艺的一个特有的属性。或许，之所以网络文艺能够在短时间内就有如此巨大的创作群体和接受群体，同网络文艺的“去中心化”特征不无关联。“去中心化”的网络文艺展现出来的是一种有别于“工具性”文艺的更为自由的文艺创作形式，创作者不再刻意追求在作品中体现某种思想和价值，接受者也不用再刻意从文艺作品中挖掘思想与价值，文艺作品的传播和接受也不再受时间和地域局限，文艺的“工具论”至此得以瓦解。文艺的这种自由曾经一度被压抑，现在借助网络信息技术得以抒发、得以表达，那么也就不难理解，网络文艺为什么会后来居上、影响广泛而巨大。

探讨还可以进一步深入。

“后人文主义”、网络文艺都着意于“去中心化”，通过以上讨论，对这一点已有较为清晰的了解。接下来还应该问一个问题，所谓“去中心化”，在“后人文主义”、网络文艺这里是否有确切所指？如果确有所指，那么指向的又是哪些内容？略述如下。

（1）人类中心主义。以人类自我为中心的文化传统、文明形态并非由来已久，在此之前，自然、神灵等都在人类文明中长久地占据着中心位置。由此也就不难推断，以人类为中心的文化、文明极有可能只是人类文明发展史上的一个阶段，而不是终极形态。“后人文主义”反对人类中心主义，所以会把人类放在一个生命存在的整体结构、场域中加以考察。人类与这个世界上的其他构成部分享有同样的平等，绝不再是把人类尊为万物的灵长、世界的主宰者和立法者，因为“后人文主义”

者清楚地认识到，人类本不应该如此僭越，人类应该有人类应有的位置，不可盲目自卑也不可无限度地自信。人类中心主义无非只是人类在某一阶段狂热时的错觉，事实绝非此；网络文艺反对人类中心主义，借助人类自身的想象以及网络信息技术等现代科技营构了一个又一个奇异的世界。在那样的世界里，人类被还原成极寻常的生命体，与其他存在物休戚与共，不再是一味地占有、索取。由此言之，网络文艺其实就是未来人类世界的寓言。

（2）理性中心主义。理性造就了人类中心主义，同时也造就了理性中心主义。不可否认，人是有理性的，而且理性在人类自身的成长过程中曾经起到了不可磨灭的极其重要的作用。而且在人类的未来，理性的重要性也依然不可小觑。但是，如果说人类的文化应该绝对以人的理性为核心，那也是不符合事实的。“后人文主义”反对理性中心主义，但并不对理性本身做全盘否定，在给予理性合适位置的同时，也把同样重要的位置留给了人类自身本有的情感、意念、信仰等；在反对理性中心主义这一点上，网络文艺的态度比“后人文主义”要决绝得多，并且就目前所能见到的网络文艺作品的题材、手法等而言，理性的存在已经被稀释到极为稀薄的程度。当然，这也有些矫枉过正的嫌疑了。应该知道，理性在近代以来的人类社会中具有不可比拟的重要性，如果没有理性，人类绝不可能完成在近代的蜕变，而且也不可能会有“后人文主义”、网络文艺所反对的一切。在某种程度上也可以说，“去中心化”的最直接的对象就是理性。

（3）西方中心主义。西方中心主义只不过是一个人为虚构的神话，可悲的是，这个神话让太多的人都信以为真。首先是虚构西方中心主义的西方人自己相信了，然后，有很多非西方的西方中心主义的追随者也都相信了。有这样一个浅显的道理，一个谎言，如果大多数人都不认为是谎言，那么这个谎言很可能会被当作真理供奉起来。西方至上、西方为尊就是这样一个被当作真理的谎言。近代以来，人类话语中的所谓进步、文明、创新等，其实都是以西方为参照体系的，与其同步就会得到肯定、不同步便会遭到否定，以西方为中心成了一个历史时期的既定文化事实。“后人文主义”之所以会再三强调传统，其实最根本的用意就是通过强调不同民族、不同国家、不同地域文化传统的重要性，打破西方中心主义的虚构神话；网络文艺是没有中心的，也不会相信、不会盲从某一“中心”事物，这当然是源于网络信息技术的散点链接的存在特性。网络文艺注定面对的是整个世界，没有地域、国别之分，根据不同兴趣和偏好，自然会有很多不同的集聚性人群出现，但其组织是松散的，根本不可能会有中心。否定了中心，自然也就否定了西方中心主义。

（4）艺术中心主义。艺术和美，哪一个更重要？艺术和生活，哪一个更重要？艺术中心论自然肯定前者。事实上，面对这一问题，相信大多数人都会做出这样的选择。但是，很可能大多数人都错了。如果艺术比美更重要，那岂不意味着艺术所能展现的一切都是值得肯定的？但是，艺术中也会有丑、恶、怪，难道也要一并接受？再者，如果艺术比生活更重要，那么人类的生存也注定会越来越难以继续，因为生活永远不可能如同艺术那样纯粹、完美，现实生活中的种种艰难、不幸、困苦等往往会给理想主义者、完美主义者带来致命的伤害。“后人文主义”不相信艺术比美更重要、网络文艺不相信艺术比生活更重要，相信美的生活，也相信生活的美，这样，艺术退出人类文化的中心位置，把位置留给生活、留给美。

四、价值深度的匮乏：基于“后人文主义”对当下网络文艺现状的反思与批评

把“后人文主义”作为网络文艺批评的价值参照体系的构想经由如上论述，基本能够确定是可行的。

推论的过程大概是这样的：当下人类社会普遍面临着生存的危机，导致这些危机出现的原因，社会各界也基本上达成普遍共识，一般都认定是追求现代性的“人文主义”造成的这一切。“后人文主义”首先作为“人文主义”的批判者出现，致力于超越“人文主义”，希望通过创造一个新的文明价值体系，化解人类社会中的种种危机。也就是说，“后人文主义”代表着未来一个历史时期人类文明的发展趋向。而网络文艺作为一种依托网络信息技术新近出现的文艺形式，其存在价值从数量巨大的接受者群体这一点上有着充分的体现，因此也有理由推断，在未来一段时间里，网络文艺也很可能是最受欢迎、最具发展潜力的文艺创作形式。并且网络文艺还体现着网络信息技术现代科技文明的思维方式、价值追求等，从另外一个方面体现着对“人文主义”的批评、对未来人类社会文明的深切关注。那么，从这一点上看，“后人文主义”和网络文艺是具备沟通、交流可能性的，因为两者具有同样的现实使命，也有着同样的价值追求，这种共同性是两者对话的基础。

需要再次申明的是，把“后人文主义”作为网络文艺批评的价值参照，绝对不是把“后人文主义”作为衡量网络文艺的绝对标准对网络文艺提出各种指责。这需要解释一下，把“后人文主义”和网络文艺放在一起讨论，目的只有一个，就是共同面对人类社会所出现的种种危及人类生存的难题、探讨根源、索解答案，如果能够在此基础上提出一整套

新的文明价值体系，那么两者的使命也就完成了。这是在讨论“后人文主义”和网络文艺的过程中必须要把握住的一个基本原则。另外，顺便也可以说到，“后人文主义”和网络文艺之间是一种互动式的对话、交流关系，通过对话交流，对两者都会带来积极的发展因子。对“后人文主义”来说，网络文艺是一个不可多得的能够体现并校正其价值追求的实践者，经由网络文艺，“后人文主义”的价值关怀不再停留于抽象的思维层面，而是融贯在具体的文艺作品中，加之网络文艺与现实生活的密切联系，也就同时建立了与现实生活的联系。更为关键的是，网络文艺为“后人文主义”的价值主张提供了很好的过滤器，借此，“后人文主义”得以及时自我纠正、调整；对网络文艺来说，“后人文主义”并不能给予完全适用的价值规定（当然也不需要），但作为一种新文明价值趋向的体现者，“后人文主义”却完全有能力赋予网络文艺某些不可或缺的价值内涵，从而避免网络文艺长时间停留在浅层次的感官刺激层面。

或许在这里会有一个误解，由于“后人文主义”、网络文艺都对“人文主义”有所批评，而“人文主义”是一种有着价值深度的文化思想模式，那么是不是因此而说明了“后人文主义”、网络文艺对价值深度是排斥的、拒绝的？当然不是这样。确切地说，“后人文主义”、网络文艺批驳的只是“人文主义”所表征的现代性的价值深度，而不是反对一切有深度的价值，也反对一切事物都因为拒绝深度价值而趋于扁平化。也就是说，质疑“人文主义”的价值深度与质疑价值深度本身终究是完全不同的两件事情。“后人文主义”、网络文艺当然不会是反对事物的价值深度，两者所注重的只是有别于“人文主义”所推重的以中心论为核心的另外一种深度模式。

当然，这只是从理想层面所做的讨论。

事实上，价值深度的匮乏使得网络文艺在蓬勃发展的同时，业已透露出某些先天不足的症状。甚至也可以说，正是由于这一原因，最终有可能导致网络文艺遭遇发展的瓶颈。因此，使得这里对“后人文主义”与网络文艺相关联的讨论无形中带有紧迫感和沉重感。从网络文艺的立场上看，最尴尬境地莫过于在颠覆了“人文主义”的价值体系之后，毫无准备地深陷虚无的泥沼，如果真的是那样，也就意味着网络文艺的存在是岌岌可危的。这绝不是危言耸听。幸好，还有“后人文主义”作为依凭。

那么，是哪些原因造成网络文艺价值深度的匮乏？有何表现？

再进一步问，我们期待“后人文主义”面对网络文艺价值深度的匮乏有何作为？

网络文艺深度价值的匮乏主要表现是：过度娱乐化、过度同质化、过度扁平化等。

娱乐化是一切文艺形式的共性，这是无可厚非的。但是，文艺却不是仅仅具有娱乐的功能，除了前文说到过的教化功能，还有美育功能、审美功能等。我们知道，由于网络文艺是一种源于互联网、源于互联网草根民众的自发文艺形式，先天地具有大众文化、民间艺术的某些特征，娱乐化即是一种典型的表现。为了满足草根网民的文艺审美需求，网络文艺的很多作品往往无暇顾及审美品位、价值深度，很快，娱乐化就变成了过度娱乐化。对草根网民做过多的指责也是不合适的，我们知道，随着社会的飞速发展，大多数人都颇为艰辛地生存着，在属于他们的为数不多的自由支配时间里，他们有理由参与或者消费一些娱乐项目和作品，借此化解他们在现实生活中所承受的各种压力以及长时间聚集起来的压抑。当然，但这也绝不意味着过度娱乐化是合理的。

所谓同质化，是指在很多网络作品中存在着大量相类似的主题、情节、人物、结构等，甚至包括语言的表达方式、叙述的艺术技巧都没有太多的区别。这种情况的出现，难道仅仅是创作者的懒惰吗？不是没有这种可能。但是，这不应该是唯一的原因，更不应该是最重要的原因，同质化现象的出现，还有一种可能是对于受众和市场的迎合。这很容易理解，当某一作品风行之后，总会出现一些效仿者，目的各有不同，总的来说效仿认可度较高的作品相对也就容易获得认可。因此，在网络文艺作品中，面对很多作品都会有似曾相识的感觉。除此之外，更深入地思考一下就不难发现，同质化作品的出现，最根本的原因还是出在创作者身上。如果说创作者对社会人生能有独到的理解、对文艺创作能有个性化的领悟，那么同质化的作品自然不会大量涌现。其实，同质化现象是“后人文主义”极力反对的，无论是讲求生态还是主张回归传统、回归生活，无不说明“后人文主义”对每一个体的独立性、独特性都无比重视。与之相反，“人文主义”、工业文明恰恰是“同质化”的有力推手。而且，这里所说的“同质化”在社会各个层面都有所表现。吊诡的是，网络文艺本来是最有可能突破“同质化”也最注重个性自由的，不期然走向自我设定的反面。

网络文艺作品的扁平化问题与过度娱乐化有部分的重合之处。重合的部分不再赘述，这里只谈谈导致网络文艺作品扁平化现象出现的关键因素。所谓扁平化，其实是价值深度模式匮乏的另外一种表达形式。顾名思义，如果一件作品除了能够通过形式元素表现出来并为受众直接感知的内容外，再不能给观赏者提供任何其他更高、更深层面的内容，并且也很难从中寻觅到进一步阐释的空间，那么这样的作品注定是扁平的。当然，这样的作品很可能拥有极其华丽迷人的外表、极其细腻委婉的情致等，但是这些外在层面的内容根本没有可能替代优秀的文艺作品、经典的文艺作品深层次的内容。网络文艺作品的扁平化根据个案来分析的话会有各种不同的表现，但在这里并不适合进行这样的分析。当代网络文艺如果希望尽快彻底地摆脱扁平化问题的纠缠，只能从“后人文主义”那里寻求帮助。只有这样，才有可能既能充盈价值空白之处，又可以避免“人文主义”企图以本质抵制空虚的无奈。前面已经说到过，“后人文主义”并非拒绝价值深度，只是其价值深度模式有别于“人文主义”而已。而这种价值深度正是网络文艺所需要的，至于如何才能够在具体的创作中实现，那就应该是创作者特别需要留意的事情了。

问题很多，无须一一列举。

已经再三申辩，“后人文主义”不应该被视为金科玉律式的评判标准，但是这也不妨碍将其视为一种理想、一种努力前驱的方向。如果一定要追问“后人文主义”将会以什么样的方式介入到网络文艺中，那么比较恰当的回答应该是，“后人文主义”将会以自己的价值关怀带给网络文艺一份情怀、一个理想和信念。以此观照，网络文艺距离理想的状态确实还有一定的间隔。

五、结语

确实还不能断言，问题都得到了解决——事实上问题没有解决——这里却又出现了新的问题。

所谓新问题，不是新近才出现的问题，而是本来就存在却一直没有被当作问题来看待。具体而言，“后人文主义”和网络文艺均处于未完成状态，当下所能切实把握的只是两者在这一时刻所展现出来的存在状态，至于两者最终会有什么样的结局根本不可能完全预测到。这种未完成的状态，仔细追究的话，其伤害是致命的。试想，一座设计奇特、建造精美的建筑，如果其地基选在随时可能爆发的火山口上，那么结果当然可想而知。这里的问题就是，作为地基存在的“后人文主义”和网络文艺本身充满着诸多不确定性、未完成性甚至是不合法性，这无形中给质疑者以充足的理由。

面对质疑，一切申辩都是苍白的。

因为，那些质疑有理、有据。

质疑者首先对“后人文主义”这个概念有所非议，理由是，“后人文主义”与“人文主义”其实是一脉相承的（这个判断是有道理的），两者之间没有根本性的抵牾，所谓批判、反思和超越根本就是不可能实现的。因为，在他们看来，“后人文主义”仅仅是“人文主义”的某种简单的变形，所以“后人文主义”与“人文主义”之间的分歧与对抗根本就是子虚乌有的虚假命题。可以参看这一段话：“近30年的事实证明，一种后人文主义的文化纯属子虚乌有。沿着人文主义的老路走，我们找不到法农所说的‘新的方向’。我们清理人文主义思潮的另一个原因是，人文主义和人类中心主义往往难以分割。”① 姑且不论质疑者对于“后人文主义”的偏见，得承认，“后人文主义”与“人文主义”之间的关系确实不是三言两语就能厘清的。“后人文主义”首先源出于“人文主义”，或者准确地说，“人文主义”是“后人文主义”出现的直接诱因，不难指认“后人文主义”中确实有“人文主义”的血脉。既然如此，“后人文主义”的反思和批判力度将大打折扣，并有论者认为，“后人文主义”只会让我们重蹈“人文主义”的覆辙。言外之意是，“后人文主义”并不能带来人类历史的新文明，我们对新文明的期待需要期待其他思想、概念的提出。有论者把这种新的思想和概念寄希望于生态主义：“生态主义（ecoism）是继人文主义之后一种新的‘思想范式’。”“我在讨

① 赵白生．生态主义：人文主义的终结？[J]．文艺研究，2002（5）．

论这一‘思想范式’时不用‘中心’一词，是有意回避‘反人类中心主义’（antianthropocentrism）、‘生物中心主义’（biocentrism）和‘生态中心主义’（ecocentrism）等现成术语，因为这些词本质上具有笛卡尔认识论的特征，摆脱不了一种‘笛卡尔式主体’（‘我思’）。也就是说，这些词有着浓厚的人文主义色彩。生态主义能成为21世纪甚至新千年的‘思想范式’，这是因为生态危机是我们目前最大的问题。”[①] 很难否认会有比“后人文主义”更适用于未来人类世界的思想、概念出现，如果真的是那样，当然表示肯定并接受。现在的问题是，在还没有这样的替代性思想、概念出现的时候，有没有可能把“后人文主义”中容易遭受质疑的因素剔除？理论上是可行的。那么，把“后人文主义”同网络文艺、网络文艺批评放在一起加以讨论，对“后人文主义”而言，恰好是一次校验、调整的机会。如果“后人文主义”真的不具备合法性，那么很自然也就不可能为网络文艺及其批评提供价值参照，所以，一切针对“后人文主义”的质疑都有必要加以严肃对待。

对网络文艺的质疑并不比“后人文主义”少。鉴于前面已经对网络文艺作品中存在的一些问题有过讨论，此处不再赘述。需要总结一下，由于大众文化的属性、缺乏经典作品的属性决定了对网络文艺的“文艺”身份的质疑。也就是说，网络文艺究竟是一种有别于传统文艺的新的文艺形式，抑或只是一种大众狂欢式的娱乐形式，时常作为话题出现在相关讨论中。而且，持后一种看法的论者大有人在。不难看出，网络文艺的存在也是险象环生的。庆幸的是，在各种社会力量的共同作用下，当下网络文艺的社会、文化层面的生态环境不断改良，对于网络文艺自身而言也是一个不可多得的发展机遇。比如“‘大力发展网络文艺’，这句话走进政治局会议，审议并通过，以文件的形式确立了网络文艺的重

---

① 赵白生．生态主义：人文主义的终结？[J]．文艺研究，2002（5）．

要性。这句话也被媒体敏感地提炼了出来，成为新闻标题……发展网络文艺，首先要为它‘正名’，不把网络文艺放在正统文艺的对立面，不把网络文艺污名化。网络文艺诞生于商业时代，天生带有利益元素，但网络文艺的商业化也很大程度上促进了这一文艺类型的快速成熟……发展网络文艺，要给它提供更为包容的发展环境。这种理想环境的形成，应包括政策的支持、管理的多元、创作上的鼓励，以及其他一切有利于网络文艺发展的做法。”[①] 再比如2015年出台的《中共中央关于繁荣发展社会主义文艺的意见》中，特别指出要繁荣发展网络文艺：“大力发展网络文艺。网络文艺充满活力，发展潜力巨大。坚持‘重在建设和发展、管理、引导并重’的方针，实施网络文艺精品创作和传播计划，鼓励推出优秀网络原创作品，推动网络文学、网络音乐、网络剧、微电影、网络演出、网络动漫等新兴文艺类型繁荣有序地发展，促进传统文艺与网络文艺创新性融合，鼓励作家、艺术家积极运用网络创作传播优秀作品。充分发挥新媒体的独特优势，把握传播规律，加强重点文艺网站建设，善于运用微博、微信、移动客户端等载体，促进优秀作品多渠道传输、多平台展示、多终端推送。加强内容管理，创新管理方式，规范传播秩序，让正能量引领网络文艺发展。”对于网络文艺的生存和发展来说，这确实是绝佳的发展契机。尽管如此，网络文艺如果要改变被指责、被质疑的现实，还是要经历一番努力的。

构建网络文艺、网络文艺批评的价值参照体系这项工作的内容以及困惑、难点至此已较为明晰，这项工作的最终完成，主要包括以下这些内容。

论证“后人文主义”、网络文艺的合法性。

论证“后人文主义”、网络文艺相结合的可能性。

---

① 韩浩月．政治局会议给网络文艺“正名” 利好消息更需创作者改变自己[EB/OL].(2015-09-12)[2018-08-23]. http://culture.people.com.cn/n/2015/0912/c1013-27575366.html.

推出网络文艺精品力作。

以“后人文主义”价值思想为依据，展开网络文艺批评实践。

在批评的基础上反思“后人文主义”、网络文艺。

关注、思索当下人类所遭遇的一切危机和难题。

构建新文明。

……

由此可见，以“后人文主义”为基点，试图构建网络文艺、网络文艺批评的价值参照系的工作远远不是本文能够独立完成的。除了学理层面的探讨，同时也还需要创作者、批评者的共同参与、实践。不过可以预见的是，当这一项工作完成的时候，人类文明将随之进入一个全新的境地，人类自身的生存状态和生态也都趋于理想化。当然，在目前这一切都还只能停留在我们的憧憬中。

第二章　娱乐功能视阈下网络文艺网感与美感的现实融合

河北省石家庄日报社　庄会茹

经过 20 年的蓬勃发展，作为移动互联网时代新兴媒介的文化娱乐形态，网络文艺经历了从“青涩”到“成熟”的美丽蝶变，已经成长为世界范围内最具普遍性、覆盖范围最广的文化娱乐方式，在当代文艺与文化格局中开创了堪称宏大的场面，成为中国文化输出世界的重要内容。如何使网络文艺的创作与生产更接地气，更具中国特色和价值含量，实现娱乐功能视阈下网感与美感的现实融合，创作生产更多注重内容建设，符合政治与社会逻辑，体现民族和文化立场，具有鲜明个性特点，通俗不庸俗，具备可延展价值的优秀作品，讲好世界舞台上的中国故事，更好地满足人民群众的文化生活需求，无论是从网络文艺自身长远发展看，还是时下繁荣网络文艺市场所需，都是必须要面对的问题。

一、在载体变化中坚持理性审美

网络文艺依托于数字技术传媒空间发育、成长、壮大，其产品在网络空间的生产、传播和被接受，自然表现出诸多与“网生代”心理契合的特征。与传统文艺创作相比，网络文艺创作最大的不同是用产品思维替代作品思维，目标市场的用户需求成为其创作出发点。在口碑效应比权威的传播渠道更具影响力和渗透力的网络传播语境下，受众的喜怒哀乐直接影响到网络文艺创作的走向。因而，在相当长的时间内，网络文艺作品成功与否的标准要用眼球效应来衡量。大量鬼怪、惊悚、色情等内容的涌入，使网络文艺一度被贴上了偏离主流文化的“污文化”标签。

净化网络艺术空间，提高网络文艺作品审美旨趣，以网感与美感的和谐共生、现实融合助力娱乐功能的发挥和内容价值提升，更易产生具有广泛传播力和持久影响力的作品，使受众通过网络文艺欣赏活动满足日常审美需要，获得精神享受和审美快感。网络文艺的网感是重要的存在要素，但网络存在要素不能取代文艺审美，归根结底，网络文艺的繁荣发展还要依靠作品质量，这是被实践反复证明的真理。如果重“网感”轻“美感”，甚至以“网感”取代“美感”，陷入以点击率论成败、以市场份额论英雄、以“点赞”“吐槽”论优劣、以“打赏”论价值的误区，就偏离了正确的发展轨道。网络文艺火爆背后对理性回归的呼唤，是对唯市场占有率、网络点击率至上，歪曲审美尺度，变通俗为低俗甚至恶俗的倦怠与警醒。网络文艺创作在人民日益增长的美好生活需要中回归理性、走向规范，是历史的必然。“网络”裹挟“文艺”的狂飙突进必将成为过眼云烟，“文艺”再塑“网络”的精耕细作越来越前景广阔。

在娱乐功能视阈下，网络文艺网感与美感的和谐共生与现实融合显得尤为重要。追求更高层次的精神享受，是经济发展到一定程度，人们物质生活需求得到满足之后的必然选择。精神产品及时跟进，并以精神生产的繁荣和产品的健康丰富赋予人民群众自由选择的权力，使其得以情动于有意味的审美视听形式与内容的最佳结合，在文艺作品内容对社会现实的贴近与精神境界的昂扬、表现形式的恰切与冲击力中得到审美满足，收获精神愉悦，愉心悦目、畅神益智，则整个社会的文化氛围便奠定了积极向上的基调，实现为经济社会发展提供强劲动力的发展目标也变得现实可期。

互联网思维的颠覆性和诸多互联网社会中的始料未及并不妨碍我们享受来源于生活又超然于生活之上的审美，只是现实生活中信息的传播媒介和表达方式发生了变化而已。互联网世界的复杂多变并不能改变我们的初心和坚守，不能颠覆人们心中美好的情感向度。毕竟，社会的发展，物质只是参考系数之一，建构在物质生产之上的精神世界的丰富往往比单纯的物质满足更能给人带来愉悦感。融入时代大潮，应对各种变化，才能获取不变的发展。就文艺而言，无论何种表现方式，都是一定思想和价值观念的载体，离开火热的社会实践，在恢宏的时代主旋律之外茕茕孑立、喃喃自语是找不到受众，听不到共鸣的。

文明建构应该实实在在地体现在精神产品的生产上，体现在每一部作品中。作为文化产业的重要组成部分之一，以网络游戏、网络动漫、网络视听为主的网络文艺用户基础广泛。最新数据显示，我国现有 7 亿多网民、400 多万家网站，拥有全球最大的 4G 网络，蔚为大观。如此广袤的土壤，对网络文艺的成长来说可谓“广阔天地，大有作为”，其成长效率和普及渗透效应潜力巨大。网络文艺在市场规模上成长为文化产业的支柱，并对当今社会主流文化格局产生不可轻忽的影响，势在必然。当前文化产品供给不平衡、不充分的现实状况和广大人民群众多样化、差异化的文化娱乐消费需求，给越来越多的网络文化企业提供了争取用户的机会，其优质生产内容给予用户难得的审美娱乐体验，释放无比丰富的感性魅力，大大丰富了消费者的文化生活。

网络文艺与资本的对接和青年人张扬个性、表达自我的自娱自乐需要，使其诞生之初便天然具有草根性和娱乐性特征，而当下粉丝文化与粉丝经济所具有的巨大商机不可避免地导致网络文艺更多地走向满足“受众”口味的方面。面对网民文艺消费需求的巨大，文艺创作者如果能够借力网络新媒体双向互动的传播特征和即时性技术传播优势，打破以往文艺作品以“文”载道的平面化、单维度信息传播模式，借助文字、画面、语音、影像等综合传播语言，采取 AR、VR 等多媒体展示手段，采用可视、可听、可感、可互动的立体化、交互式传播方式，创作出积极正向且符合受众需求的网络文艺作品，则能成为使用“互联网 +”的多维文艺创作方式，拓展传统文艺表达范畴，丰富其表达方式，活跃社会整体文化氛围的有效助力。

人的生产无论是精神的还是物质的，都与美有着不可分割的联系。通过审美的方式陶冶人的情操，提振人的精神，是文艺作品的主要功能。单纯感官娱乐不等于精神快乐，文艺应远离低级趣味，传播正能量。那些在商业利益驱动下，用低俗手段展示和渲染人性与人情中的恶习、丑态，迎合某些人感官“享受”的所谓文艺作品，麻痹人的精神，贩卖廉价笑声，展示丑陋欲望，虽能满足一时的生理快感，却是对文艺的矮化和亵渎。文艺不能当市场的奴隶，网络文艺除了重“网感”，还要捕捉并发掘“美感”，用“网感”和“美感”的良性互动打通“网感”和“美感”的沟通路径，并以人民群众喜闻乐见的形式构筑美感在网络文艺语境下存在和发展的空间维度。

达此目的，在互联网思维的颠覆性改变中实现美的对象化，首先要提升网络文艺创作生产者的美学素养，自觉提高其在产品中注入美的追求的意识和能力。发端于草根阶层的网络文艺，娱乐性和现代性元素极为明显，但一味地娱乐消遣也会带来追求短平快、单纯逐利等问题，因此网络文艺的作品品质良莠不齐，不可避免地存在粗糙、粗俗等问题。网络文艺最基础的功能是“乐”，因势利导，引导网络文艺寓教于乐，从中注入更多审美意蕴，经过时间的沉淀和筛选，慢慢积累为创作的习惯，在现实取材与合理想象中灌注美感，给消费者带来审美艺术体验。

歌德说：“艺术并非直接模仿人凭眼睛看到的东西，而是要追溯到由自然所组成的以及作为它的活动依据的那种理性的东西。”由此可见，说艺术要显出事物的特征，也就是说它应抓住事物的本质和必然规律，显出它们的理性。抓牢理性之基，张开感情与美的翅膀，体物入微，物我同一，与时俱进，充分融入网络环境，在此基础上不断继承和创新文艺创作的方法，树立正确“三观”，培养市场意识，跟上时代步伐，促使网络文艺不断焕发新的活力，则可为人们忙碌的生活提供人性化的抚慰与愉悦。

二、在“价值落点”上坚持深入掘进

数字化时代的到来，大大改变了人们的日常生活节奏。网络文学、网络影视、网络音乐、网络动漫、网络游戏、网络直播等热门新鲜的网络文艺形式精彩纷呈，给人们带来更为丰富和活跃的娱乐生活场景。紧张繁忙的工作之余，足不出户，在手机等移动终端接收和发送信息，乐享文化娱乐生活，成为许多人不可或缺的生活内容。伴随着社交平台、直播平台、音乐平台、视频平台等泛娱乐营销平台的活跃，如何盯紧“核心创意”，找准“价值落点”，用更为快速而灵活的注入方式增加网络文艺的文化含量、智力挑战和深度爽感，是“业界”不容回避的问题。

毋庸讳言，在网络文艺发展进程中，虽然“流量至上”风行，但内容一直处于风口位置。网络文艺内容创新多姿多彩，内容创业方兴未艾。为增加“流量”，一些内容供应商对低俗需求的刻意迎合，使色情、暴力的擦边球频频得分，这对涉世未深的青少年而言无异于“温水煮青蛙”，让他们不由自主地陷入“乱花渐欲迷人眼”的人生困局，害莫大焉；而各平台的流量争夺，更使这些内容的盛行如虎添翼。须知网络只是一种令传播更为迅捷的电子媒介，凝结在信息流之上的观念、思想、价值才更具社会价值属性。弘扬正能量，不负新时代，是网络文艺健步走向未来发展的“王道”。

全媒体时代，“万物皆媒”，网络文艺生态的清朗健康，需要大家共同努力。下好创意创新的“先手棋”，跳出小利益小格局小情愫的窠臼，妥善处理好大众文化与小众文化、题材选择与时尚表达的关系，更加注重多元价值的呈现和理解，用适应市场化环境、适应新技术应用、利于网络文艺发展的时尚因素描绘时代的精神影像，生产出有温度、有态度、接地气的文化产品，提供给受众更具人性温暖的心灵滋养，让自有平台持续释放历久弥新的文化芬芳，是做大做强网络文艺平台的不二选择。

新时代意味着传统发展逻辑的终结，需要更多创新与探索，需要更多专业智慧。网络文艺既是文化的凝结，也是生活的沉淀。要达到艺术的高度，登高望远的价值利益和文化走向、与现实对接的创意和文化价值观在其生产传播过程中不可或缺。网络文艺要达到优质内容和好的传播方式的统一，同样要立足广阔丰厚的现实生活图景，在生活的丰富表象中去粗取精、去伪存真、由此及彼、由表及里，有效透视其本质，才能提炼出分贝高、声音靓、有穿透力的精品力作，做不断满足人民日益增长的美好生活需要的生力军。

当今时代，网络原创文艺已经成为中国大众文化的重要策源地。网络传播的即时性、交互性、便携性、无门槛等媒介特性，给网络文艺作品的创作、制作、传播、互动等带来更多契合网络时代特点的新变化，文艺创作只有深入契合网络特性，才能最大限度地获得受众。面对不断变化的文艺创作对象，创作的思维方式也应顺应时代变化，不断创新，使文艺创作始终紧追时代，有的放矢，为“举精神之旗，立精神支柱，建精神家园”贡献力量。面对不断变化的文艺创作方式，正能量创作不但要“有网感”“能进场”，而且要“扛大旗”“因时而兴，乘势而变，随时代而行，与时代同频共振”，创作更多使人欣悦，在感情、美、想象的并行中能带人飞翔的网络文艺精品。

在“价值落点”问题上，行业内的警醒和努力是网络文艺不断增强“核心动力”的内在保障。就拿互联网视听平台来说，作为优质视听内容的重要策源地，视频网站呈现何种内容、持有何种内容价值观就显得愈发重要。在网络文艺如何形塑“价值观”问题上，腾讯公司副总裁、企鹅影视CEO孙忠怀提出了“高品质、正能量、创新性、年轻化”的思考方向，他指出：“网络视听内容正从追求量的发展转变为寻求质的提升。过去那些以大尺度、打擦边球来吸引眼球的低劣内容已渐渐淡出大众的审美视线，与之相对应的是，注重品质、格调积极、制作精良的内容，获得了市场、平台的一致肯定。”

据中国互联网络信息中心数据显示，截至2017年12月，网络视频用户规模达5.79亿。不断壮大的用户规模，在为视频平台贡献高速上涨的播放量和用户时长之时，也对网络视频平台的内容、产品体验等提出了更高的要求。正是源于这样的高要求，坚持正确导向与社会责任的重要性更应明晰。暨南大学郑焕钊先生在其雄文“网络文艺 2017：走向文化治理和全面规范”中的论断，或许可以作为网络文艺行业内部自我约束的注脚：2017 年，是网络文艺从“野蛮生长”向“文化治理”转换的历史拐点。围绕《王者荣耀》的网络文艺社会责任感的社会讨论，推动网络治理的观念深入人心；网络文艺治理话语推动网络文艺批评与研究的范式转型；相关政策和行业规范相继出台，奠定了网络文艺治理体系的制度基础。可以说，治理时代的到来，从根本上倒逼行业自身的规范和提升，政策规范倒逼内容自身的质量提升，付费和独播等新的产业模式的形成推动内容生产的精品化趋向，网络文艺类型的多样化促进网络文艺生态的发展。

陈定家先生在《文艺报》发表“网络文学价值观与创造力漫议”指出：尽管网络文艺成绩突出、进步巨大，其辉煌成绩有目共睹，但我们也注意到了这样一个现象，那就是当下网络文艺创作，统计数量令人惊叹，但在思想性和艺术性方面，真正震撼人心的作品却并不太多。不仅如此，在一些监管缺失的网络文艺空间仍然存在着诸多乱象，诸如价值迷失、恶俗流行、情色泛滥、拜金主义、消费至上等，可谓乱象丛生，快餐文化、娱乐至死、抄袭模仿、克隆山寨等，可谓无所不有，这类纷繁复杂的不良现象，无疑给网络文艺健康发展形成了严峻的挑战。

挑战面前，趋于美的良性传播的潜力挖掘十分重要。陈定家说：“一个时期以来，文艺创作的精品意识淡薄，艺术生产的品牌战略失效，这也是艺术工作者颇感焦虑的话题。就网络文学创作而言，产量巨大、精品歉收的尖锐对比尤为引人注目。这种数量与质量的巨大反差，说明体量庞大的写手群体在价值观、创造力、使命感等方面还有很大的提升空间。必须承认，在当前大批被市场主导的网络写手中，确实存在着急功近利的浮躁倾向，网络写手的创造潜力还有待深入挖掘与大力拓展。”

网络文艺的“价值落点”与网络文艺从业者所秉持的价值观紧紧相连。由于人们的社会地位不同，对经济、政治、道德、金钱等所持有的看法也不尽相同，直接影响每个人处理问题的尺度。对网络文艺创作者而言，其内心的“价值落点”与其作品格局息息相关，各种网络文艺作品及其衍生品的打造，无疑也是一个在各环节以人品锻造作品的过程，而人品的核心内容，非价值观莫属。网络文艺“价值落点”的形成，基于个体差异的不同，有一个从实践到认识，再从认识到实践不断摸索的过程，殊非易事。虽然以社会主义核心价值观为风向标的文艺创作理念在传统文艺创作领域早已不成问题，但在众声喧哗的网络生态下，却不可能一蹴而就。

以强调“网感”、追求鲜明个性和年轻化的网络综艺为例，把握好娱乐炫酷与文化内涵挖掘、经济效益与社会效益同行并重之间的平衡与价值落点，仅靠迎合“90后”“00后”等新生代受众的某些心态和语态，显然力量过于单薄。缺乏深入生活把握大众话题的积累与准备，以各种无厘头碎片话题的浅层次堆砌，简单直观的视听刺激制造“娱乐”效果，博眼球、赚流量，即便颇费心思地通过沉浸式、互动式体验等强力打造一场场“网络娱乐狂欢秀”，也终究不免沦为缺乏文化与价值含量的非理性狂欢，价值标准沦陷，在主流价值观塑造和大众审美品位提升上少有建树。更多指向娱乐化和经济效益的所谓“网感”，没有成为连接网络综艺所应承担的社会责任、实现社会效益的“红线”，反而与“用户思维”“产品思维”等市场话语一起构成对责任意识的挤压。其结果是节目数量快速增长，能够悦人耳目的清新之气少见，因创新不足引发跟风模仿、同质化竞争严重，既缺少文化布局上的鲜明疏朗，又难以满足人民群众日益增长的美好生活需要。

讲品位、讲格调、讲责任，秉持小成本、大情怀、正能量的制播理念，网络综艺方能不断走向发展繁荣。那些热衷于靠标新立异的激烈言辞制造轰动效应，为追求点击率不择手段、无所不用其极的网站和个人，价值观错位、创造力缺位、使命感移位，以低级趣味的作品损害网络文艺的声誉，触犯广大读者的道德底线。弘扬和践行社会主义核心价值观、传播正能量、高扬主旋律，既是现实社会，也是网络虚拟空间别无选择的文明诉求与价值追求。破解时下网络综艺乱象，从迎合受众到引领受众，回归主流价值、主流审美，传递积极正面的价值观，提供精神动力，是媒体和文艺创作者的职责与使命之所在。作为更加年轻化、与观众联系更加紧密的文艺形式，网络综艺更须坚守核心价值观，传递真善美，“网感”和“美感”并重，用有质量、有追求、有意思、有意义的节目影响、引导年轻观众走向积极向上、健康文明的生活轨道，生机勃勃地奋斗在各自的工作岗位，为社会创造价值。

习近平总书记在中国文联十大、中国作协九大开幕式上的讲话中强调：离开了一定思想和价值观念，再丰富多样的表现形式也是苍白无力的。文艺的性质决定了它必须以反映时代精神为神圣使命。广大文艺工作者要把培育和弘扬社会主义核心价值观作为根本任务，坚定不移用中国人独特的思想、情感、审美去创作属于这个时代、又有鲜明中国风格的优秀作品。这与党的十九大报告指出的“社会主义核心价值观是当代中国精神的集中体现，是凝聚中国力量的思想道德基础”一脉相承，指出了文艺发展的正确方向，在众生喧哗的网络生态中振聋发聩。

互联网与文艺的融合，降低了文艺爱好者成为创作者的门槛，客观上拉近了艺术与普通民众生活间的距离，推动着网络文艺不断向群体化、纵深方向发展。随着新的艺术样态不断出现，网络文艺的复杂性也大大增强。然而无论创作群体、创作媒介和创作方式如何改变，文艺创作的核心要素却一脉相承：尊重艺术创作的基本规律，深入思考触及人类精神世界的社会问题，忠实记录时代变迁，深刻反映、艺术呈现时代发展；努力提升创作能力，挖掘文化富矿，坚定不移走精品化创作道路。这就要求我们的网络文艺旗帜鲜明地弘扬社会主义核心价值观，激浊扬清，加强正面引导力度，勇敢地承担起更多的社会责任，在纷繁复杂的社会发展变化中展现出自身的视野与担当。

在不断实践和探索中，网络文化产业的商业模式和产业生态正在趋于成熟和良性发展，市场价值和社会效益日益凸显。但网络文艺对本应更好传承的中华民族优秀传统文化的深厚文化底蕴还存在利用和开发不足的短缺，来自相关政府部门的必要监管和政策扶持尚不完善，与网络文艺相关的评论和研究，与传统文艺相比还较为滞后；在对外推广传播上，相当数量的网络文艺作品“中国味”不足，导致国内热门的网络文艺形态海外传播亮点不足。有些网络文艺作品即便在海外取得了商业意义上的成功，因为未能充分挖掘中华传统文化资源的内在价值，而是较为片面地侧重于文化经济价值的开发，产品的文化含量成色不足，难以有效转化为具有鲜明民族特色的中国文化软实力。总的来说，原创能力的相对薄弱与优质文化产品供给的不足，使网络文艺在某种程度上还停留在满足某些低层次文化需求的水平上。

“一切文化最终都沉淀为人格。”传承和创新都需要站稳脚跟的定力。让我们从一篇网文、一部电影、一部网剧开始，从每一个人、每一天开始，与时代同向同行，用定力守护文化生命，增强网络文艺作品的内容赋值与原创保护，在时代风口上把好网络文艺影响力这一关，做有意义的“爆款”，在收获尖叫和围观之外，用丰富多样、积极健康的产品不断满足人民日益增长的美好生活需要。

三、在评判标准上坚持“网感”与“美感”并重

什么样的网络文艺作品才算是好作品呢？按一般的评判标准，有“网感”，能吸睛，是首先要考虑的问题。能吸引注意力，赢得更高点击率，网站才会红火热闹，吸引更多流量，赚取更多收益。至于以什么样的内容、用何种表达方式达到目的似乎都不重要。感官化和碎片化的内容不存在理解上的难度，是争夺“90后”与“00后”注意力的有力武器。除此之外，就是对网络热点的敏感，有能充分激起参与欲望的话题，在热烈互动中完成意义的生产和再生产。这种偏重“网感”的评判标准，从经济效益考虑尚可，就社会效益而言，还要不负时代不负人民，坚持“网感”与“美感”并重。

如果一切的努力都是为了吸引有限的注意力资源，分得市场上的一杯羹，其实已经陷入了流量至上的误区。现实生活的无限美好和人类想象的奇伟瑰丽都被眼前利益所遮蔽，仅剩下关于金钱的一个个套路，就像一个人虽置身百花园中，却体味不到繁花似锦与生机盎然，心中只盘算园中花价值几许，无关审美且大煞风景。对客观对象和主观意兴讲求“气韵”与“兴味”，追求“气韵生动”的中国绘画，对网络文艺作品如何更好地聚能量，或许能有些启发。网络文艺作品虽可在意境上不拘“礼法”，上天入地，不按牌理出牌，终需“形散神不散”，无论是对客观世界的描摹还是对主观世界的映像，还要靠主题的健康明朗，格调的悠远宏阔胜人一筹。谁能最先打动人心，最深介入用户的精神世界，谁就能拥有更广阔的未来。

关于网络文学在发展壮大过程中与审美的矛盾与冲突，中南大学欧阳有权教授在其《网络文艺学探析》中写道：网络文学产业化崛起所形成的“市场与审美”的矛盾，隐含了驱动机制上的增长方向偏向。作为

数字传媒时代的一种文学形态，网络文学依然需要运用符号媒介去表现人与现实的审美关系，用艺术的方式塑造文学形象，表达特定的生活状貌与生命体验，抒发个性化的内心情愫与理想愿望，用真善美的普适价值为人类的“诗意栖居”提供一种想象性和蕴藉性的审美镜像。但越来越成熟的商业化、市场化、产业化却形成了对艺术审美的漠视和遮蔽，加剧了网络文学的非艺术化和非审美化。经济的力量、赢利的目标、致富的动机，远比文学审美的艺术追求显得重要和实惠。

网络文艺产业化过程中与审美的龃龉几乎是必然的，有时因“有心栽花花不成，无心插柳柳成荫”的阴差阳错，造成美的旁逸斜出，不在自觉为之的范畴。且不说“萝卜快了不洗泥”的俗语表达，那些以盈利为目的、集团化产业化运作的背后，如果不是有强烈的品牌意识支撑，大多是难以照顾到用户内心感受的，总有细节上的疏漏，粗粝而折损美感，甚至邪恶而排斥美感。有些文艺作品为了取悦用户，生硬地增加“网感”，结果却难偿所愿。如热播剧《人民的名义》里主角 “侯亮平”以英俊小生的扮相出场，以为会博得满堂喝彩，没想到能在网上疯狂“圈粉”的却是颜值不高但演技过硬的“达康书记”，这看似违和于“网感”，实际却是网络文艺语境下美学新动向的“最表达”。带给我们的启示便是，无论是网络文艺还是传统文艺，包含文化含量、能够体现独特个性的“核心赋值”才是最受欢迎的。

每个人都有表达自己、显示存在的愿望，在网络空间里，这种意愿的表达往往发挥得更淋漓尽致。对于感兴趣的事物，网络用户的参与度向来很高，舍得不计回报地付出时间与精力。比如不眠不休地观剧，并通过搜索、转发、点赞、评价、推荐、自制短视频、表情包等，在贴吧、微博、微信朋友圈等社交平台上传播信息，围绕某些可供公众交流的话题分享见解，提升观剧快感。快感提升为美感，需要生命感官到心灵状态的跃进。不同的文明，催生出不同的美。人与人之间美感的差异受文化修养、个性特征的影响，因时代、阶级、民族、地域的不同而不同。具体到网络文艺作品欣赏中的审美，除了欣赏主体的差别，还受客观审美对象的限制，而客观审美对象中包含的主观创造影响着用户审美立意的高下。

网络参与话题的制造有手段是否高明、格调是否高雅之分，网络用语也有水平高下之分，这里面存在“网感”与“美感”的现实融合问题。美感可以是浅层次、表面化的“养眼”，也可以是深层次、可与灵魂产生共鸣的感动与震撼，网感则是适应网络传播表达需要的种种形式上的“打怪升级”。从市场角度看，观众的审美眼光、判断力和对多元文化产品的包容力是无须担心的。只要能打动人心，总能收获赞誉。而从制作方的角度来说，爱奇艺、优酷、腾讯等视频网站一方面为自制内容大量投入，另一方面计划扶持和培养各种人才，为内容升级积蓄力量，预示着不远的将来，在“网感”与“美感”的融合方面足斤足两的网络文艺精神大餐有望成为百姓多彩精神生活的“正餐”。

当今时代，注意力已经成为当之无愧的稀缺资源，“眼球经济”蔚然成风，创新成为一种价值导向、一种生活方式、一种时代气息。网络文学、微电影、网剧、网络动漫、脱口秀等的生存发展与互联网须臾不可分，准确把握互联网文化的特质是网络文艺走向繁荣的先决条件。在探寻自身情感表达及各种集体性情绪的发泄途径与形式时，无论是戏弄假大空，还是戏仿高大上，厌弃与反讽虚伪过时的道德标准、社会规范都呈现出贴合网络表达途径的新的样貌。常常保有对外界的感知、对美的审视，才能不迷失在消费时代的语境中，力避原创作品变成类型化的重复他人或者自我重复。

内容创新与形式重构可以说是互联网时代网络文艺发展的两大任

务。如何以产品思维经营内容，融互联网时代特有的解构、叛逆气息和狂欢精神于美的语境中，使生产内容更易让用户接受，更好把握用户的信息需求与情感向度，把有价值的信息变成收益，并利用 IP 资源规划、设计、包装、推广“内容产品”，是网络文艺内容产品化之路上需要着重思考和解决的问题，也是网络文艺进一步发展壮大过程中必须要面对的问题。

以年轻人欣赏网络剧的“时尚”来进一步解读网络文艺的审美，或可管中窥豹。“时尚”的事物大概最能满足年轻人求新求异的好奇心，可以把不同地域、性别、职业、教育水平的网络用户连接在一起。因此，无论网剧中的故事发生在现实中的繁华都市，还是想象中的奇幻世界，无论是青葱校园，还是寂寞皇宫，只要有足够的“时尚感”，都能得到他们的青睐。可以说，虽然传播载体不同，但叙事艺术的基本要素依然是网剧重要的美感来源。精心的构图、出色的表演、让人欲罢不能的情节，都让观众看得酣畅淋漓。而富有时代气息的互联网无限空间和可以自由支配的上天入地般的时空交错，给观看者提供了更大的审美想象余地。

李泽厚先生在《美的历程》一书中专门谈到了宋元山水意境中的审美兴味和美的理想。其中的“要求自身与自然合成一体，希望从自然中吮吸灵感或了悟，来摆脱人事的羁縻，获取心灵的解放。千秋永在的自然山水高于转瞬即逝的人世豪华，顺应自然胜过人工造作，丘园泉石长久于院落笙歌。”饱喻禅宗，与网络世界的“真相”遥相呼应。在快车道上一路狂奔的网络文艺，在持续发展的浪潮中，对网络文艺作品的评判也应“网感”“美感”两手抓，既能敏锐捕捉兴起于网络的审美新风尚，又能充分开发网络文艺这座文化富矿的“含金量”，从而为网络文艺的健康发展开辟更广阔的天地。

四、在创作理念上坚持“原创赋值”

2017 年的全国两会上，“原创力”缺失导致文化产业“贫血”问题引发代表委员关注。文化产业市场规模不断扩大，文化产品和服务日益丰富，可以更加多样化地满足人民群众的文化生活，但某些文化产品制作传播过程中暴露出来的虚拟成分多、现实题材少、大同小异、对国外创意盲目模仿等弊端，显露了文化产业“体格”强壮的同时，面临原创力缺失导致的“贫血”之忧。这种担忧对网络文艺发展来说，可谓切中肯綮。网络文艺作品只有坚持“原创赋值”的创作理念，把永恒的价值追求镌刻进自己的作品，把美的元素渗透到每个角落，让受众动心动情，在灵魂的洗礼中感受真善美，接受向上向善的价值观，增强道德判断力和道德荣誉感，更加向往和追求讲道德、尊道德、守道德的生活，方能获得长远发展的强劲动力。

文化产品制作上的一哄而上，必然导致盲目跟风后的高度雷同以及由此带来的市场疲软。作为传播思想、符号和生活方式的消费品，文化产品提供信息和娱乐，进而形成群体认同并影响文化行为。基于个人和集体创作成果的文化产品在产业化和销售过程中被不断复制并附加新的价值，应更多融入时代元素，弘扬时代精神，着力打造经得起时间检验的精品力作，以高质量的优秀作品为文化产业的繁荣和发展助力，努力实现以社会效益带动经济效益的双赢格局。“绳短不能汲深井，浅水难以负大舟。”网络文艺要想从野蛮生长向经典化转型，创作者尤需注重自我提升，进行灵魂创作。习近平总书记在中国文联十大、中国作协九大开幕式上的讲话指出：“对文艺来讲，思想和价值观念是灵魂，一切表现形式都是表达一定思想和价值观念的载体。离开了一定思想和价值观念，再丰富多样的表现形式也是苍白无力的。”作品的核心思想价值才是最重要的。

富含独特创意的文化精品创作的过程也是文化自觉意识融入具体文化产品的过程。文化自觉不是粗泛的文化知识的再现，更不能沉溺于玄幻、穿越、架空、修真等“打怪升级”的套路中，而是要以文化的自知之明进行创作，把社会主义核心价值观作为心中的“定盘星”，自由驾驭具有艺术张力的文字，体现中华文化精神和中国人的审美追求。网络文艺创作者若能自觉以弘扬本民族优秀传统文化为己任，通过创作优秀作品，将民族文化发扬光大，推动省际、国际文化交流，促进不同文化背景下人们的心灵沟通，并从中感受到生活的美好，必然会跃上新的发展台阶。置身新时代，网络文艺创作者更应该细致体验生活、深刻观察生活，用艺术反映生活，超越“套路”和“模式”进行创作，用丰富的想象、血肉丰满的人物、亲切动人的场景构建网络文艺的理想世界，人间烟火，凡尘远阔。网络文艺创作者要有定力，在商业化写作的狂欢中沉下心来，融进生活中去，身入心入，了悟人生，参悟艺术，创作精品。

毋庸讳言，网络文艺作品的生产应当具有强烈的创新性。每一项文化产品，无论它是“阳春白雪”般的高雅还是“下里巴人”般的通俗，都应独具匠心，力避雷同。虽然可以吸收和利用前人的劳动成果，但绝不能重复前人的劳动，必须充分投入创作激情，用创新的手法创造前人和他人不曾表现过的新的意蕴，让受众在文化产品的欣赏性消费中获得更多的审美感受。对面向大众的文化产品而言，人民是永远的评委。好的网络文艺作品应该奔流于创意的高地，“像蓝天上的阳光、春季里的清风”一样，散发光热，传递温度，春风化雨，温润心灵，让每一个生命都绽放在和暖的光亮里。“世路之蓁芜当剔，人心之茅塞须开。”无穷的创作激情和动力来源于对国家和时代的尊崇，来源于对生活的发现和表达。一方水土，赋予作品独特的内涵与灵性。各地独特的地理位置、悠久而丰富的历史文化，为网络文艺作品的“本土化生产”提供了肥沃的土壤。我们有足够深厚的土壤去挖掘，更好地展现生命之歌、劳动之美与人性的魅力，记录时代，安抚心灵，提升网络文艺作品的审美向度。

文化自觉超越个体的生命自觉，以对民族（或团体）生活方式和核心价值的整体自觉和秉持坚守实现更大的文化价值。在文化自觉的航线上起航高飞，既需要凭借深厚的知识和思想传统，也需要对社会生活的深入体验。在鲜明的文化自觉意识下创作的文化产品，把认知、教育、审美、娱乐等功能更好地落实到民族化和大众化的层面，满足人们的精神需求，成就一种更高层次的消费需求。当今的网络文艺，无论是对国家的意识形态和当代文化建设、网络话语权和新媒体阵地的发展，还是大众文化消费、公民阅读和青少年成长，直至社会主流价值观的建构、文化软实力的打造和国家形象的传播，都起着不可忽视的作用。如果网络文艺产品尽可能多地让优秀的民族传统文化融入作品中，发挥文化的凝聚力和教育功能，达成文化传播中的“各美其美，美人之美，美美与共，天下大同”的理想效果，作品的影响力和整体行业形象将大大提升。

感情的深浅、用情的程度，决定着人的行为的发展方向和结果。不论在怎样的时代，也不论是怎样的传播形式，若要让作品具有长久的生命力和持久的影响力，吸引“眼球”不是第一位的，能让受众“走心”才是最重要的。那些能够触及人的内心，带着温度去激发人的真情实感和高尚情怀，让文化消费建立在对真善美的追求之上的文艺作品，闪耀着历经岁月淘洗的光泽，摒弃时光深处的嘈杂，把人们曾经的悲伤、疼痛和苦难化作豁达向上的展颜微笑，让人们越过坑坑洼洼的历史牵绊，在普通人的现实生活中收获更深层次的审美品位和精神追求。网络文艺产品的创作、生产和传播，若以贯穿始终的“原创赋值”理念为之，则能做新做活，收获更多惊喜。

"多屏时代"，依然内容为王。脚踩坚实的大地，放飞想象的翅膀，真实地表现人民的生活和实践，又能够与人民产生共鸣，才能成为经得起人民的鉴赏和评判，经得起历史检验的好作品。"面对生活之树，我们既要像小鸟一样在每个枝丫上跳跃鸣叫，也要像雄鹰一样从高空翱翔俯视。"气象万千的生活景象里，充满着感人肺腑的故事，洋溢着激昂跳动的乐章，展现出色彩斑斓的画面。那里面，有国家的蓬勃发展，家庭的酸甜苦辣，百姓的欢乐忧伤。有筋骨、有道德、有温度的作品，在幽微处发现美善，在阴影中看取光明，弘扬正能量，温暖人、鼓舞人、启迪人，引导人提升思想认识、文化修养 、审美水准、道德水平，激励人永葆积极向上的乐观心态和进取精神，在黑暗面前不气馁、在困难面前不低头，用理性、正义、善良之光照亮生活。文化产品的最高境界是让人心动，让人们的灵魂经受洗礼，让人们发现自然的美、生活的美、心灵的美。把人民的实践之美、生活之美、心灵之美真正表现出来，交给人民去鉴赏、去评判的作品，注定是社会效益和经济效益双赢的作品，而那些内容空洞、感情苍白的作品，则注定在时光与人心的淘洗中苍白退场。

不懈拥抱时代，观察现实、体验生活，以博大的胸怀、深邃的目光、真诚的感情、艺术的灵感去捕捉、提炼生活蕴含的真善美，给人以审美的享受、思想的启迪、心灵的震撼，做到胸中有大义、心里有人民 、肩头有责任、笔下有乾坤，方能用专注的态度、敬业的精神、踏实的努力创作出有骨气、有个性、有神采的高质量、高品位网络文学作品，让人们增添生活的底气、灌注活泼的生气，看到美好、看到希望、看到梦想就在前方，从而叫得响、传得开、留得住。弘扬主旋律，传递正能量的网络文艺作品并非不受欢迎。河北石家庄网络作家 "梦入洪荒"主要从事官场小说的创作，已创作《官途》《权力巅峰》和《至高使命》

三部作品，其中《权力巅峰》在蜻蜓FM的点击量达到23.2亿。他的所有作品都有一个共同的特点——弘扬主旋律，传递正能量。用网络小说的创作手法来进行现实主义题材创作，将国家的各种方针政策融入网络小说中，用酣畅淋漓、跌宕起伏的故事情节吸引读者，将正确的价值观潜移默化地传递给读者，收到了良好的社会效果。

“只有扑下身子，才能挖出金子”。火热的生活永远是取之不尽的艺术宝库。如果把优秀的网络文艺作品比喻成黄金，那么它先是从人间烟火气里淘出的，不是坐在书斋里想象出来的。人民群众对自己的生活和实践体验最深刻、最准确，感受最真实、最强烈，文艺表现是否准确、深刻，是否在思想性、艺术性和观赏性方面实现了有机统一，人民群众看得最真切，最有发言权。因而，不忘责任，坚守底线，基于深厚生活积累的“情动于中”，才易获得人民群众的共鸣。多元社会，激活多样人生。对很多人而言，现代社会生活更像一场紧张、疲惫又绚丽多彩的舞台剧，充满了不确定性。正确价值导向下对家园的诗意回望，对传统文化的阳光展现，往往能触动人们心底最柔软的所在，寻回心头最温暖的那盏灯，让浮躁的人心安静下来。将千百年来中华民族的优良品德和价值追求融入网络文艺作品中，做“有意思”又“有意义”的传播，不但能够发挥良好的教化功能，而且能够增强全社会的价值认同度和践行力，汇聚新时代同心共筑“中国梦”的强大力量。

中国精神是社会主义文艺的灵魂，网络文艺的“原创赋值”离不开中国精神的贯注和精品意识的提升。欧阳友权教授接受橙瓜网专访时指出，我们的IP产业和美国、英国这些发达国家的差距，主要表现在制作水平、市场运作上。我们的网文IP品质并不差，差在改编作品的质量和商业运作水平上。缺乏精品意识和长远眼光，变现意识过于强烈，追求眼前利益，无疑影响到网络文艺作品向更高层次发展。欧阳友权教授认为：唐家三少、猫腻、天蚕土豆、辰东、血红等人的优秀作品，以及天下霸唱的《鬼吹灯》、南派三叔的《盗墓笔记》等，与罗琳的《哈利·波特》系列小说相比，并不会低到哪里去，都具有成为《指环王》《漫威》《007》《星球大战》那样作品的潜质，但我们却没有他们那样的创作团队，没有那样的品牌意识，没有那么高的制作水平，少了些精益求精的创作态度，更缺少了他们那样的市场推广、商业运作、品牌延伸能力。在这方面，我们需要细分市场、精准定位，用高品质、强内容以及正确价值观导向的作品，给用户带来更好的欣赏体验。

肩负社会责任的网络文艺作品同样要“强信心、聚民心、暖人心、筑同心”。从传播学的角度看，“媒介是人的延伸”。解决过剩的信息生产力和过载的信息生产关系之间的矛盾，在追求价值的同时更要追求魅力。所谓魅力，就是产品对人的吸引力，是可以因感动而开启的情感张力。情怀关乎生死，富有人文关怀才能行稳致远，在人和人、人和环境、人和虚拟现实之间展开生命的多重价值。权威人士认为，互联网既是改变社会的一种力量，又是一种传播格局和传播手段，更是一种新的社会组织与结构方式，是整个社会的“操作系统”。在更注重人文精神和人性洞察的网络文艺创作领域，还有更多未知的尝试和发展等待我们去努力。

“凡益之道，与时偕行。”文化说到底是一种服务，文化传播最重要的使命是把最好的精神食粮奉献给人民，满足广大人民群众的精神需求。中华文化是有生命温度的记忆，每个时代都有属于自己的特定文化记忆和传承。努力从中华民族世世代代形成和积累的优秀传统文化中汲取营养和智慧，延续文化基因，萃取思想精华，展现精神魅力，才能创作出更多更好有文化含量的网络文艺作品，寓教于乐，影响和改变更多的人，让大家把对个人生活的美好梦想与国家民族的命运融合在一起，让眼前的路越走越开阔。

“中华文化既是历史的、也是当代的，既是民族的、也是世界的。只有扎根脚下这块生于斯、长于斯的土地，文艺才能接住地气、增加底气、灌注生气，在世界文化激荡中站稳脚跟。正所谓‘落其实者思其树，饮其流者怀其源’。我们要坚持不忘本来、吸收外来、面向未来，在继承中转化，在学习中超越，创作更多体现中华文化精髓、反映中国人审美追求、传播当代中国价值观念、符合世界进步潮流的优秀作品，让我国文艺以鲜明的中国特色、中国风格、中国气派屹立于世。”习近平总书记在中国文联十大、中国作协九大开幕式上的讲话为网络文艺的发展指明了方向。立足广袤的现实土壤，坚持娱乐功能视阈下网络文艺“网感”与“美感”的现实融合，弘扬主旋律，传播正能量，以不断推出的鼓舞人心的精品力作回馈祖国和人民，应是网络文艺从业者应当秉持的自觉追求。

第三章　自媒体戏剧批评的操作与操守①

重庆工商大学艺术学院　康建兵

20 世纪 80 年代是当代戏剧批评的黄金时期，以“戏剧观”大讨论为顶峰。此后，戏剧批评呈萎靡不振之势，每况愈下。2012 年以来，“北小京看话剧”“押沙龙在 1966”②等匿名剧评人在新浪微博发表剧评，这些来自自媒体的剧评一经出现，很快便打破了学院派戏剧批评的失语状态，刺激着戏剧人对戏剧批评的危机进行反思。本文在梳理当代戏剧批评危机的来龙去脉的基础上，分析新媒介变革与戏剧批评转机的内在关联，着重对“北小京”的新浪微博戏剧批评进行解读，探讨自媒体环境中戏剧批评形态的新变化。

① 教育部人文社会科学研究规划基金项目“新世纪重要戏剧论争研究”（17YJA751017）；重庆工商大学高层次人才科研启动项目“网络时代的戏剧形态变革研究”（1655020）阶段性成果。

② 后文简称“北小京”“押沙龙”。

一、微博戏剧批评的由来

我国在1990年10月开始参与国际互联网活动，到1994年4月被国际正式承认为有互联网的国家。随后，互联网在国内获得蓬勃发展，我国快速进入了媒介新变革的时代。在进入正文讨论之前，有必要围绕“戏剧”这个关键词，对“新媒体”“自媒体”“自媒体戏剧批评”“新浪微博戏剧批评”“北小京看话剧”等术语作简要说明。

“新媒体”与“传统媒体”对应，是一个相对性的概念。最早由美国哥伦比亚广播公司技术研究所所长P. 戈尔德马克（P. Goldmark）在1967年提出。[①] 世界教科文组织对新媒体的定义是：新媒体就是网络媒体。廖祥忠等人梳理了新媒体在国内外的由来，他认为：“就新媒体的内涵而言，它可以看作是20世纪后期在世界科学技术发生巨大进步的背景下，在社会信息传播领域出现的建立在数字技术基础上的能使传播信息大大扩展、传播速度大大加快、传播方式大大丰富、与传统媒体迥然相异的新型媒体。就其外延来说，新媒体主要包括光纤电缆通信网、都市型双向传播有线电视网、图文电视、电子计算机通信网、大型电脑数据库通信系统、通信卫星和卫星直播电视系统、高清晰度电视、互联网（Internet）、手机短信和多媒体信息的互动平台、多媒体技术以及利用数字技术播放的广播网等。”[②] 相对而言，传统媒体通常指报刊、广播、电影、电视、戏剧等。

“自媒体”由美国网络新闻学创始人、《圣何塞水星报》（*The San Jose Mercury News*）记者丹·吉摩尔（Dan Gillmor）在2002年提出。丹·吉摩尔在对“新闻媒体3.0”概念的定义中指出，“1.0”指传统媒

① 匡文波. 新媒体概论 [M]. 2版. 北京：中国人民大学出版社，2015：3.

② 廖祥忠. 何为新媒体？ [J]. 现代传播，2005（5）.

体或旧媒体（old media），“2.0”指新媒体（new media），“3.0”指自媒体（we media），以博客为趋势的个人媒体也称自媒体。[①] 2003 年 7 月，美国新闻学会媒体中心出版了谢因·波曼（Shayne Bowman）和克里斯·威利斯（Chris Wils）联合提出的 We Media 研究报告，两位学者对 We Media 作如下定义：We Media 是普通大众经由数字科技强化、与全球知识体系相连之后，一种开始理解普通大众如何提供与分享他们本身的事实、他们本身的新闻的途径。2004 年丹·吉摩尔出版专著 *We the media：grassroots journalism，by the people，for the people*。本书在 2010 年被译为中文出版[②]，中文版将 We the media 译为“草根媒体”。在一段时间内，国内出现了对“草根媒体”“个人媒体”“我们媒体”“共享媒体”等的混用，目前我们主要使用“自媒体”这个说法。

新媒体和自媒体是怎样的关系？丹·吉摩尔将新媒体和自媒体理解为前后相续的迭代关系。廖祥忠认为：“‘新媒体’意义比较明确地定位在以数字媒体为核心的网络媒体的范畴内，而以博客为趋势的‘媒体 3.0’说到底也不过是在突出媒体自主性的同时使‘数字媒体’这个‘核心’变得更加突出而已。在我看来，当下学界存在着一种热衷于将数字媒体某种表现形式（如“博客”）单独列入新媒体的趋向，这种‘只见树木不见森林’的狭隘观点，通常只能给乱云飞渡的天空增添更多的迷雾，使我们对新媒体的研究工作更难取得拨云见日式的突破。”[③] 我们对“新媒体”“自媒体”“新媒体时代”“自媒体时代”的混用，正源于各自的理解偏差。笔者认为，新媒体属于更大范畴，新媒体包括自媒体，新媒体不一定是自媒体，自媒体一定是新媒体。传统媒体、新媒体

① GILLMOR D. News for the Next Genaration：Here Comes “we media” [J]. Columbia Journalism Review，2003（1）.

② 丹·吉摩尔 . 草根媒体 [M]. 陈建勋，译 . 南京：南京大学出版社，2010.

③ 廖祥忠 . 何为新媒体？ [J]. 现代传播，2005（5）.

和自媒体均处于共存的状态。尽管如此，微博、微信及其手机客户端（即“两微一端”）是当前人际传播乃至大众传播的重要媒介，“媒体 3.0”对媒体自主性的突出在自媒体中格外突出。

马歇尔·麦克卢汉早在 1959 年就指出：“我们的时代所得到的信息不是新旧媒介的前后相继的媒介和教育的程序，不是一连串的拳击比赛，而是新旧媒介的共存，共存的基础是了解每一种媒介独特的外形所固有的力量和信息。”[①] 21 世纪媒介的发展大致经历了从传统媒体到新媒体，再到自媒体的过程，以及自媒体内部从博客到微博的过程，“两微一端”是当前的主流媒介。这些关系之中，前后有迭代或并存的关系，是此起彼伏的关系，但不是前后取代的关系。据 2018 年 8 月 20 日中国互联网络信息中心发布的第 42 次《中国互联网络发展状况统计报告》显示，截至 2018 年 6 月，中国网民规模达 8.02 亿人，其中微博用户 3.37 亿人，在整体网民中占比 42.1%。而在这 3.37 亿的微博用户中，手机微博用户为 3.16 亿人，占比达 93.5%。考虑到国内微博的实际情况及其突出的自主性，笔者用自媒体时代来表述目前的媒介环境，用自媒体戏剧批评来表述当前的网络戏剧批评。

所谓自媒体戏剧批评，就媒介运用而言，是指使用微博等自媒体媒介进行的戏剧批评。就戏剧批评的操作及内容构成而言，这种戏剧批评可以是直接在微博上的原创，比如，在新浪微博 140 字的字数范围内[②]直接撰写和发表剧评，也可以是通过新浪微博对已经写好（或发布）的戏剧批评进行转帖、分享链接等。就戏剧批评内容自身而言，尽管我们应该从广义的层面对微博等的戏剧批评作宽泛的理解，但也需有一定的规范。比如，自媒体的戏剧批评必须是紧扣戏剧话题展开的批评，字数

---

① 马歇尔·麦克卢汉. 麦克卢汉如是说 [M]. 何道宽，译. 北京：中国人民大学出版社，2006：3.

② 新浪微博在 2016 年 11 月取消了 140 字的字数限制。

可多可少，批评对象和批评观点应当明确；自媒体戏剧批评大部分是对当下戏剧新作的批评。自媒体戏剧批评属于“互联网+”，属于“自媒体戏剧+批评”模式，既体现“媒介即信息”，也强调“信息”的重要。

2009年8月新浪推出“新浪微博”内测版，成为国内首家提供微博服务的门户网站，微博进入中文上网主流人群视野。2014年3月27日新浪微博改名为“微博”，更有一统微博之志。2018年2月23日微博（即新浪微博）发布2017年第四季度及全年财报显示，截至2017年12月，微博月活跃用户增至3.92亿。这个数字与第42次《中国互联网络发展状况统计报告》统计的“3.37亿微博用户”有出入，但新浪微博有3亿以上用户是没有争议的。也就是说，目前网民使用的微博主要是新浪微博，相应地，微博戏剧批评主要存在于新浪微博。事实上，新浪微博在国内微博发端之际便抢得头筹，一开通就吸引了大批知名剧作家、导演、演员和戏剧学者入驻，如冯远征（2009年10月17日）[①]、喻荣军（2009年12月8日）、孟京辉（2009年12月22日）、王晓鹰（2010年5月4日）、王洛勇（2010年5月7日）、茅威涛（2010年6月30日）、丁罗男（2010年7月21日）、田沁鑫（2010年7月26日）、林兆华（2010年9月24日）、张广天（2010年12月11日）、王仁杰（2011年2月25日）、濮存昕（2011年3月17日）、赖声川（2011年3月23日）、李六乙（2011年5月5日）、吕效平（2011年12月4日）、罗怀臻（2011年12月6日）等。

可以推测，除了这些知名戏剧人，更有不计其数的戏剧爱好者在注册和使用新浪微博。最典型的是匿名剧评人“押沙龙”和“北小京”，两人注册新浪微博的时间分别是2012年2月3日和2012年2月23日。不论是知名戏剧人还是匿名剧评人，一旦注册和使用新浪微博，以后几

① 括号内的时间为注册新浪微博的时间，下同。

乎一直使用新浪微博这一单一自媒体。其中，很多人在新浪微博上十分活跃，发帖次数多，更新快，互动频繁，信息量巨大。所撰写的戏剧观感，所参与的戏剧讨论，所发表的批评文章，形成了极其丰富的广义或狭义的戏剧批评。因此，在某种程度上，如果说新浪微博等同于微博，那么新浪微博戏剧批评等同于微博戏剧批评。

刚刚提到的“北小京看话剧”是活跃在新浪微博的剧评人。迄今为止，我们不知道“北小京”是何许人。但从他的微博可以得知他是北京人，从小爱看戏，受过大学教育，他的工作与戏剧无关，也就是说他不是专业的戏剧人。“北小京”在 2012 年 2 月 23 日注册新浪微博，现有粉丝 17044 人，发布微博 203 条。[①] 此外，还有“押沙龙”，从她的微博信息得知，她是上海人，在 2012 年 2 月 3 日注册新浪微博，现有粉丝 8267 人，发布微博 226 条。两人在同年同月注册新浪微博，一北一南，通过在新浪微博发表剧评，在短短一年的时间内，便以犀利的言辞和率真的风格打破了戏剧批评的沉闷，引起轰动，备受瞩目，形成了“北小京现象”和“押沙龙现象”，造成了当代戏剧批评的现象级事件。

自互联网在中国发展以来，有关戏剧与网络、戏剧与多媒体、戏剧与新媒体等关系的讨论，一直未曾停歇。比如，学界对“网络戏剧”“多媒体戏剧”“互联网戏剧”“新媒体戏剧”等新出现的戏剧样式作过专门研究。[②] 从传播学角度探讨戏剧与媒介的关系更成为研究热潮。这表明戏剧与新媒介的关系备受关注。特别是在今天，3 亿多人在使用微博或新浪微博，如此庞大的用户群里包括不计其数的知名戏剧人和普通戏

① 如无特别说明，文中所涉及的数据的统计截至时间为 2018 年 9 月 30 日 24：00。

② 可参考孙文辉、浩哥的《未来的戏剧——网络戏剧》（《东方艺术》1997 年 06 期）、陈庆章的《浅谈多媒体系统的内涵》（《电子出版》1998 年 12 期）、黄鸣奋的《别名：关于互联网戏剧潜能的思考》（《东方丛刊》2003 年第 3 辑）、黄鸣奋的《新媒体戏剧研究初探》（《戏剧艺术》2009 年 04 期）等文章。

剧爱好者，以及成千上万的从事专业戏剧批评的同仁。但为何偏偏是“北小京”“押沙龙”等原本名不见经传的“圈外人”，仅仅是借助微博这一媒介，通过日常的微博剧评，便能够在短时间内造成戏剧批评的强烈效果和重要影响？这与他们对微博自媒体的利用有关，与他们的戏剧批评自身的内容指向有关，也与当前萎靡不振的渴望“亮剑式批评”的戏剧批评现状有关。

二、戏剧批评危机的媒介考察

20世纪80年代至今，当代戏剧的发展几乎与改革开放同步。今年是改革开放40周年，也是当代戏剧从“新时期”以来发展至今的40周年。40年来，当代戏剧经历了从“新时期戏剧”（通常指1978年至1989年）、“90年代戏剧”（1990年至1999年）、“新世纪戏剧”（2000年以来）等阶段，而今迈入“新时代”。我们喜欢以“新”字为各个阶段冠名，寄托了戏剧人对中国戏剧在各个历史阶段能够获得良好发展的愿望。在这些阶段里，当代戏剧确实出现过不少新现象，产生了一大批优秀的戏剧文学作品和舞台艺术佳作。但新现象未必都是新气象。总体而言，在40年的各个阶段，戏剧的成就与不足同在，收获与遗憾并存，但大方向是在走下坡路。在40年里，有两个令人揪心的话题贯穿始终，一个是“戏剧危机”，另一个是“戏剧批评危机”，两者互为因果，同病相怜。

20世纪80年代“戏剧观”争鸣的展开，本质上源于大家对当时戏剧状况的不满。“戏剧观”问题最早由黄佐临在1962年广州“全国话剧、歌剧、儿童剧创作座谈会”上提出，但这个话题在此后的十余年里未引起戏剧界重视，直到20世纪80年代初被重新发现和探讨。当时重提“戏剧观”，根本在于戏剧创作出现了问题。1980年年初，曹禺在《剧本》月刊发表《戏剧创作漫谈》，主要就是谈“问题剧或社会问题剧”的问题，“实质上提出的仍然是一个‘戏剧观’的问题”。[①]“戏剧观”背后折射的是戏剧危机，或者说主要是戏剧文学的危机。当时一大批戏剧家、导演、演员、舞美、戏剧理论研究者等参与“戏剧观”讨论，中国戏剧出版社在1986年出版的《戏剧观争鸣集》（两辑）收录争鸣文章52篇，实际参与“戏剧观”讨论的文章自然更多，这也充分表明当时戏剧批评之活跃。正如田本相谈道：“20世纪80年代的戏剧理论批评是意气风发的，戏剧理论的探讨、戏剧的论争以及戏剧批评诸方面是十分活跃的。在中国话剧史上堪称最兴盛的时期。”施旭升也认为：“相对说来，80年代成为20世纪中国戏剧批评最有特色且最有活力的一个时期。”[②]

随着对“戏剧观”讨论的深入，“戏剧观”问题或者“戏剧危机”问题所在已经有了答案。“戏剧界在1980年前后曾经进行过认真的讨论，并取得过基本一致的看法。认为危机完全是由于话剧自身的‘假、干、浅’所致，而造成‘假、干、浅’的原因则在于公式化、概念化的‘图解观念’。这种话剧自身的内在病因，应是理论研究、应是各路名医诊治的中心点”“遗憾的是，理论界的这场讨论的重心在不知不觉中转移了，在一个不为人注意的时刻里前行列车的道岔被搬上另一路”“理论重心的转移自然使戏剧危机转嫁”。[③]这表明“戏剧观”讨论中戏剧批评对戏剧病症的游离，一定程度上造成戏剧危机的扩散。理论批评的舍本逐末不利于戏剧的良性发展，也折煞了戏剧批评的锐气。

---

① 陈恭敏．戏剧观念问题[J]．剧本，1981（5）．

② 施旭升．戏剧批评：知识分子的“在场”与“表演”[J]．戏剧与影视批评，2017（3）．

③ 马也．理论的迷途与戏剧的危机——对当代中国话剧的思考[J]．戏剧：中央戏剧学院学报，1986（1）．

新时期是当代戏剧的黄金时期，“90年代以后戏剧的状况是大幅度的滑坡，与他种艺术门类比较，状态十分糟糕，呈现出极度边缘化、寂寞化景象。”[①]相应地，“90年代”的戏剧批评也在不断下滑。“90年代，戏剧批评势头却一下子跌落下去，是戏剧理论批评失语的时期，学院派也随之销声匿迹。21世纪以来的戏剧理论批评虽然有所恢复，但一个新的因素是，戏剧批评为看不见的金钱之手所操纵，相当部分的戏剧批评被称作‘票房评论’。”[②]2000年以后戏剧批评有所恢复，相继开展过“当代戏剧之命运”讨论、“重建中国戏剧”争鸣、对“原创戏剧危机”的商榷等，甚至出现了对“戏剧批评危机”的戏剧批评。戏剧批评的主要问题是失语和呓语。从媒介批评看，从20世纪80年代的戏剧危机研讨，到近来对戏剧批评危机的批评，都牵涉对戏剧期刊、电子传媒等媒介关系的研究。

20世纪80年代戏剧危机的出现与纸媒期刊的没落存在关系。1982年12月7日至18日，全国戏剧评论与戏剧期刊工作座谈会在北京召开，当时全国省市以上的戏剧期刊达70多种。此后先后召开过全国32家戏剧期刊座谈会（即全国戏剧期刊第一届年会，1984年10月15日，昆明）、全国戏剧期刊第二节年会（1985年11月14日至18日，西安）、“东港杯”戏剧期刊工作会议（1999年4月25日至29日，舟山）等。到2002年6月10日至13日在郑州召开的全国戏剧期刊与戏剧理论批评研讨会，当时全国30多家戏剧刊物“大都经费严重匮乏，发行量上不去，处境艰难，有的戏剧刊物变成了通俗快餐性文化刊物，真正的戏剧期刊呈现萎缩之势”。[③]如果说20世纪80年代我们在不断探讨戏剧期刊的

---

① 廖奔．戏剧批评：失语、痼疾与主体人格[J]．粤海风，2004（2）．

② 田本相．呼唤学院派戏剧理论批评的回归[N]．文艺报，2014-06-27．

③ 吴为．办好戏剧期刊，繁荣戏剧批评——“全国戏剧期刊与戏剧理论批评研讨会”综述[J]．中国京剧，2002（4）．

发展问题，当时还能够一呼百应，多次举办期刊会议。但到了20世纪90年代，相关研讨会的次数骤然剧减。21世纪以来，戏剧期刊的发展乃至生存面临着巨大挑战。戏剧期刊作为学院派戏剧批评的主要阵地，它的衰败必然导致戏剧批评发声的雪上加霜。一般来说，针对当下戏剧新作和演出作品的批评文章，很难在偏向理论和史料研究的戏剧期刊发表。何况，“学院派以学术期刊为主要发表阵地的惯性，也会导致他们的批评远离戏剧现场，因为学术期刊不会成为戏剧创作者的读物。同理，接受者一般也不会关注学术期刊，因为他们大多只是非学院派的戏剧爱好者，或是将看戏作为时尚的年轻观众。”①

2000年的到来裹挟着戏剧危机、戏剧批评的危机和戏剧期刊的危机一并跨入21世纪。《中国戏剧》在2002年刊发了魏明伦的《当代戏剧之命运——在岳麓书院演讲的要点》一文，引起了关于“当代戏剧命运”的讨论。魏明伦认为：“从20世纪80年代到新纪元，潘多拉盒子大开，进入电视电脑时代。当代人生活方式大改，文娱方式随之巨变，文娱场所必然转移。”“归纳起来，台上振兴台下冷清的原因多种是荧屏时代、网络世界、商品社会、斗室文娱、广场游乐，以及转型阶段人心浮躁等多种因素，导致当代戏剧观众稀少。”②魏明伦在接受《中国戏剧》采访时又补充道：“戏剧已经走过了它的黄金时代，现在是网络、电视、出版的黄金时代，没有哪一种艺术永远是黄金时代，这个现实我们必须承认。”③阮润学也认为，自20世纪50年代初以来，戏剧在中国文坛的地位经受了三次大冲击，“第三次冲击是90年代以来，电子计算机进入中国及其迅速发展”。④魏明伦等人较早注意到互联网媒介

① 谷海慧．“在场”：专业戏剧批评发挥效力的途径[J]. 戏剧，2014（5）.

② 魏明伦．当代戏剧之命运——在岳麓书院演讲的要点[J]. 中国戏剧，2002（12）.

③ 高扬．关于《当代戏剧之命运》的几点补充[J]. 中国戏剧，2002（12）.

④ 阮润学．善对多样化的时代——也谈当代戏剧之命运[J]. 中国戏剧，2003（6）.

对戏剧的影响，已经涉及戏剧与媒介的关系，可谓先见之明。

2000 年以后互联网在中国快速发展，电脑的使用大范围普及，既造成了一部分戏剧观众的流失，又提高了戏剧的普及和传播，为网络时代的戏剧批评提供了广阔空间。董健对网络的感受颇有代表性："我总觉得，网络世界大大扩大了自由空间，虽然七嘴八舌，有点'杂'和'乱'，但对克服上述戏剧批评的两大缺点（虚假和平庸——笔者注），是有好处的。"[①] 尤其是以微博等为代表的自媒体的发达，最终促成"北小京"等的微博戏剧批评的产生。

三、自媒体与戏剧批评的转机

尽管我们很难耙梳出网上最早的戏剧批评始于何时何地何人，但当 2000 年 12 月 1 日晚北京的"70"剧社在清华大学艺术中心首演了改编自蔡智恒的网络小说《第一次亲密接触》的同名话剧时，当 2001 年 3 月 20 日晚北京人艺也将这部同名话剧搬上人艺小剧场时，可以推测，当时在网上一定有网友在讨论这两部话剧，我们暂且把这些讨论视为网络戏剧批评的雏形。此后，有关戏剧的网站、社区、论坛、贴吧等如雨后春笋般涌现。许多剧团、演出机构纷纷开设主页，专业戏剧人和戏剧爱好者在网上以各种方式交流对戏剧的看法。

2002 年起，方兴东等人开始在国内推广博客，认为"如同当年麦哲伦的航海日志一样，博客们将工作、生活和学习融为一体，通过博客日志（Blog 或 Weblog），将日常的思想精华及时记录和发布，萃取并连接全球最有价值、最相关、最有意思的信息与资源，使更多的知识工

① 董健．"缺席"的戏剧批评——南京大学教授董健访谈 [J]. 四川戏剧，2015（12）.

作者能够零距离、零壁垒地汲取这些最鲜活的思想”。[①]方兴东还创建了国内首家专业的博客网站“博客中国”。但博客等的流行及其博客上的戏剧批评并未有什么影响。真正推动戏剧批评发展的是微博。2010年前后，微博的出现是网络戏剧批评发展过程中的分水岭。

自媒体的思维、观念、技术以及各种媒介衍生产品的广泛运用，改变了传统文艺批评的理念、方式和话语呈现。然而，尽管博客和微博同为自媒体，但在媒介操作、媒介功能等方面存在较大区别，对于戏剧批评的作用也不相同。以新浪博客和新浪微博为例，新浪博客不受字数限制，便于电脑书写和打字，但电脑写作对时间空间的要求使其在及时性、交互性等方面受到制约。微博的便捷性主要归功于微博功能的健全和微博手机客户端的运用，这也是“两微一端”的鲜明体现。新浪微博在一段时间内有140字的限制，但用户可以通过分享链接、利用工具软件生成长篇微博等突破字数限制。2016年新浪微博取消140字限制后，博文写作更加方便。新浪微博关注好友和访问好友界面的方式灵活，可以随时随地发表剧评，及时回复评论、参与讨论互动等。由于个人可以携带手机成为随时在场的移动媒介，任何人可以不受时空限制在微博上写剧评、参与互动。这使得过去和现在被遮蔽的、难以在纸媒期刊出现的批评之声在网络世界得到了畅所欲言的机会和途径，“赢得了表达新信息的权利”[②]，也为普通的戏剧爱好者跟剧作家、演员、导演等提供了直接交流和对话的通道。

从戏剧批评的角度看，有的知名戏剧人的微戏剧批评更新频繁，信息丰富，不乏观点鲜明、言辞犀利，有时还引起争论。但客观而论，仅就他们微博上的戏剧批评而论，并未引起像“北小京”“押沙龙”等剧

---

① 方兴东．“博客”：信息时代的麦哲伦[J]. 计算机与网络，2002（17）.

② 马歇尔·麦克卢汉．麦克卢汉如是说[M]. 何道宽，译．北京：中国人民大学出版社，2006.

评人的影响。“北小京”“押沙龙”两人均在2012年2月注册新浪微博，到2013年时已声名鹊起，成名速度之快和影响之大，远远超过大部分专业批评家。2013年，史学东在《赵耀民的存在主义：〈志摩归去〉剧与剧作》（《上海戏剧》2013年第7期）一文将两人作为“民间的言论”代表，与王安忆和杨乾武等“南北精英”并列。《北京日报》2013年7月8日的报道《匿名剧评是出什么戏码？》中提到：“‘北小京看话剧’‘押沙龙在1966’是微博上的知名人物。”[①] 戏剧精英和普通匿名剧评人同是使用微博进行戏剧批评，为何传播度和影响力存在较大的区别呢？这个现象是耐人寻味的。

究其原因，从表层来看，专业戏剧人和“北小京”等对媒介的运用有别，后者具有明显的融媒体性。所谓融媒体性，是指对不同媒体的融合运用。“北小京”的新浪微博戏剧批评属于典型的“新瓶”装新酒，这个“新瓶”就是指对融媒体的运用。简而言之，他的戏剧批评的载体，或者说他所运用的媒介工具是新浪微博，这是一种全新的自媒体。但他的戏剧批评内容本身却几乎都不是在新浪微博上的直接创作，而主要是通过链接分享以及长微博生成工具转换已写出的长篇微博，这与直接在140字内的剧评有较大区别。我们把王晓鹰作为戏剧精英微博的代表，将他的新浪微博戏剧批评与“北小京”的新浪微博戏剧批评进行比较。

王晓鹰在2010年5月4日注册新浪微博至今，拥有粉丝90213人，发表微博2532条。“他的博客空间是戏剧界较早出现在网络上的精英博客里的新空间，信息量极其丰富，有戏剧批评、导演创作、戏剧随感等栏目，在精英博客里有百余万次的访问量”。[②] 就戏剧批评而言，王晓鹰的微博有两个突出特点，一种是发表了大量戏剧短评，涉及排剧心

---

① 牛春梅．匿名剧评是出什么戏码？[N]．北京日报，2013-07-08（11）．

② 吴卫民．网络时代的戏剧批评空间[J]．中国文艺评论，2017（9）．

得、导演感想、名剧评点、观剧感受、演员评价、票价问题、小剧场话剧、先锋戏剧、商业戏剧、原创戏剧危机、戏剧市场、观众素养、文艺政策等。大都见解独到、观点犀利，率性与思辨兼备。如 2010 年 12 月 5 日的微博评德国汉堡塔利亚剧院的《哈姆莱特》："塔利亚的这台《哈姆莱特》我还是很难说喜欢。除了把'to be or not to be'发展成很长的一段具体的'这样……还是那样'的台词并且说得越来越强越来越震撼以外，就只有那几乎整场都在又弹又唱现代的乐手让人惊叹了，别的都让人觉得太诡异、太压抑甚至太变态了……"2010 年 12 月 26 日的微博评孟京辉导演的话剧《柔软》："刚看完孟京辉的《柔软》，虽然因特殊原因只看到了一部分，但仍能强烈地感受到这个戏的惊世骇俗的锋芒和气质！"2011 年 7 月 15 日的微博评先锋戏剧："现在舞台上缺少真正的实验先锋戏剧，我认为根本原因是真正意义上的实验先锋精神已经难觅踪影。现在很多打着'先锋'旗号的戏其实都在搞娱乐、搞商业，正如李晏文中所说'先锋'退化到只会以网络俗语、浅薄和肉麻挑战观众的极限，的确是'实验先锋'的悲哀！"另一种是长篇的戏剧批评，这类戏剧批评属于学院派戏剧批评，篇幅较长，专业性强。这类文章往往先发表在博客或刊物上，再通过博客、微博分享链接。如《〈新暗恋桃花源〉的启示》《小剧场话剧廉价笑声淹没思想价值》等博文，是戏剧批评的典范。王晓鹰在新浪微博的戏剧批评，有的网友评论较多，有的引起网友争论，但总体上并未引起太大影响。或者说，无论是作为导演还是戏剧理论研究者，王晓鹰的影响无须通过微博戏剧批评获得。但在客观上，专业戏剧人的新浪微博戏剧批评与"北小京"等人的新浪微博戏剧批评存在以下几个方面的区别。

一是碎片化与整合化之别。专业戏剧人的微博内容庞杂，尽管所发表的剧评精彩，但只是极为丰富的微博内容的构成之一，这使得剧评尤其是短评本身的碎片化特征更突出，往往稍纵即逝，淹没在游记、访谈、转帖、通告以及社会新闻评论中。较之戏剧精英的剧评，“北小京”等匿名剧评人的戏剧批评从一开始便采取了符合传统戏剧批评文本规范的“长篇大论”。尽管他们一开始也受到新浪微博 140 字的发帖字数限制，但并未对其有影响。他们往往先在博客发表，再通过微博分享链接，或者使用新浪长微博工具发布帖子，从而避开字数限制。“北小京”在 2012 年 2 月 23 日发表了第一篇博客《北小京看话剧〈北京我爱你〉》，微博分享链接，该文达1524字。2012年2月27日发表第二篇戏剧批评《无力的欲望，僵硬的花园》，共 1748 字。此后，几乎每篇批评文章都是千余字。这种规范性的戏剧批评，形式上的正式感，文风活泼，言辞犀利，日积月累，容易产生影响。

二是断续性与持续性之别。知名戏剧人的戏剧短评呈现出明显的断续感。这种断续感既指整体上微博的活跃状态不稳定，也指剧评写作的断续性。“北小京”等人的微博则具有持续性。“押沙龙”从 2012 年 4 月 25 日发表第一篇博文起，至 2015 年 1 月 15 日最近的一篇博文止，持续写作时间近 3 年。“北小京”从 2012 年 2 月 23 日发表第一篇博文起，至 2018 年 7 月 31 日最近的一篇博文止，持续写作时间六年多。“北小京”在 2017 年 1 月 4 日发表《依然期盼——写在剧评第六年》，谈到“过去的五年里，我写了 150 多篇，大约 25 万多字的剧评”。据此推测，笔者统计，从 2017 年 1 月 4 日之后到 2018 年 7 月 31 日止，“北小京”又发表剧评 45 篇。那么可以得知，在过去的 6 年多时间里，他一共发表剧评近 200 篇，30 多万字。这种持之以恒，起到了积跬步至千里的传播效果。

三是融媒体的戏剧批评。“北小京”在博客、微博发表剧评，并开通微信公众化，实现“两微一端”联动。此外，随着影响力的增大，他也开始在报纸杂志和专业的戏剧期刊发表剧评，从而将“两微一端”与传统媒体融合，实现了融媒体的戏剧批评。“北小京”从 2015 年 7 月 19 日起，同时在新浪博客、新浪微博和微信公众号上发表剧评，在微信公众号发表剧评 70 篇。在《文汇报》（2014 年 8 月 2 日）发表剧评《这条重复前人的“保险之路”已不保险——看北京人艺话剧〈雷雨〉》；在《戏剧与影视评论》（2017 年 06 期）发表剧评《十年青戏节——写在作为青戏节观众的第十年》；在《北京日报》（2017 年 12 月 14 日）发表剧评《光有方言不成戏——看四川人艺版话剧〈茶馆〉》。迄今为止，“押沙龙”在《上海戏剧》发表剧评 12 篇，在《文学报》发表剧评 1 篇。尽管他们的初衷只是做业余的戏剧批评，但由于持之以恒，逐渐将业余做成专业，专业戏剧人的剧评反而成为业余，其效果也大相径庭。也就是说，“北小京”等微博剧评人既利用了微博媒介的优点，又发挥了传统纸媒的特长，以比较规范的格式，结合微博传播，堪称“新瓶”装新酒。

当然，真正使得“北小京”等人备受外界关注的根本原因在于戏剧批评内容本身。不论是他们借助了微博这样的自媒体进行传播，还是以传统的批评文风在纸媒期刊发表剧评，其可贵之处在于批评的内容本身与当下学院派戏剧批评的失语、呓语形成了鲜明的乃至针锋相对的对比，进而切中戏剧危机和戏剧批评的时弊，一鸣惊人。

四、媒介之外：“真我”对“异化”

博客、微博等自媒体的出现，为“北小京”等的戏剧批评和传播提供了媒介通道，使得来自社会的、民间的批评声音得以抒发，但他们撼动戏剧界的根本是批评内容本身，其最可贵之处在于实践着一种讲真话的、直面当下的鲜活舞台艺术作品的戏剧批评。

当前戏剧批评存在的主要问题是失语和呓语共存，成为“批评的异化”。所谓失语，主要是指学院派戏剧批评的失语。原本活跃在戏剧批评领域的一批学者已很少或不再从事戏剧批评，成为沉默的多数。学院派戏剧批评失语的原因十分复杂，既跟戏剧文学的危机有关，也跟外在的戏剧环境有关。比如，戏剧创作的繁荣一定会带来戏剧批评的兴盛，戏剧创作的衰微也一定会连带戏剧批评的萎靡。目前的戏剧创作是火热的，各种评奖、竞赛催生了大批的原创戏剧，但能成为公认的佳作的极少。好剧越来越少，寥若晨星；烂剧越来越多，层出不穷。面对这一状况，批评家的热情被无情的现实浇灭了，他们对糟糕的剧作敬而远之，视而不见，避免沆瀣一气和滥批乱评，也丢失了批评者应有的使命和担当。尤其是当人情剧评、红包剧评、票房剧评鸠占鹊巢之时，批评家的淡漠无疑是失职。

学院派戏剧批评失语不等于批评的失语。傅谨指出：“说目前的戏剧批评不正常，并不是说戏剧评论在整个戏剧创作、演出大环境里完全缺失。恰恰相反，几乎每个重要的或者不重要的剧目出现，我们都能从媒体上和专业报刊上读到许多评论文章。然而，我想坦率地指出那个公开的秘密——这些评论文章，多数都是由创作者或创作部门‘组织’、通过种种人情途径委托专家和记者撰写的。其中相当部分还通过有关部门买到了报刊的版面才得以刊登问世，一个无法回避的润滑剂就是‘红包。”[①]还有一种“媒体批评”，“媒体批评指的是以报纸、电视等传统媒体为主要载体的戏剧批评，它虽然也包含以网络为媒介的部分，但不等同于网络批评，”“所谓的‘人情批评’‘红包批评’‘圈子批评’，主要出现在媒体批评中”。[②]我称这类批评为呓语的批评，这类批评往往充斥着对“皇帝的新装”视而不见的阿谀奉承之能事，成为人情剧评、

① 傅谨．呼唤多元的戏剧批评 [J]. 剧本，2001（8）.

② 谷海慧．“在场”：专业戏剧批评发挥效力的途径 [J]. 戏剧，2014（5）.

红包剧评、票房剧评的主要水军。久而久之，这类批评便形成了戏剧批评的虚假和平庸、媚雅或媚俗的潜规则。

不说话（失语）、说假话（呓语）、说真话，这三者是当前戏剧批评的大体状况，可惜前两者占了主潮。因此，我们需要的是说真话的戏剧批评。“所谓‘真’，自然是说戏剧批评要说真话。有好说好，有差说差；有一说一，有二说二；实事求是，不说假话。这似乎是老生常谈了，业界这方面的呼吁乃至呐喊也不在少数。但真要做到这一点，却非易事。”[①] 历来说真话的戏剧批评当然有。吕效平的《21 世纪头十年中国大陆戏剧文学》《从〈天下第一楼〉到〈立秋〉——兼论作为戏剧审美境界的“怨”“恨”“颂”》、傅谨的《呼唤多元的戏剧批评》等系列文章，便是这方面的代表。然而，相比于庞大的批评队伍和不断涌现的剧评文章，这种说真话的戏剧批评还是比较稀缺。讲真话之难，单单依靠纸媒期刊发声的传统戏剧批评的思维和路数很难有所改观，而这正是网络媒介的用武之地。

谷海慧认为：“网络批评之所以具有如此效力，原因之一在于当下真话批评的稀缺。”[②] 物以稀为贵，讲真话的戏剧批评，从根本上保证了批评的真诚和批评的严肃。“北小京”“押沙龙”等剧评人看似业余剧评，实则他们从第一条微博开始，就发出了要做严肃戏剧批评的声音。“北小京”在 2012 年 2 月 23 日发表的第一篇博客《北小京看话剧〈北京我爱你〉》即展现了立场鲜明、观点犀利的风格。《北京我爱你》由史航等 5 位编剧和杨亚洲等 5 位导演制作，被誉为国内首部“短片集”。此剧选取 5 个角度，讲 5 段故事，每段故事包含“北京、地铁、爱”三个元素。这部集结了著名导演和明星的话剧究竟如何？笔者未曾看过，不得而知，且看“北小京”在博文篇末谈到：“看完这戏，我真想问问

① 荣广润．有见地的戏剧批评仍然薄弱 [N]. 解放日报，2017-04-20.

② 谷海慧．“在场”：专业戏剧批评发挥效力的途径 [J]. 戏剧，2014（5）.

这戏里的众位编导，北京招你们了吗？凭什么把你们抽屉里那点做作的剩饭拿出来糊弄观众？糟蹋北京这个名字？你真爱北京吗？你认真爱了吗？！我相信如果你们真的爱，你们不会拿那外国的电影和漫画直接抄过来，就算是换成北京话也透着水土不服，您这么拿来主义地爱北京，我作为北京人还真看不上！真得给你们倒竖大拇指，真的，你们也忒不真诚了！”

“北小京”在 2012 年 2 月 27 日发表的第二篇博文《无力的欲望，僵硬的花园》文末谈到：“在戏剧面前，我们剖析，描述的就是人性，如果简单地分出好坏、善恶，那绝对不是人性，而是伪善。是僵化的戏剧——这不是我说的，这是从彼得·布鲁克老爷子的书里悟到的。”在 2012 年 3 月 2 日微博回复网友时谈到：“我写，为给死水一潭的面子剧评添一颗沉湖石子，更为激起千层浪，让大家认识到，听实话才能进步，才能从自艾自怜的戏剧情节中迅速成长！”类似这样观点鲜明、言辞激烈的戏剧批评在“北小京”的微博中比比皆是。再如，他评话剧《蚂蚁没问题》：“没写明白，没导明白，没演明白。”评话剧《老爸，开门》：“这一次，我轻信了人艺。”评新浪潮戏剧《乔布斯的美丽与哀愁》：“挡不住空洞语言所散发的乏味。”评话剧《喜剧的忧伤》：“娱乐至死的标本。”评话剧《情感操练 2.0》：“没见情感，只剩操练。”评国家话剧院话剧《伏生》：“一场露馅儿的魔术晚会。”评国家话剧院版话剧《罗密欧与朱丽叶》：“把明星效应、新段子时髦磕儿和各种东拼西凑的舞台大招儿搁一块乱炖。”质问国家话剧院话剧《萨拉姆女巫》：“复排的意义何在？”评辽宁人民艺术剧院话剧《父亲》：“这是一位固执的老人，站在当今的舞台上，手拿过去的奖杯，期待来自当代的欢呼声。”评青戏节戏剧《卡拉 OK 猪》：“一场先疯秀。”

反之，“北小京”对于自己喜爱的剧，欣赏之情不吝赞词，溢于言表。例如，评话剧《我是月亮》：“春天里的一出好戏。”评《卤煮》：“好似一台缩小版的《茶馆》，更确切点儿，是一台当代版的《茶馆》。”评《歌声从哪里来》：“童道明先生写的这部《歌声从哪里来》虽然不是讲歌声的，但他却始终追求了一个美学旋律。”评《歌唱吧！中国》：“这是一台如歌的演出，是一台有意外惊喜的演出。”评《招租启事》：“朴实得让人感动。”评中戏 09 导演系版话剧《窝头会馆》：“坚守了戏剧水准。”评新浪潮戏剧《雷雨 2.0》：“这是一部具有划时代意义的作品。”评话剧《朱丽小姐》：“几乎看见了斯特林堡。”评孟京辉导演的话剧《活着》：“今晚，他是一个伟大的导演。”评戏曲专场《甲子四折》：“戏剧界的标杆。”评波兰华沙多样剧场的戏剧《4.48 精神崩溃》：“我把掌声放到文字里。”

“北小京”的剧评爱憎分明，有温度，有力度，贵在真实。史航在评价“押沙龙”时认为：“为好的东西高兴，是她最可宝贵的特点。对烂的东西直言，是她最可尊敬的成就。”[①]这用来评价“北小京”同样适用。这便形成了“押沙龙”“北小京”戏剧批评的最大特点：“真我”的戏剧批评。所谓“真我”，字面意思是“真正的我”，做真正的剧评人，“我手写我口，我口写我心”，就事论事，有感而发。出发点是对中国戏剧的关爱和对碌碌无为的戏剧批评的痛切。纵然“北小京”“押沙龙”等剧评人的戏剧批评能够引起外界重视，根本原因在于内容制胜。但也可以想象，这些批评文字过去几乎不可能发表在纸媒期刊，并且在网络空间也只能以匿名方式存在。网络时代的到来，博客、微博等的运用，内容与形式的统一，媒介与信息的融合，确实为这样的批评之声提供了难能可贵的发声渠道。正如“北小京”感慨：“伟大的网络给了每人一个平台，让我们有抒发的窗口。”

---

① 易凌启．让烂戏不好过，让好戏不寂寞：对话戏剧人史航 [J]. 上海戏剧，2014（3）.

五、星星之火，可否燎原？

从 20 世纪 80 年代以来，面对戏剧批评的不景气，许多学者积极讨论，寻找对策。迄今为止我们对戏剧批评的理论探讨成果十分丰裕，大家把准了解决戏剧批评危机的许多方面，如果这些解决戏剧批评危机的理论和办法能够落实下来，戏剧批评的窘境是能够得到改善的，这种改善是能够看到立竿见影的效果的。可悲的是，近年来的戏剧批评的现状并未因为理论讨论的热度而有多少改观，以至于有人指出："@ 北小京看话剧和 @ 押沙龙在 1966 的出现，是在网络世界建立起戏剧批评。我不知道这一南一北的揭竿而起有无相互的呼应、是不是一次预谋。在这以前，我个人觉得无论是上海还是北京，都没有什么戏剧批评。"[①] 如果说北京和上海这两个戏剧重镇和戏剧批评的中心"都没有什么戏剧批评"，遑论其他地方。

"北小京""押沙龙"等人的出现，对于岌岌可危的戏剧批评而言无异于一次响亮的鞭策，他们以业余的、边缘的、民间的姿态对专业的、学院派的戏剧批评形成一种倒逼。他们冷不防的出现，确实引起了大家对戏剧批评问题的再探讨，尤其是促使大家对以往不太关注或不以为然的网络批评开始重视起来，开始思考戏剧批评在新媒体、自媒体时代应当如何拓展视野，借力新媒介的力量展开批评活动。有的学者已经开始与"北小京"等人的微博戏剧批评展开对话，比如，俞建村在《北京人艺〈人民公敌〉的"表演技术"——显性的表演行为重建》一文中，对"北小京"对北京人艺话剧《人民公敌》的戏剧批评进行商榷，认为"也

① 李容．"押沙龙现象"是戏剧批评的悲哀——兼论近三十件上海戏剧批评之前世今生 [J]. 戏剧文学，2014（8）.

许，北小京无法接受的，可能正好是该作品值得可圈可点的创新之处”。[①]这样的对话，就戏剧问题展开认真的学术探讨，各自表达观点，形成共鸣或争鸣，是十分值得推崇的。

尽管大家由“北小京现象”引发一通热议，甚至对“北小京”“押沙龙”的戏剧批评进行二度批评，对他们展开研究，但总体上“北小京”等的戏剧批评属于自说自话。“北小京”“押沙龙”之后时至今日，并未见到整体批评生态的明显改善。即便大家弄清楚了戏剧批评危机的病根，开出了药方，但空有理论，缺乏批评的实践。批评的实践或者说批评的落地是“北小京”“押沙龙”等人最可贵之处。这是一种具有强烈的当下性的戏剧批评，一种直面戏剧作品的戏剧批评，一种实战的批评活动，一种为批评而批评的批评。对好的作品进行褒扬，对戏剧乱象进行“亮剑”。这样的批评说起来容易，做起来很难。唯其如此，“北小京”“押沙龙”等人的出现，为专业的、学院派的戏剧批评树立了榜样，被誉为“横空出世”“黑马”，吕效平更以“世事无法，媸妍莫辨，以恶凌善，于是有侠”予以称赞。[②]史航认为，“押沙龙”“北小京”对戏剧界的影响，“不见得能催生出更多的好戏，更不见得能阻止更多的烂戏，但起码让烂戏挣钱没那么容易了，也让好戏不那么孤单委屈寂寞了”。[③]

看得明白，说得透彻，大谈理论，无关行动，这是当代戏剧批评的过去和现在的现实。“北小京”“押沙龙”等人在网络空间点燃星星之火，如果专业戏剧批评能够在批评实践方面起而应之，顺势而为，或许能够形成众人拾柴火焰高的燎原之势，形成打扫戏剧批评这个“奥吉亚斯牛圈”的行动。可惜，我们并未看到这种现象的发生。“北小京”评

① 俞建村．北京人艺《人民公敌》的“表演技术”——显性的表演行为重建[J]．戏剧，2018（3）．

② 为摆脱圈子和面子而隐身，折射当下畸形评论生态[N]．东方早报，2013-07-05.

③ 易凌启．让烂戏不好过，让好戏不寂寞：对话戏剧人史航[J]，上海戏剧，2014（3）．

李建军导演的《飞向天空的人》，引起了孟京辉、李建军等人的回应，或者说是反批评。“北小京”将《飞向天空的人》誉为“一本空洞的人生相册”“此戏中的非职演员更像是被规训过的演员”“把真人换成木偶，此戏也能实现”“在语言退位的形势下，观众被形式轰炸了”“我看到一个青年导演挑了传统的房顶，却在舞台上铺满了强说辞的概念与情绪，他没有钻进生活本质的性情中，当然，也找不到他飞向‘天空’的灵魂路径”。[①] 孟京辉在微信朋友圈对“北小京”予以反驳：“‘北小京’对国际戏剧艺术的当代性的理解有些浅薄和简单。他看不到导演内心的美学坐标系，只看到自己传统叙述的度量衡，他体会不到导演对静与动、形与意、熟识与荒诞、复制与调侃的把握。只看到普通大众对讲故事的人而不是一个抒情诗人的期待。‘北小京’的戏剧评论基本上还停留在文以载道和推陈出新的毕业论文水平。尽管这些毕业论文我也算喜欢。我想说的是，我在《飞向天空的人》作品里看到了‘空镜框’里面的忧伤和面具背后的喧哗和骚动，而他什么也看不到。李建军是我见过的中国最优秀的当代戏剧导演。《飞向天空的人》也是我看过的最好的中国当代戏剧作品。”李建军在接受新京报记者采访时表示对“北小京”的剧评“基本上是不能接受，因为它是一篇空洞的、没有结论的、没有故事的评论。这篇剧评与我们戏剧所表达的逻辑完全相背离”。[②] 这种批评与反批评，这种真切的对话和过招，尤其是这样的对话发生在“两微一端”的联动以及纸媒报刊的媒介合力之中，堪称是戏剧批评和媒介批评的标本。这本应是专业戏剧批评介入讨论，就剧论剧，真诚对

① 北小京．空镜框——看清戏节戏剧《飞向天空的人呢》[EB/OL].（2017-09-26）[2018-09-25]. https://mp.weixin.qq.com/s?__biz=MzAxNjY2NTkwNQ%3D%3D&idx=1&mid=2651374894&sn=4680efa1e594b99e2ce319ed6d6530fd.

② 文艺sao客．孟京辉为这部戏怼北小京，你怎么看？[EB/OL].（2017-09-28）[2018-09-25]. http://m.sohu.com/a/195255611_160975.

话，畅所欲言的好时机，但这种互动和争鸣并未形成。相反，我们看到的是“北小京”的孤军奋战，一人独战多数的悲戚。

这种悲戚也体现在网络批评的乏力之势。“押沙龙”和“北小京”一南一北唱响的戏剧批评的“双城记”已然不再。因为“押沙龙”自2015年1月15日发表最近的一篇戏剧批评后，不再发表博文。“北小京”还在坚持，但即便他能够长久地坚持下去，如果不能出现更多的“北小京们”，那么这样的网络批评恐怕也会暗淡下去。如真这样，戏剧批评的危机依然将处于一种“封闭的循环”，这将是一种何等的无奈和悲哀。

第四章　网络影评的大众文化生产力研究①

常州工学院　王珺

费斯克在《理解大众文化》中提出，具有“生产者式”的大众文本能激发人们对其进行意义的再生产与再流通。“生产者式文本”的矛盾性与意义裂缝处，鼓励观众将之与自己的日常生活联系起来，煽动“身处不同的社会效忠从属关系的观众得以从他们发现的不同切入点出发，生产出不同的意义”②。本文立足电影作为“生产者式文本”，论证作为大众文化生产力的网络影评其生成机制、策略、特征等问题，继而佐证网络影评作为大众文化生产力，是将普通观众内心幻想的形象/内心的体验转化为具象化的、具有公共潜能性质的传播文本，亦是为电影消费者提供了自我赋权的可能性，从而使之在逃避宰制性的意识形态的同时获得自由意志与自下而上的权力。

① 本文系2018年度常州工学院高层次人才科研启动项目《“互联网+”时代的中国电影批评场域研究》阶段性成果，项目编号：E3-6701-18-038。

② 约翰·费斯克．理解大众文化[M]．王晓珏，宋伟杰，译．北京：中央编译出版社，2001：217.

一、网络影评与大众文化生产力的观念

1. 电影作为“生产者式文本”

电影作为大众文化的代表，一方面，被法兰克福学派定性为“虚假的”“标准化”“伪个性化”的文化工业产品；另一方面，“电影文本的‘无可避免的多重性’使得它能‘以其丰富多样的结构和魅力，为观众提供参与的机会,成为彻底开放和民主的公众空间中的一种运作范型。由于电影要求想象的介入和争辩，它成为启蒙的训练场，也成为基础广大的、自愿结合的汇集地。这种人际关系便是通向启蒙的最佳途径”。[①] 正是处在这样的夹缝中,电影成为大众文化的典型文本,成为最具有“生产性”潜力的大众文化文本。所谓“生产者式文本”，既要包含具有宰制性与意识形态性的结构性文本意义，也要包含具有隐藏性与规避意识形态性的开放性文本意义。

电影作为“生产者式文本”，主要体现在以下几个方面：首先，电影符号的象征性。电影符号是一套表意系统，由于能指与所指的指涉关系会游离于日常经验的常规符码,从而出现多义抽象的意义表达。其次，电影叙事存在的多义性。开放式结尾、多视角叙事、多时空拼贴等叙事技巧为影片增加了自由想象的空间。《盗梦空间》影片最后几秒的陀螺让观众陷入无尽的争执之中；《恐怖游轮》带领观众进入轮回的“死循环”。多义性的电影叙事，挑战观众的视野，增添影片的叙事空间，激发观众进行叙事补偿与叙事推理。再次，电影主题的暧昧性。以影片《南京！南京！》为例，由于聚焦南京大屠杀这个敏感题材，加上导演采用日本军官角川的叙事视点来讲述影片，电影上映后引发激烈争议。有观

① 自徐贲.能动观众和大众文化公共空间，文化批评往何处去——八十年代末后的中国文化讨论[M].吉林：吉林出版集团，2011：136.

众高度赞誉："请你在看过这部电影之后，能够等到字幕放完，音乐停止，给所有的演职人员应有的尊重，给那段历史一次尊重。若你还有力气，请你鼓掌！我觉得，这样也是爱国和铭记。"也有观众痛斥，"陆川塑造的南京，即使知道其实真的是这样，我也不接受。我宁愿深刻同情，畅快痛恨，也不要模棱两可地冷静"。对于反差如此巨大的解读，与电影主题的暧昧性息息相关。上述表征性、多义性、暧昧性形成电影存在未曾言说的空白与不确定的意义系统，使之成为大众一种可利用的文化资源，继而以"为我所用"的原则进行着文化再生产与再创造。

2. 大众文化生产力

大众文化生产力，是对"生产者式文本"提供的文化资源（可以是结构性意义，也可以是开放性意义）进行选择，在此基础上展开创造性的使用与意义再加工，从而完成文本意义裂缝的填补与文本再生产的能力。通过这种生产力，激发大众在吸收原初文本的文化资源基础上，生产出无数的新文本，从而将文本、大众与日常生活以富有意义的方式连接起来。就网络影评而言，大众文化生产力包括消费生产力、符号生产力与文本生产力。

（1）消费生产力。根据鲍德里亚的观点，消费"它是当代社会关于自身的一种言说，是我们社会进行自我表达的方式。在某种程度上消费的唯一的客观现实，正是消费的思想，正是这种不断被日常话语和知识界话语提及而获得了赏识力量的自省和推论"。不管是"一句话影评"，还是长长的电影博客，抑或是几百楼的帖，网络影评展现的都是观众通过对电影的批评而进行的自我表征，都是观众在电影的感性影像、文化意义消费过程中获得某种感官满足和精神愉悦的产物。同时，花钱看电影意味着一次自愿交换的市场行为。因此，作为消费者有权利对消费体验进行评价：是否满足个人消费口味，是否让消费成本物有所值。同时，消费行为是一种特殊的社会心理需求，是对商品的符号和符号背后的意义的需求，或者说是由占有“社会意义的欲望”所激发出来的需求。这种需求，起源于作为商品的电影所包含的“欲望符号”的刺激，电影批评成为对“欲望符号”及此符号背后的意义的追求活动。观众不仅是电影的消费者，而且也可以是电影消费之后的生产者。网络大众批评通过赋予商品性的电影具有主体性特征的符号意义，使得电影不仅仅是可供观看的、具有使用性的商品，而且承载了观众消费电影时产生的即时性消费感受与之后沉淀性思想体验。网络影评的主体利用电影文本中的文化资源，实施“愉悦和挪用的策略”，在批评过程中产生意义与快感，并建构主体身份，从而改变自己处于线性经济交易（买票看电影）的被动地位。因此，网络影评主体并不是无声、无差别的大众群体，也不是所谓的“文化工业”控制与压迫的大众群体，而是具有生产力的大众文化消费者。

（2）符号生产力。“它包括从文化商品的符号资源中生产出的社会认同和社会经验的意义。”① 符号生产力是对电影“生产者式文本”意义系统的辨识与选择。“电影作为一种‘社会性的经验视野’，使先前那些因不能运用文字而无法参与旧有公众领域的普通人得以参与社会共同的意义生产和交流，从而使他们成为新的社会经验话语的组织者。”② 符号生产力发生于主体内部，是主体依据自己的文化资本觉察出影片中存在的“可疑的”“有意味的”“有趣的”、可供挖掘的“文本裂缝”。依据布尔迪厄的观点，电影文本中的意义“裂缝”只会对具有某种文化资本的人产生意义与趣味。也就是说，主体必须具备某种感

---

① FISKE J. The Cultural Economy of Fandom, in Lisa A. Lewis: The Adoring Audience: Fan Culture and Popular Media[M]. New York: Routledge, 1992: 37.

② 徐贲.能动观众和大众文化公共空间，文化批评往何处去——八十年代末后的中国文化讨论 [M]. 吉林：吉林出版集团，2011：135.

知与欣赏能力，在这种文化资本有意或无意地发挥作用下，才能辨识出电影文本中的意义“裂缝”。这种符号生产力决定主体采取何种策略进行影评创作。

（3）文本生产力。文本生产力是指影评文本创作。这种生产力，除主体对电影文本的消费、对电影文本意义系统的辨识之外，还需要运用批评主体的综合能力：写作能力、文学修养、网络技术知识、英语水平等文化资本。文本生产力就是主体在网络空间中的展示能力，通过这种展示能力传达出自我意志与创造的力度，提供一种与主导批评话语不同的另类选择，从而完成个人对权威话语与霸权文化的质疑与抗议。例如，对于《金陵十三钗》中妓女救国隐藏的父权意识与“处女与妓女”的生命高贵论争，便是观众在电影文本结构性意义系统之外发现的意义“裂缝”，通过对影片中的符号资源的“有意味”解读，摆脱了影片符号资源原有的社会承诺与主导文化利益的意识形态，建构起自己的意义系统。

二、网络影评生产策略

“消费者——这些违背承认的创造者、自己行为的诗人、在工具理性主义的丛林中静静开拓自己的道路的探险家，……消费者活动在由专家统治、建构、书写和操作的空间，他们的轨道就像随意的句子、有些部分无法解读的穿越空间的道路。虽然使用的是现有语言中的词汇，虽然仍然遵守规定的语法形式，消费者的轨道描绘出了有着另一类兴趣与欲望的策略，既不受其成长于其中的体系制约，也不被它俘获。”[①] 德赛

① 陆扬，王毅．大众文化研究 [M]．上海：上海三联书店，2001：88.

都用这段话旨在说明消费者的能动性，强调消费者并非是商品工业的俘虏。而作为一种大众文化生产力的网络影评也同样具备这种“智慧”，网络影评的创作机制不是某个固定的加工程序，也不是规范化的生产模式,它倾向于一种策略,利用各种机遇去捕捉电影文本中“有意义”的元素。

1. 文本符号策略——网络语言与网络流行文体

大众文化的语言使用，并不仅仅是语言学的句法结构或语法规则，而是语言的社会功能以及在语言使用背后的权力关系。费斯克认为，大众文化的语言使用“是对语言规则的拒绝服从，一种在短暂的时间内展开的战术，语言系统受到袭击，遭到‘狡猾的’、不敬的使用”[①]，体现出其与正式的、规训的、官方的语言的截然不同。

网络语言已成为网络电影批评的御用语言。网络语言是在自然现实语言的母体中繁衍变体而生，是在现实语言的原有形态上创造、解构、重构的语言符号。网络语言的核心实质是“口语表达特征 + 键盘书写 + 网络超级媒介”[②]，它属于语言表征系统和文化意义系统共变的产物，是“现代汉语的一种社会变异”[③]。网络语言和网络流行文体形成迥然不同的批评能指系统，折射出大众对语言的创新能力与对日常生活、社会生活的感知能力，也促成前卫开放、诙谐不羁的批评主体与“不合作”的文化意识形态。

2. 文本组织策略——“相关性”

网络影评的意义再生产与再创造，是发生在大众、电影文本与社会话语系统的遇合之际。结构性的电影文本与社会话语系统能够倾向于某种解读，但是网络大众总是将结构性文本视为可利用资源来生产自己想

① 约翰·费斯克．理解大众文化 [M]. 王晓珏，宋伟杰，译．北京：中央编译出版社：132．

② 曹进．网络语言传播导论 [M]. 北京：清华大学出版社，2012：47.

③ 刘晴．网络语言的文化研究 [D]. 武汉：华中师范大学，2006.

要的、偏爱的解读。

费斯克认为，大众选取或淘汰文化工业的产品，“取决于文本特征，也取决于大众所在的社会状态”[①]。由于大众文化实践是在文化工业与日常生活的交界处发生的，“大众文化始终处于运动过程中，其意义在一个文本中永远都不能确定，因为文本只有在社会关系中和互文关系中才能被激活，才有意义。一个文本只有进入读者的日常生活而被阅读时才能产生社会关系”。[②]因此，费斯克提出大众辨别力的核心标准是“相关性”[③]。“相关性”是大众作为“社会主体”与“文本主体”[④]同时发挥作用、竞争协商的产物。客观的社会存在和社会符号（阶级、性别、职业、年龄等）构成观众的“社会主体”，决定观众评论电影的认知视野和感情基础。“文本主体”是文本结构中为观众建构和预留的主体位置，即结构性电影文本的预设主体，或者说是电影文本建构的“理想的主体地位”。“社会主体”与“文本主体”共同指挥着观众进行解读，“相关性”就诞生于“社会主体”与“文本主体”之间的协商解读中。

“相关性”不是来自文本的固有特质，而是一种大众自身的潜力，只有他们自己知道哪些电影或者电影中哪个元素可以与他们的日常生活相连接，能表达他们的感情、创造属于他们的价值与获得社会认同与社区地位。“相关性是被读者发现或生产出来的；相关性是文化经济中一些特定的生产时刻和生产过程，使得文本不再仅仅是金融经济中的商品。因此，大众的辨识力并不作用在文本之间或者文本内部的文本特质层面上，而是旨在识别和筛选文本与日常生活之间相关的切入点。这就表明，

① FISKE J. Understanding Popular Culture 2nd[M]. New York: Routledge，2010：102.

② 约翰·费斯克. 解读大众文化 [M]. 杨全强，译. 南京：南京大学出版社，2001：3.

③ FISKE J. Understanding Popular Culture 2nd[M]. New York: Routledge，2010：102.

④ FISKE J. Television Culture[M]. New York: Routledge，2011：66.

无论读者分属于多少不同的社会效忠从属关系，文本可以提供，至少具有潜力提供，相应的切入点。”[①]因此，网络影评体现出与传统电影批评的审美范式的不同：首先，网络影评并不旨在确定或者证明电影具有一种美学上的客观价值特质，也并不真正关乎电影本体性问题，而更倾向于电影与自己的关系，以及电影与看电影在其日常生活中的功能与作用；其次，“相关性”策略是将电影文本与自我真实世界融合，遵循“为我所用”（making-do）的原则将面向所有人的电影文本资源转为“特定为我”[②]（for-someone structures）的特殊品质；再次，“相关性”策略是多元化且相对性的，它拒绝封闭性、绝对性与普遍性，是一种“未被驯化的选择”[③]。“相关性”策略的内容主要包括以下几点。

第一，“先在”视界构成“相关性”策略的核心基调。“人绝不会生活于真空中，在他有自我意识或反思意识之前，他已置身于他的世界，属于这个世界。因此，他不是从虚无开始理解和解释的。他的文化背景、社会背景、传统观念、风俗习惯，他那个时代的知识水平、精神和思想状况、物质条件，他所属的民族的心理结构等，这一切是他一旦存在于世即已具有并注定为他所有的东西，是自始至终都在影响他、形成他的东西，这就是所谓‘前有’‘成见’‘前判断体系’”。[④]姚斯把“前判断体系”发展为审美经验的期待视界。“所谓‘期待视界’，实际上是读者阅读一部文学作品前的由其全部相关生活经验和审美经验之总和所构成的对作品预定的鉴赏趋向与心理定式，它形成了读者的内在审美

① 约翰·费斯克．理解大众文化 [M]. 王晓珏，宋伟杰，译．北京：中央编译出版社，2001：156.

② 张玉佩．从媒体影像关照自己：观展 / 表演典范之初探 [J]. 新闻学研究，2005（82）.

③ 约翰·费斯克．理解大众文化 [M]. 王晓珏，宋伟杰，译．北京：中央编译出版社，2001：171.

④ 陈立旭．重估大众的文化创造力——费斯克大众文化理论研究 [M]. 重庆：重庆出版社，2009：247.

尺度，潜在地支配着读者对作品的接受程度和方式。同时，这种期待视界本身是逐步积累而形成的，并非凝固不变。”[①] 由此，每一位观众都具有一定的文化背景与社会经验，这些外在的因素必然会内化成观众内在的心理结构，形成“先在”视界。它是认识新事物不可或缺的环节，主体只有在已有的心理定式与鉴赏能力的基础上才能接受新生物。“先在”视界是“相关性”策略的情感基点与接受基础。对于电影观众而言，“先在”视界可以分为两部分：①与电影有关的视界：对电影背景知识的了解，如对改编电影的评论会涉及观众对原著的“先在”视界；对电影艺术本身的了解，如场面调度、蒙太奇、镜头、景别等电影知识；观众对电影导演、电影演员的熟悉度。②观众积累的认知视界，包括对历史、文化、社会等多方面的心理经验与文化经验。观众在评价电影时，总会带着“先在”视界去观看。

第二，日常生活经验是构成“相关性”策略的主要参考系。由于网络大众对于电影市场、电影美学、电影语言与电影史等知识结构的缺乏，很难对电影作品进行类似于学院派的美学解读与批判。大众往往在“先在”视界的基础上依靠日常生活经验来观赏影片。布尔迪厄认为，“大众趣味把审美消费整合到日常消费的世界中，从而，它拒绝予以艺术对象任何特别的‘尊重’，文本如同其他一切商品一样被加以‘使用’，而且和任何商品一样，如果没有用，就会被抛弃。”[②] 由此，大众在评判电影时，不会像精英群体以审美品质或者永恒的内在价值作为评论标准，更重要的是“文化产品同使用者日常生存需要和经验的深刻联系与

① 朱立元，杨明．试论接受美学对中国文学史研究的启示[J]. 复旦学报（社会科学版），1989（4）．

② 约翰·费斯克．理解大众文化[M]. 王晓玨，宋伟杰，译．北京：中央编译出版社，2001：164.

相关性”[①]。观众会从真实、平凡、支离破碎的日常经验中选择评论参照性。在此基础上，网络影评强调的是电影与个体的关系，众多影评与其说是对电影作品的评价与判断，不如说是批评主体借电影作品讲述自己的故事。根据对豆瓣 Top 250 电影的影评整理，大多数影评属于“参照式解读”[②]，即将电影的评论与现实生活联系起来，集中透过影片故事与人物命运阐发自己对人生、生活的理解，凸显出“对普适性价值观的认同与坚守”[③]。观众把这些人物角色当作真实人物来谈论，而且随后又将这些真实人物与他们自己的真实世界联系起来。参照式解读意味着作者自身更多的情感、生活经验的被卷入。“日常生存不仅是观众对文本作‘妥协阅读’的根本，而且还是他们对文本进行选择和评价的依据。”[④]“大众审美深深植根在共同感之中，植根在日常生活中普通民众接近大众形式的方式之中。”[⑤]日常生活经验的渗透，吻合大众文化消费时更需要消费者的情感投入与主动参与，即将自己“对号入座”于影片的虚构世界中。

第三，作者具备的专业知识构成“相关性”策略的独特视角。由于网络影评的主体成员身份构成庞杂且多元，因此存在拥有不同知识背景与不同职业背景的评论者。这些评论者会依据自己的文化资本来评论电影。笔者在搜集影评文本时，发现时光网中有一位成员就影片《一代宗师》先后发表了 8 篇评论，其中有 6 篇是对电影中的武技展开详细分析，电影中出现的“形意拳”“八卦掌”“六十四手”“老猿挂印”等拳法一一成为作者的解读对象。由于作者深谙拳法，痴迷武术，因此以武技

① 徐贲 . 影视观众理论和大众文化理论 [J]. 当代电影，1996（4）.

② 泰玛・利贝斯，埃利胡・卡茨 . 意义的输出——《达拉斯》的跨文化解读 [M]. 刘自雄，译 . 北京：华夏出版社，2008：159.

③ 曾军 . 大众影评的崛起及其问题 [J]. 上海大学学报（社会科学版），2008（3）.

④ 徐贲 . 影视观众理论和大众文化理论 [J]. 当代电影，1996（4）.

⑤ 陆扬，王毅 . 大众文化研究 [M]. 上海：上海三联书店，2001：196.

为切入点独辟蹊径地评论影片，恰到好处。这种依据自身独特的文化资本与社会体验进行的主动解读，凸显大众文化生产力的选择性与取向性，也是“相关性”作为一种“未被驯化的选择”的又一佐证。此类“跨学科”的网络影评，打破了专业电影评论的单一话语，避免了正统审美意识形态的限制，体现出网络影评的鲜活生产力，也是构成网络影评“众声喧哗”的原因之一。需要强调的是，从文化资本层面出发，由于此类影评的知识含量和专业程度较高，会形成合法性较强的批评话语，也容易在社区中形成较高的认同度，继而成为诉求文化权力的有力砝码。

3. 文本修辞策略——戏仿

巴赫金认为，戏仿是一种颠覆正统规范与秩序的文化实践，是令人愉悦的降格游戏。它消解了虔诚、严肃、永恒、绝对等一切神圣性的存在，颠覆了统治世界的等级秩序，从而产生解脱羁绊的自由，催生一种自由批判的话语系统。从这一意义上说，戏仿是一种进步的文化实践。

首先，网络影评的戏仿策略是指对电影文本进行戏谑性互文。戏仿是建立在互文基础上的。互文，源于法国理论家朱莉亚·克里斯特，是指任何一个单独的文本都不是自给自足的，其意义总是在与其他文本交互参照、交互指涉下诞生的。“任何作品的文本都是像许多行文的镶嵌品那样构成的，任何文本都是其他文本的吸收和转换。”[①]在网络影评中，互文突出表现在对电影文本资源的“挪用”上。挪用是指对观众电影文本进行“肆意袭击”，掠走他认为有价值或者有意义的材料，电影台词、电影画面、电影音乐、电影情节，这些都可以成为大众创作影评时挪用的对象。如影评《光影世界，终如春梦一般，了却无痕》[②]就是挪用25部电影中的画面拼贴而成的影评。有的是挪用影片画面内容：如影片《赎

① 朱立元．现代西方美学史 [M]. 上海：上海文艺出版社，1993：947.

② 夜猫麦田．光影世界，终如春梦一般，了却无痕 [EB/OL](2009-08-19)[2018-09-25]. http://group.mtime.com/lovehollywood/discussion/638483/.

罪》中一个开满玫瑰花的场景，或者《重庆森林》中阿菲偷看警察663的画面；有的是挪用画面中的台词：如《大话西游》中孙悟空对白晶晶的告白“我爱你”、影片《杀死比尔》中“我说你是我见过这世界上最美丽的女人”。挪用使得原文本被打散成为飘浮的能指，变成“为我所用”的原材料，等待着意义的再制造。互文之余，戏仿不仅仅是一种对原文本形式、内容的模拟，而是一种戏谑性的模拟。正如巴赫金对戏仿的论述：“从虔诚和严肃性（从‘对神祇的敬畏的不断发酵’）的沉重羁绊中，从诸如‘永恒的’‘稳固的’‘绝对的’‘不可变更的’这样一些阴暗的范畴的压迫下解放出来。与之相对立的是欢快而自由地看待世界的诙谐观点及其未完成性、开放性以及对交替和更新的愉悦。”①

其次，网络影评戏仿策略的对象。主要包括对影片故事、人物的戏仿与对影片意识形态的戏仿。先看对影片故事、人物的戏仿。网络影评对影片意识形态的戏仿集中在两方面：支配集团（官方话语）与虚假的“传道士”（主导意识形态、影片宣扬的道德伦理与价值观念）。“戏仿使我们能够嘲笑常规，逃脱意识形态的侵袭。”②意识形态戏仿是大众借助影评参与日常政治生活的一种方式。网络影评的戏仿策略，体现出社会差异，继而保留了这些差异形成的对抗性与抵制性。“它能赋予大众以力量，使他们有能力去行动，特别是在微观政治的层面，而且大众可以通过这种行动，来拓展他们的社会文化空间，以他们自己的喜好，来影响权力的（在微观层面上的）再分配。”③

① M. 巴赫金. 巴赫金全集（第六卷）[M]. 李兆林，夏忠宪，等，译. 石家庄：河北教育出版社，1998：97.

② 约翰·费斯克. 理解大众文化 [M]. 王晓珏，宋伟杰，译. 北京：中央编译出版社，2001：140.

3 约翰·费斯克. 理解大众文化 [M]. 王晓珏，宋伟杰，译. 北京：中央编译出版社，2001：190.

再次，网络影评戏仿策略如何形成生产力。首先，戏仿需要大众运用一种“辨识力”，在电影文本与日常生活之间发现相似处与协调处，在想象中将两者发生联系与交集。其次，戏仿文本会形成具有颠覆性的快感效应。戏仿的快感来源于戏仿文本充满张力与冲突的不协调结构。按巴赫金的说法，戏仿文本是一种“复合文本”，一种“对话化的混合体”。戏仿文本同时存在两种话语系统：作为戏仿对象的文本的意义系统和戏仿文本的意义系统。两套话语系统不仅各自独立，相互间保持着距离，而且在差异中有共性，在共性中有新意。正是由于这种关系，当两套话语系统以一种独特方式被强行组合、并置时，矛盾的、悖谬的、错位的不协调结构随即出现，便会引发喜感效应，启动快感机制。“可笑的对象一般是不协调，或事物间关系和矛盾的出人意料、非同寻常的混合。”“可笑的本质，乃是不一致，是这一思想和那一思想的脱节，这一感情和那一感情的相互排挤。”[①] 通俗而言，戏仿文本的意义系统对原文本（戏仿的对象）进行了一番偷梁换柱的改装，从而派生既带有原文本符号代码的痕迹，又具有崭新个性的文本。戏谑性的快感，倾向于费斯克所言的“狂喜”，能够产生逃避控制与规训的力量，同时也生产出一种获得权力的力量。

三、网络影评生产特质

1. 多元化

“电影的意义不仅仅是各种因素的独特安排所构成的，而且是在与观众的联系中产生的，并不是独立产生的。一旦我们意识到这一点，就

① 伍蠡甫．西方文论选 [M]. 上海：上海译文出版社，1979：40.

有可能接受以下观点，即观众会发现任何一部影片的文本都具有多重的意义，且不是‘固定’不变的。”[①]网络影评出现多元化生产有如下原因：第一，不同的作者拥有不同程度的文化资本。电影作为“生产者式”文本存在意义的裂缝与多义，以供观众进行多种多样的解读、续写、改写与重写，而能否发现意义的裂缝与发现怎样的裂缝就构成网络影评多元化的第一要素。在网络影评中，由于文化资本的差别，一些观众无法辨别电影文本中存在的开放性意义系统，有一些虽然发现了文本中的意义“裂缝”，但只能以“第一感觉”的感性体验去评论电影，而无法从“基于我们的日常经验所能把握的意义的初级层面”进入“意义的第二层面”。而另外一些观众则由于掌握了超越感性属性的概念与知识，其积累的文化资本允许他能进行较为深层的意义解读。第二，多元化生产源于批评主体处在多角色社会效忠从属关系中。从网络影评的“相关性”出发，大众对电影的评论必然要效忠于他从属的社会关系。例如，《魔戒》原小说的忠实读者在看电影《魔戒》时，势必会参考原小说中的情节与人物来评论电影的劣势与优势。喜欢郭敬明的“粉丝”，自然不会大力贬斥电影《小时代》。第三，与审美品质不同，网络影评的“相关性”是一种“未被驯化的选择”[②]，同时受制于批评主体所处的社会环境与文化背景。首先，“相关性”是由每一个特殊的解读时刻所决定和激发的特质，大众通过自己的认知结构加诸电影文本之上而发生的。以豆瓣网友对《金陵十三钗》的评论为例。有观众认为，“看的时候笑中有泪，泪中有恨，时而沉重，时而抑郁，时而幽默，时而感动。这绝对

① 格雷姆·特纳．电影作为社会实践[M]．高红岩，译．北京：北京大学出版社，2010：161.

② 约翰·费斯克．理解大众文化[M]．王晓珏，宋伟杰，译．北京：中央编译出版社，2001：171.

是张艺谋最好的作品。”[①] 也有观众认为，“故事的核心，妓女们牺牲自己拯救女学生的这个抉择，其可信度仍值得商榷——它仍然像是被作者赋予的、强加的——这是这部不可谓不成功的影片，最大的遗憾。”[②] 还有观众认为，“《金陵十三钗》，消费处女加消费妓女。”其次，“相关性”是“社会主体”与“文本主体”共同协商达成的，总是受到时间与空间的限制，总是意味着一种历史性和情景性，并随着大众日常生活的变化而变化。“相关性”标准仅仅是一种潜力，而不是一种固定的品质与倾向。网络影评的多元化生产，充分展现出大众文化生产力的多样性与开放性。

2. 感性化

“在中国传统的文艺批评中，一直以来是以感性体验的方式为主，而轻于理性逻辑，因此，重感性体验而轻理性思辨的文艺鉴赏方式一直在无形中支配着中国的文艺鉴赏方式。”[③] 感性化，是指主体以平民化的、感官化的、狂欢化的诉求方式来表达个体的独立意志、感官欲望，它不是抽象深奥的演绎与思考，而是直接诉诸感官的过程，从而获得愉悦的体验。“体验不是作为一个对象站立于认识者的对面，对我来说，体验的“此在”（Dasein）与体验中所包含的内容是没有差别的。”[④] 和经验不同，体验不是把对象作为“物”对待，而是在对象之上投射主体的生活和精神，从而使主、客二元分离的关系演化由内在与外在共同组成具有统一意义的实在。网络影评感性化生产，是指在对电影的消费过程中，以直觉因素、经验因素与感官因素代替逻辑因素、理性因素与辩证

① 冰婷．好片是经得住考验的，好导演是经得住诋毁的 [EB/OL].（2011-12-16）[2018-09-25].http://movie.douban.com/review/5215300/.

② 老晃．故事的，太故事的 [EB/OL].（2011-12-16）.[2018-09-25].http://movie.douban.com/review/5230841/.

③ 杨晨．现代性视阈中的中国网络影评：感性消费与话语暴力 [J]. 电影艺术，2013（1）.

④ 谢地坤．狄尔泰与现代解释学 [J]. 哲学动态，2006（3）.

因素进行体验，形成感性认识。“感性存在本来就是人类审美的基本前提，人的感性实现是美学的基本出发点。”[①]在消费意识形态的影响下，人们的审美活动，包括日常生活的审美追求，都在不断提升自我的感性意识与张扬人的日常生存的感性权利。网络影评的感性消费，它的旨趣不在于纯粹的说理分析，而是通过自己的体验表达真实的情感和价值判断，它不需要理论支撑，也不需要逻辑与辩证，它更倾向于一种纯粹的感性体验与独特的精神享受。网络影评感性化生产弥补了专业影评所欠缺的人格品质与审美，散发出审美的鲜活味，借助强烈的情感修辞与真挚的词语表达，真切感受到作者对影片的感性体验。这种感性体验，犹如进行了一次日常生活浪漫化与诗意化的旅途，从中收获精神愉悦与情感陶醉。

网络影评感性化生产包含着一种结构性冲突，在张扬个体意志与自由的同时，也是欲望放纵和意志沦落的温室。感官欲望的书写便是网络影评感性化生产的极端代表。感官欲望书写，是借助对电影幻想式感官“意淫”达到身体快慰诉求的安全释放与虚拟满足。在匿名状态下，批评主体恣情快意地进行幻想式感官体验，肆无忌惮地放纵潜藏的欲望与躁动的力比多，使得影评文本呈现出赤裸裸的感官狂欢。其中又以性欲书写为核心。“性欲变成了消费社会的‘头等大事’，它从多个方面不可思议地决定着大众传播的整个意义领域。一切给人看和给人听的东西，都公然地谱上性的颤音。一切给人消费的东西都染上了性暴露癖。”[②]感官欲望的书写，一方面是对影片所传达的意识形态的彻底颠覆与讽刺，另一方面也是利用感官欲望书写产生临场快感，从而成为力比多释放的渠道。这种感官欲望的书写，虽然彰显了个体生命意志的自由，但却将

---

① 王德胜．视像与快感[M]．合肥：安徽教育出版社，2008：15.

② 让·波德里亚．消费社会[M]．刘成富，全志刚，译．南京：南京大学出版社，2000：159.

大众文化生产力的抵制性让位于“意淫”式的自我满足。

3. 日常生活化

在消费社会中，消费逻辑深深侵入日常生活之中，使之成为独立于经济、政治之外的另一个平台。“日常生活作为‘个体再生产要素的集合’，作为‘类本质对象化’的实践场域，与消费活动有着紧密的联系。个体的再生产与消费互为条件，因此，一定意义上，消费决定着现代日常生活的持续和完整。在消费文化观念的引导下，大众对于为自己生存提供保障的日常生活给予了前所未有的关注和重视。生存质量、生活方式这样的充满现代性意义的概念进入到大众的日常思维中。”①

首先，网络影评日常生活化生产的前提是看电影已经成为日常生活化的活动。伴随影院的发展与更新，曾经令无数爱电影人神往的“仪式化”影院观影效应已经悄然发生改变。地处购物中心、多厅影院、先进的设备、影院周边设施，这些现代影院要素扩展了影院观影的内涵，越发倾向于与观众建立一种基于看电影基础之上的互动的生活方式。俨然有光照入“洞穴”，神圣的仪式面临日常生活的侵入。“仪式与生活之间的似是而非使得电影院必然成为一个切断日常生活的公众领域，但当下影院的物质化消费以及个人日常生活其他方面的更广泛联系使得电影院首先就表现为个人化的日常生活性。”②

当电影不再是纯粹的理想主义艺术品，而成为融合了众多元素的大众消费商品；当看电影不再是纯粹的梦幻仪式之旅，而演变为与影院的地理位置、座椅的舒适度、是否有看电影前后吃饭、消遣的场所联系在一起的日常活动时，作为电影与看电影派生的电影批评自然也逃离不了“变身”的宿命。网络影评成为大众日常生活消费的一个场域，一个意

① 康艳 .“审美日常化”理论话语辨析 [D]. 沈阳：辽宁大学，2009.

② 俞春放 . 意义：虚无与再生——电影作为公众空间的日常化行动 [J]. 浙江传媒学院学报，2011（1）.

义与快感生产的场域。“在文化经济中，流通过程并非货币的周转，而是意义和快感的传播。于是此处的观众，乃从一种商品转变成现在的生产者，即意义和快感的生产者。”[①]同时，网络影评并非独狼行为，是个人与他人、个人与社会之间的互动行为，“是结构与个体之间交互作用的一种心理与社会表达，同时也象征一种连接个人与社会的桥梁，它如同一种主动协商的生活领域”。[②]网络影评渗透到日常生活中充当了媒介的作用，不仅沟通了消费与生产，更重要的是在经验世界与生活世界中找到了对话的桥梁。

在意义的生产与日常生活参与的基础上，网络影评成为日常生活审美化的实践活动。日常生活审美化，是指试图赋予重复、惰性的日常生活以意义，以一种主体能动性的实践方式去追求与思考个体生存应具有的生命的光彩与精神的价值，从而揭示普罗大众的市民精神与个人情怀。网络影评成为主体获得内在愉悦的一个源泉，同样也是主体赋予日常生活以雅致和优美的一种实践方式。网络影评将电影引入生活，将观影体验与日常经验相结合，将消费电影视为一种生活态度，从而在一定程度上提高了人们的审美趣味与生活质量，激活出他们不断追求美好生活的内在需求。

其次，网络影评日常生活化生产，还源于电影为当代社会大众追求日常生活审美化提供了极其丰富的资源。“中国当代电影由于受到这些外来电影的叙事方式、市场运作策略、模式等的影响，也在国内市场经济逐步深入的背景中逐渐向当代形态的电影产业发展，并最终在20世纪80年代末与其他大众文化形态一样急剧膨胀而成为影响中国当代日常生活泛审美化实践的主力军之一。”[③]电影引领的时尚潮流

① 费斯克．理解大众文化[M]．王晓珏，宋伟杰，译．北京：中央编译出版社，2001：33.

② 卢岚兰．媒介消费：阅听人与社会[M]．台北：扬智文化，2005：5.

③ 伏飞雄．中国当代电影与日常生活“泛审美化”[J]．电影文学，2008（15）．

已成为普罗大众竞相效仿的热点。从早期影片《潘多拉的盒子》里舞女 Lulu 的 bob 头开始，到《罗马假日》中奥黛丽·赫本的大圆裙与平底鞋、再到《壮志凌云》中汤姆·克鲁斯的空军短夹克，以及《花样年华》引发的旗袍热，都展现了电影承载着时尚的足迹，为大众的日常生活制造了异彩纷呈的景观。

最后，日常生活叙事是网络影评的主流叙事方式。网络影评采用的日常生活叙事，是指批评主体以个体的生活经历与经验为载体来传达观影体验，从而展示自己的日常生活图景。这种叙事，是个体意识觉醒的产物，凸显的是关注自身、审视自身、升华自身，强调的是独立审美意识的形成。“日常生活叙事产生于个体自由言说欲望的确认过程中，产生于个体自由表达自己感性经验的需要，它把个体、自我放在与历史平行的本体的高度上表现，为个体通向自由寻找可能性。”①

4. 狂欢化

巴赫金的“狂化”理论的前提是第一世界与第二世界的划分。在第一世界代表中，平民大众在官方的、严肃的、等级森严的秩序世界中承受着统治阶级的重压与控制，屈从于权威、权力、教条与规则，过着谨小慎微的生活。在第二世界中，则是“狂欢广场”式的生活，是与官方统治世界完全“颠倒的世界”。平民大众在“狂欢广场”中打破等级、身份、职业、常规礼数等社会羁绊，平等且自由地交往、对话与游戏，同时嘲笑、戏仿、亵渎日常生活中的一切神圣与崇高，从而“暂时进入人人共有、自由、平等和富裕的乌托邦的大众第二种生活形式”②。网络影评狂欢化生产，表象上是铺天盖地的网络影评与纵情恣肆的批评内

① 董文桃．论日常生活叙事 [J]. 江汉论坛，2007（11）.

② M. 巴赫金．巴赫金文论选 [M]. 佟景韩，译．北京：中国社会科学出版社，1996：104.

容：迷恋、崇拜、颂扬、谩骂、嘲讽，深层上是经典与世俗、宏大与琐碎、严肃与戏谑并置的当下性、共时性批评话语的狂欢，内核则是平民大众为建立平等自由的批评场域与权力结构而宣扬自己文化权力诉求的文化策略。

首先，网络影评生产空间的“狂欢广场”性。网络空间构成的“比特广场”，允许了“在平时生活中不可能有的一种特殊的既理想又现实的人与人之间的交往”[①]，从而形成一个跨越时空的批评“狂欢广场”。“在那里，万头攒动，人声鼎沸，有各种‘小丑’、杂耍、不断加冕或脱冕的‘开心的国王’，以及各种民间的游艺活动和荒诞滑稽的表演，更有围着这一切喊叫、哄笑，尽情发泄狂欢的人们。所有这一切，使欧洲中世纪的节日广场，成了一个狂欢的海洋。”[②]“狂欢广场”的特质在于全民参与性与共时性。全民参与性，是指狂欢广场对所有人开放，“在狂欢节上，人们不是袖手旁观，而是就在其中生活，而且是大家一起生活，因此从观念上说，它是全民的。……狂欢节具有宇宙的性质，这是整个世界的一种特殊状态，这是人人参与的世界再生和更新。这就是狂欢节的观念和本质。”[③]作为大众文化生产力的网络影评实现了电影批评话语权的下放，任何人都可以通过电影论坛、电影网站、博客、微博、个人主页等网络平台发布影评，参与到电影传播过程中。在全民参与的盛况下，电影批评像酵母般迅速膨胀，电影批评场域迎来前所未有的狂欢场面。共时性，指参与成员在同一时间、同一地点进行的互动交往。QQ 聊天室中的你一言我一语，博客、主页中的频繁回复，

① M. 巴赫金 . 巴赫金文论选 [M]. 佟景韩，译 . 北京：中国社会科学出版社，1996：113.

② 谭德晶 . 批评的狂欢——网络批评“广场”辩析 [J]. 文艺理论与批评，2003（3）.

③ M. 巴赫金 . 巴赫金文论选 [M]. 佟景韩，译 . 北京：中国社会科学出版社，1996：102.

贴吧中各种不同观点交流、冲撞，这些为参与者酿造了“狂欢广场”共时性氛围，从而使得人在和他人的关系中能达到“我与你”的境界，暂时融为一体。

其次，网络影评生产方式的狂欢化。网络传播的多级互动，使得网络影评通过回复、转载等形式完成无限度的传播，“使参与者在网络平台上形成了点对点、点对线和点对面，甚至一点对多面的互动模式，最终形成了网络影评的狂欢场域”[①]。这种狂欢场域模拟了前面提到的狂欢节广场上全民参加与人们之间可以互相游戏、赞美、谩骂、找乐等开放性交往活动的场景，构成网络影评的“人来人往”与“刀光剑影”，继而酝酿出展演性的、光怪陆离又灵光四射的狂欢能量。

最后，网络影评形成的颠覆性与戏谑性。网络作为新型公共领域，“蕴含着自由与对话的潜能，同时也是一个滋生新的权力结构的空间。”[②]网络影评，真实写照出以大众批评为代表的文化离心力与以学院派和媒体为代表的传统批评的中心话语向心力之间的抗衡。网络影评“使得一直处于边缘地位的民间话语得到了发言的渠道，他们通过网络媒介迅速占领了实践话语权的战场，他们为了获得更多的文化资本和话语权，提高自身地位，在批评场域中占据一席之地而进行了激烈的斗争”[③]。由戏仿修辞产生的戏谑性，也是构成网络影评狂欢化的重要原因。大众在网络空间发布电影评论，采用逗趣打闹、游戏欢笑的方式，摆脱官方文化中一味的严肃口吻，不仅冒犯了传统电影批评的批评范式，而且在此基础之上冲撞了社会结构之下森严的等级制度与礼仪规矩。这种戏谑性与传统影评的严肃性、正统性与哲理性形成鲜明对比。一方面呈现出消费意识形态张扬的追求世俗愉悦、日常快感与感官本能，在影评中呈现

① 虞昕．论网络时代中国电影批评场域的主要特征 [D]. 上海：上海大学，2011.

② 马楠楠．论新媒体时代电影批评形式的转换 [J]. 浙江传媒学院学报，2012（12）.

③ 刘卉青．网络时代中国电影批评辨析 [D]. 北京：中国艺术研究院，2013.

出放纵、随心所欲、放纵不羁，甚至粗鄙化的表达；另一方面，以一种降格的实践行为来宣泄愤怒的观影体验，在戏谑中凌厉地揭穿电影表达的荒诞事实与意识形态。当然，狂欢化也为网络影评带来了负面影响：娱乐至死、非理性言论、公共意识缺席等。

网络影评是对作为“生产者式文本”的电影文本进行主动的、“为我所用”的意义再生产。批评主体依据“相关性”策略从电影文本中辨别出有意味的原材料，通过挪用、戏仿，填补电影文本存在的意义裂缝，创造出自己的意义、快感和身份认同。网络影评强调的是电影文本与日常生活的相关点。“它所关注的与其说是文本，不如说是文本可以被如何加以使用的方式。”① 网络影评呈现出多元化、感性化、日常生活化与狂欢化的特质，这些特质彰显出网络影评作为大众产生力的创造性与抵抗性。大众文化生产力的快感，在于把作者一个普通大众的内心幻想的形象 / 内心的体验转化为具象化的、具有公共潜能性质的传播文本，更在于所制造的有关自我的意义与赋予权力的可能性，使之在逃避宰制性的意识形态的同时获得自由意志与自下而上的权力。

① 约翰·费斯克．理解大众文化 [M]．王晓珏，宋伟杰，译．北京：中央编译出版社，2001：179.

第五章　“融媒”时代优质音乐 IP 的三大构成要素

山西师范大学　丁旭东

当前我国正处于音乐 IP 大爆发的前夜，突出的信号有 4 个。一是我国网民的数量已经达到 7.72 亿人，其中网络音乐用户在各类网络文艺用户排在第一位，约 5.4 亿人，占网民数量的七成以上，比网络游戏用户人数多 1 亿，高出 13 个百分点，比网络文学用户人数多 2 亿，高出 22 个百分点，而网络游戏、网络文学的 IP 市场早已规模化形成。二是网络音乐市场已渐趋规范，突出体现在近 3 年来，国家相关主管部门相继发布了《关于网络音乐发展和管理的若干意见》《关于进一步加强和改进网络音乐内容管理工作的通知》等管理法规或文件。三是网络音乐市场四家独大的寡头格局或龙头秩序已经形成，突出体现在腾讯音乐、网易音乐、百度音乐、阿里音乐四大产业巨头已经全面代理了国际上最主要的唱片公司（如环球、华纳、索尼、YG 娱乐、杰威尔音乐、滚石、华研、相信、寰亚等）的音乐版权，并通过版权互授共享绝大多数音乐版权。四是近年来公众媒体对我国音乐 IP 问题聚焦关注。

当然，要真正把握住音乐 IP 问题并不容易，其中要对与音乐 IP 相关因素有清晰认识，同时要破解优质音乐 IP 何以优质的关键性问题。下面，笔者就试着从相关因素关键词的解析入手对优质音乐 IP 的构成要素问题予以探讨。

一、“融媒”“融艺”“网络性音乐”与优质音乐“IP”

“融媒”，即“媒介融合”（Media Canvergcnce）。这一词，最早出现在 20 世纪 70 年代末，是美国麻省理工学院媒体实验室主任（创始人）尼古拉斯·尼葛洛庞帝（Nicholas Ncgroponte）提出的，他针对计算机与互联网应用的迅速发展的时况指出，“（当前）所有的传播技术正在遭受联合变形之苦，只有不把它们作为单个事物对待时，它们才能得到适当的理解”[①]，因此他认为，如果把印刷出版业、广播动画业和电脑业分别画作一个圆环，那么三个圆环交叉之处即行业利润率增长最快、技术创新最多的领域。[②]。从尼葛洛庞帝的话中可以看出，“融媒”的初义主要是从媒体行业或产业的视角进行界定的。到了近 20 世纪 80 年代中期，美国学者普尔（Pool）发展了尼葛洛庞帝的观念，他在《自由的科技》一书中指出，当前媒介发展的趋势为“多功能一体化”，不过，“融媒”的本质意义不在于传统媒体和现代媒体的融合（如报纸、广播、电视与互联网），而在于通过数字与互联网技术实现“音频、视

① 王菲．媒介大融合 [M]. 广州：南方日报出版社，2007：4.

② 张勤．中国报纸会议新闻报道融合论 [M]. 广州：世界图书出版广东有限公司，2013：30.

频、图片、文字等多介质、多形态信息的互文性、互联性融合，且可以通过一种网络或接收终端予以信息传递或显示。[①]通过尼葛洛庞帝和普尔的论断可知，“融媒”在他们的时代坐标中是一种可见“趋势”；但如果以我们当下的时代坐标来看，“融媒”则是一个不容置疑的时代现实：从信息传播通道的维度来说“三网”（电信网、广播电视网和互联网）在融合；从更广泛的媒体形态发展视角来看“全媒体”已初成；从信息形态呈现的角度来看“多元融合”受青睐，等等，当然不仅如此，离开宏阔到具体，我们会看到事实是“媒介技术融合”（包括信息源融合、传输渠道融合、接收终端融合）、“媒介业务融合”（包括业务形态融合、业务技能融合、业务战术融合、业务战略融合）、“媒介所有权融合”等多方面[②]。所以，站在我们当下的时代坐标来看，我们正处于不以个人意志为转移的“融媒时代”。如不能从这一时代环境中去考量文艺的创作生产，势必只能触及产业的边缘或末端。

“融艺”，即“互融性文艺”。它是指在“融媒”时代，以接受为创作驱动，由多元艺术及多种传感技术手段融汇形成的有机整体性的，集听、视等“多觉”复合审美感受及互动娱乐性、逼真现实性、沉浸游戏性、休闲消遣性等于一体的文艺形态。因其往往能够通过给受众带来新奇感、刺激性和参与热情，所以具有广泛接受度和高产业效益或潜力。“融艺”是笔者在本文中首次提出，之所以生创出这一语汇，有三个原因。一是与人类社会自古已有的综合性艺术（包括先民诗乐舞合一的仪式性艺术、歌剧、话剧、舞剧、戏剧等综合性舞台艺术、近现代出现的电影、电视艺术等）做个区分；二是与20世纪60年代以来形成的，以来自舞蹈、表演、音乐、戏剧等不同领域的先锋艺术家们创作出的，与

① 孟建，赵元珂．媒介融合：粘聚并造就新型的媒介化社会[J]．国际新闻界，2006（7）：24.

② 刘颖悟，汪丽．媒介融合的概念界定与内涵解析[J]．中国广播，2012（5）：73-75.

计算机相结合，采用多媒融合造型机制， 运用数字影像等非物质性媒材的拼贴或移借而创作出的，以艺术家观念为统领的“新媒体艺术”（呈现为装置艺术、录像装置艺术、行为艺术等不同样态）做区分；三是希望通过“融艺”的概念的提出，能对融媒时代的文艺现象级节目或创意产品，如音乐创意短视频——抖音、音乐说唱真人秀——《中国新说唱》、女团成长节目——《创造 101》、虚拟网络偶像歌手——洛天依等给予更贴切的分析与更实质的把握。当然，“融艺”概念的创生其原因不仅限于此，如从“融媒”的视角来审视当代文艺产业，其领域必然发生媒介信息的融合，而融合的结果就是“融艺”或换作其他语汇的出现。

“网络性音乐”，即符合互联网产业逻辑的音乐。一般，我们把网络性音乐称为“通过互联网、移动通信网等各种有线和无线方式传播的音乐产品”，[①]其主要特点是可制作、生产和消费体现为数字化的音乐。不过，笔者在本文中所指的“网络性音乐”则是指那种具有更加广义的，符合互联网内在精神或产业逻辑的音乐，即“处处有入口，到处有链接”的音乐。这种音乐，不仅仅局限地存在于互联网或移动互联网的线上世界，也存在于诸多具有多向互融品质的线上音乐中。因为窄义上的“网络音乐”目前仅占有中国音乐文化产业的小半部分，如果研究视野过窄，那我们所探究的音乐产业规律就很难有普遍的有效性。

“优质音乐 IP”，其内涵分为两个层面。一是音乐 IP，即指在音乐创意产品或其形成因素中，具有高专注度、大影响力以及有大数量规模受众基础的，可再生产、再创造，且有市场价值的知识产权。二是优质性，其主要体现为产业价值、文化意义等多个方面，是本文探讨的核心问题，也是当下“融媒”时代把握具有“双效”意义与产业价值的音

① 佚名．文化部关于网络音乐发展和管理的若干意见[J]．科技与法律，2007（1）．

乐产品的关键所在。另外，必须要说明的是本文对音乐 IP 的界定并非笔者独创，尹鸿教授在一次学术对话中指出，“IP，即‘知识产权’（Intellectual Property 的英文缩写），中国用这个概念来指那些具有高专注度、大影响力并且可以被再生产、再创造的创意性知识产权”[①]。通过这一表述可见，“IP”本身是一个溢出本义的术语，本义就是“知识产权”，但叫做 IP 后，就必须符合高专注度等条件要求才是 IP，因此 IP 此时不等同于“知识产权”但包含于“知识产权”之含义。所以，IP 这个术语是有鲜明的中国本土文化特色的，在跨文化表达时，不可直译，如果翻译，也只能用一句话而非一个词所能表示。简单地说，IP 是文化创意领域中的一种高产业培育潜质的知识产权类型。至于音乐 IP 的定义，是笔者在对这一潜在含义发掘的基础上进行的文化迁移、移借利用与二度表述。可是这样新的问题又产生了，即音乐 IP 本身是自带门槛的，本身具有市场价值方面的“优质性”要求，又如何区分其与优质音乐 IP 不同呢？笔者认为，音乐 IP 只是带有了市场价值单方面且不充分的质性要求，另外，作为艺术或艺术品它还应符合艺术方面的关于“优质”的要求，作为文化或文化物还应具有文化方面的“优质”的要求，此外，作为对社会具有大影响的文化创意也要承担必要的社会责任。因此，汇总起来，笔者认为优质音乐 IP 最核心的素材评价是应符合“市（场）本体”“社（会）本体”“艺（术）本体”三方面的要求。对此，我们就结合前面所述的时代环境、社会环境、文艺环境三方面，逐一试论之。

① 尹鸿，王旭东，陈洪伟．IP 转换兴起的原因、现状及未来发展趋势 [J]．当代电影，2015（9）：22-29.

二、“可迁移变现的规模化流量”——优质音乐IP的市场性要求

前面，我们在对音乐IP的界定中已经提出了市场性要求，内容包括“高专注度”“大影响力”“可再生产”与“再创造”四方面。客观地说，要符合这四方面的市场要求的音乐IP数量是有限的，但即使在有限中我们也会发现仅限于此的不足。

下面，我们来看看四部“音乐IP电影”的市场数据（见表5-1）。

表5-1 四部音乐IP电影市场与相关数据统计表

影片名称	影片简介	市场/评价	源音乐	其他
2014年上映校园青春爱情电影《同桌的你》	郭帆导演，高晓松、傲立等编剧，林更新、周冬雨主演。影片讲述了成功在美国立足的青年林一（林更新 饰）收到了初恋女友周小栀（周冬雨 饰）寄来的结婚请帖，百感交集的林一准备回国参加，坐飞机的途中他回忆起了自己和周小栀长达十几年的故事	中国大陆票房：4.56亿元（人民币）；豆瓣评分：5.8	高晓松词曲，老狼演唱的校园民谣《同桌的你》，于1995年获得了中央电视台春节联欢晚会“观众评选最喜爱节目金奖”。2010年，“华语金曲奖”30年经典评选，《同桌的你》入选“30年30歌”	
2015年百年影业等联合出品青春校园电影《栀子花开》	何炅执导的首部电影，李易峰、张慧雯等主演，黄磊担任监制。影片讲述了年轻一代为了实现梦想孤军奋斗的过程中，发生的关于爱情与友情的故事	中国大陆票房：3.79亿元（人民币）；豆瓣评分：4.1	2004年，吴娈词曲，何炅演唱并发行单曲《栀子花开》。2005年“第五届百事音乐风云榜”评奖中《栀子花开》获奖	2015年手游《栀子花开》上线

续表

影片名称	影片简介	市场 / 评价	源音乐	其他
2016 年乐视影业出品青春校园电影《睡在我上铺的兄弟》	张琦导演，张琦、陈倩等编剧，高晓松总监制，陈晓、秦岚等主演。影片讲述沪都大学 330 宿舍的四位性格迥异的兄弟，在毕业之际各自遭遇情感、学业、工作挫折的故事	中国大陆票房：1.28 亿元（人民币）；豆瓣评分：5.0	1994 年，高晓松词曲，老狼演唱，收录在大地唱片年发行的合辑《校园民谣 1》中。曾荣获 20 世纪 90 年代内地流行乐坛最具风格的校园民谣奖	
2008 年中影集团等出品名人传记电影《梅兰芳》；2009 年在日、美、德等国上映	陈凯歌执导，黎明、章子怡等主演。电影讲述了一代京剧大师梅兰芳先生传奇的一生	中国大陆票房：1.17 亿元（人民币）；豆瓣评分：6.9	梅兰芳（1884—1961 年），中国最具影响力的京剧表演艺术大师，“四大名旦”之首，曾创立梅派，担任中国京剧院和中国戏曲学院院长	有同名的纪录片、电视剧和舞剧等作品

通过以上数据统计表可见，近十年来的这四部电影，题材均来自音乐作品或（戏曲）音乐人物，是跨艺术的文艺再生产与再创造，同时其都具有高专注度与大影响力，可见其均属于合乎标准的“音乐 IP 电影”。但吊诡的是，四部电影中豆瓣评分最高的《梅兰芳》，也是最具有国际影响力的“音乐 IP”，却仅仅收获了 1.17 亿元的票房，远远低于预期的 2 个亿。而豆瓣评分不到 6 分的电影《同桌的你》却收获了 4.56 亿元的票房。甚至其他两个豆瓣评分为 4 ～ 5 分的两部可以说是“烂片”的音乐 IP 电影票房却也都过亿元，甚至有的接近 4 亿元。如果我们去除电影制作与宣发成本，可能电影《梅兰芳》仅能实现成本回收或负盈利；而其他三部中小制作成本的电影，无论评价如何之差，但一定都会赚得盆满钵满。这是为什么呢?

笔者认为，其中存在三个主要的或然性规律。

音乐 IP 的影响面和其衍生艺术品的市场覆盖面呈正相关关系。在这四部片子中，（戏曲）音乐 IP——梅兰芳具有国际影响力，所以，《梅兰芳》能够在国外上映，而反之，其他三个中国内地流行音乐 IP 电影却难以走出国门。

音乐 IP 衍生品的市场效益与其“粉丝”（票友）的数量大小、消费习惯、消费能力成正比。通过同类型的三部流行音乐 IP 电影比较可见，只有《同桌的你》影响力最大——荣获“华语金曲奖”30 年经典评选“30 年 30 歌”。因此，该音乐的“粉丝”数量最大，所以，在三部片子中力拔头筹取得最高票房（4.56 亿元）。当然这不是唯一影响因素，按说一代京剧大师梅兰芳的票友（“粉丝”）数量也不在少数，但是由于热爱梅派京剧艺术的票友（“粉丝”）多为“40 后”“50 后”，流行歌曲《同桌的你》的歌迷（“粉丝”）为“70 后”“80 后”，相较而言，前者“粉丝”缺少院线电影消费习惯，消费能力也较后者弱，所以，即使《梅兰芳》的豆瓣评价远高于《同桌的你》，即使《梅兰芳》拥有黎明、章子怡等众多明星出演，其票房也不及《同桌的你》[①]。可见，“粉丝”数量不是绝对的，其核心评价要素是流量（“粉丝”数量）+“粉丝”迁移消费力（或称变现力）。

偶像号召力依然在音乐 IP 电影市场价值中占据很大比重。同样是评价扑街的两部音乐 IP 电影，但由于《栀子花开》主演李易峰新浪微博“粉丝”数量为 4281 万人，加上张慧雯的“粉丝”是 653 万人，远高于《睡在我上铺的兄弟》主演陈晓（2125 万）+ 秦岚（808 万）的“粉丝”组合[②]，所以，即使后者豆瓣评价高于前者，但票房收入也不及前者的一半。由此可见，音乐 IP 经济本质上就是音乐“粉丝”经济，“粉丝”

① 两部电影上映时间相隔了近 6 年，其中存在 CPI 差距，但是即使把其指数算在内，《梅兰芳》的票房换作《同桌的你》的同年票房也远远不及。因为，《同桌的你》比《梅兰芳》整整高出了 2.9 倍。

② 该组数据来自 2018 年 7 月 23 日新浪微博实时统计。

的忠实度与数量规模是决定音乐IP衍生作品市场效益的核心评价要素。

此外，我们认为音乐 IP 的网络性、“融艺”性及其与时尚流行文化的契合性也同样是决定其市场价值高低的重要因素。前面我们已经论述“网络音乐”即“处处有入口，到处有链接”的音乐，其中“入口”所入、“链接”所链的就是时尚流行文化。举例来说，2013 年至今，中国电影文化中持续走红的类型题材电影之一便是“青春校园剧”或“青春成长剧”，因此，我们看到《致我们终将逝去的青春》（2013 年，票房 7.26 亿元）、《匆匆那年》（2014 年，票房 5.88 亿元）、《中国合伙人》（票房 5.39 亿元）、《小时代》系列（2013—2015 年，票房逾 20 亿元）、《后来的我们》（2018 年，票房 19.64 亿元）等。其流行原因笔者认为是“80 后”“90 后”这些“独一代”“独二代”一直在“421”家庭结构中成长，在青春期得到更多的长辈的呵护和关爱，但是进入新世纪，尤其2010年之后，他们逐渐步入社会，开始承担养老、哺育家庭的责任外还要承担社会工作责任，因此，已拥有经济实力的他们便会时常怀念那无忧无虑，甚至肆意绽放的青春时代，此时，青春电影就像一个“窗口”，又像一个“白日梦空间”，让他们“重温旧梦”，于是这种题材的电影便流行了起来。可以说，提前二十年，“50 后”、“60 后”的人绝不会向他们一样喜欢回顾青春时代。再过二十年，“10 后”的人也不会。因此，这是特定时代与社会形成的流行文化。本文所列举的三个流行音乐 IP 影片生逢其时，所以，它们就能够以小博大，用小制作获得大的票房收益。当然，这种市场优绩也是由于这三首流行音乐的 IP 具有“网络”的属性，所以实现了与流行文化的链接，同时因为它们具有“融艺”性，所以能够由原来音乐的青春情感衍生出青春文艺电影，如果还具有这一属性，恐怕面对这种市场机遇也是枉然。

小结一下，我们认为从市场价值的层面来考量音乐 IP 的优质性，其应具有影响面大、流量大（“粉丝”数量）、流量变现能力强（“粉丝”迁移消费力强），且与人气当红偶像相关、IP 内在要素与时尚流行文化契合等要素，简而言之，优质的市场音乐 IP 应具有可迁移变现的规模化流量。

三、“合规力”——优质音乐 IP 的社会化要求

合规力，即音乐活动或行为与相关适用的法律法规或国家相关文化与网络管理部门发布的规定、准则相一致。这种“一致性”体现为对相关法规行为规定的自觉遵循、体现为对国家倡导的文化精神的自觉追求、体现为知行情合一，做到“从心所欲不逾矩”。实际上，对于具有突出市场属性的音乐 IP 运营而言，做到这一点，避免违规风险也是不容易的。所以，有些企业明确提出“合规力”是市场竞争的核心竞争力之一。

举两个例子。

一是倍受青年人欢迎的音乐 IP 的爆款节目——《中国有嘻哈》。这是爱奇艺纯网自制的中国首档大型 Hip-Hop 音乐选秀节目。该节目拥有大量的受众群体（“粉丝”），第一季《中国有嘻哈》的所有节目，每集的点击播放率均超过 3 亿次。更重要的是，该节目在出品之初就采用了大 IP 发展战略思维：从节目名字还没确定时就设计出了“R！CH”品牌，到 2017 年年底授权合作品类超 200 种，从开发衍生产品到打通多条产品线，从节目内容霸屏热搜到衍生人物志《中国有嘻哈·王者之路》等。另外，爱奇艺以技术和产品平台为基础，围绕同一内容 IP，建构了“大苹果树”商业模式，形成了打通 VIP 会员、电商、游戏、直播、漫画、阅读、电影票等一站式、闭环式的服务和生态链（见图 5-1）。

图 5-1 音乐 IP《中国有嘻哈》衍生单品 200 种

可是，正当其庞大的 IP 产业系统初步建成之时，却因为一件仅与其有间接关系的事件导致系统轰然坍塌。

这个事件就是著名的“PG one 事件”。P G one 是参加《中国有嘻哈》选秀比赛的 2017 年年度总冠军。2018 年 1 月 4 日，PG One 所写的歌词《圣诞夜》被网友在微博举报，指控该歌曲教唆青少年吸毒与侮辱妇女；随后，PG One 发文道歉，表示主动全网下架作品，感谢大众监督。随后事件发酵，其所在的“红花会”的所有歌曲全网（包括 QQ 音乐、网易云音乐、虾米音乐、酷狗音乐等所有音乐平台）下架，再然后，爱奇艺《中国有嘻哈第二季》停播。虽然后来爱奇艺又将其更名为《中国新说唱》并重新启动上线，但可以想象，所有以“中国有嘻哈”为内容 IP 积淀的无形资产都“荡然无存”，其造成的直接和间接经济损失有多么巨大。

第二个例子是李天佑，是网络 MC[①]，又名 MC 天佑或天佑。天佑不是明星偶像而是出身草根的网红。2014 年以来，天佑通过喊麦直播

① “MC”的原义 Microphone Controller，也就是“控制麦克风”的人，以说唱形式进行主持。

聚集了大量的“粉丝”，成为一个超级音乐 IP。最红的时候，“粉丝”数量超过 3600 万人，年税后收入达 8000 多万元。2016 年其担任主演的电影《奔跑吧！裤衩》虽然豆瓣评分超低——3.2 分，但因其自身 IP 超强的流量迁移与变现能力，竟然收获了超过 4 亿元的超高票房。可就是这么一个超级音乐 IP，因涉及传播涉毒歌曲，2018 年被工信部纳入网络主播黑名单，要求各直播平台禁止其再次注册直播账号，从此销声匿迹。

当然，这两个例子绝非仅有，2018 年 3 月，抖音平台累计清理 27231 条视频，8921 个音频，89 个挑战，永久封禁 15234 个账号。2018 年 4 月，快手已累计清理 5.1 万条问题短视频，封禁用户 1.1 万余人……

通过以上事例了解，我们认为在当前“融媒”时代，互联网是推动音乐 IP 产业发展的最大也是最具潜力的生产力来源，它的 IP“粉丝”经济也依赖互联网而形成，因此音乐 IP 的发展离不开互联网，其发展与运营中最大的风险就互联网上违规的风险。优质的音乐 IP 应具有“合规”的内在属性。

具体而言，要合乎“三规”。一是国家相关主管部门发布的关于音乐管理的相关法规，如《关于进一步加强和改进网络音乐内容管理工作的通知》（文化部，2015）、《关于网络音乐发展和管理的若干意见》（文化部，2006）等；二是国家相关管理部门发布的关于网络经营管理等相关的法律法规，如《中华人民共和国网络安全法》《网络版权法》《互联网新闻信息服务管理规定》《互联网直播服务管理规定》《互联网文化管理暂行规定》《网络文化经营单位内容自审管理办法》等；三是其他有关的法律法规，如《中华人民共和国宪法》《文化市场管理法》等。

通俗简单的表述，就是不要触及三底线。一是黄线，淫秽色情（等）

不能碰。二是黑线，赌博洗钱、暴力、毒品（等）不能碰。三是红线，危害国家主权、安全、发展利益，破坏社会稳定、扰乱社会秩序、侵犯他人合法权益（等）的事不能碰。

四、“蕴藉共情”——优质音乐IP的艺术性要求

蕴藉共情，就是音乐IP要凝聚着人民群众的共同的美好情感追求、向往或寄托。正如美学家苏珊·朗格所说：“一切艺术都是创造出来的表现人类情感的知觉形式”[①]；孔子《论乐》也说，“乐亡隐情”（《战国竹书（一）·孔子诗论》），总之，音乐作为部门艺术，它最突出的艺术特性就在于其作为一种情感性的存在。因此，音乐IP必须要能够作为规模性“粉丝”（人民群众的一部分）的某种需要性情感的指代。

举例来说，在全球The Beatles乐队“粉丝”的心中，The Beatles早就不是一个冷冰冰的活跃于20世纪60年代的英国顶级摇滚乐队的名称。而是一种情感指代，那就是真诚、激情地面对生活、直面现实（包括敏感问题）的精神性情感。人们（“粉丝”）需要从这种情感中获得支撑自己精神的力量，所以，他们爱The Beatles，爱他们的每一首歌，爱他们中的每个人，包括他们的肖像。据说，现在The Beatles的肖像权授权每年的收入已达5亿英镑[②]。

在华语区也有太多经典的例子。比如，对于出生于20世纪

① 苏珊·朗格．情感与形式[M]．刘大基，傅志强，译．北京：中国社会科学出版社，1986.

② 获得肖像权授权使用资格的公司把披头士（The Beatles）成员的肖像印在T恤衫上销售，那这个衫就是正版衫，价格往往是一般没有正版肖像T恤的二倍或多倍。其肖像权用于其他器物制作中也是同样。另外要特别说明，本数据为百度音乐总经理王磊在国家艺术基金中国网络批评人才培训上讲座中所言。

四五六十年代的乐迷（“粉丝”）而言，邓丽君及她的歌曲所代表的不仅仅是一种美丽的少女形象或甜美迷人的歌声，其更多他指代着她/他们在精神生活极度匮乏时期还拥有的那份不多的对人性美好情感生活的向往，从而慰藉心灵、激发起一种生活的信心和热爱的力量。因此，由于人们（邓丽君粉丝）对这种情感的需要而至今保持着很大的“邓丽君（音乐 IP）市场”。据不完全统计，目前已经出版邓丽君（IP）画传等相关书籍近百种，各种纪念演唱会/音乐会上百场，纪念音乐剧近十部，纪念舞台剧数部，纪念设施十余座，各种纪念品如纪念卡、纪念笔、纪念邮票等不计其数。

为什么过了几十年披头士（The Beatles）乐队和邓丽君 IP 市场还具有如此体量的规模？笔者认为奥秘就在于这些音乐 IP 附着或指代了人们（“粉丝”）曾经的美好、健康、向上的积极情感，人们（“粉丝”）在消费 IP 艺术或衍生品的时候，实质就是让心中美好情感的唤起。所以，我们说粉丝对音乐偶像或作品的爱是非理性的，而对相关 IP 产品的消费也是非理性的，这是一种无法遏制的购买冲动，所以，市场如此、结果使然。

相反，有许许多多的曾经一度甚至长期创造出经典音乐作品的音乐艺人，由于个人行为不检点、不自律，有的甚至涉赌、涉黄、涉毒，事发之后，他们曾给人们（乐迷）带来的美好情感被污染、被稀释，甚至被抽空，从此再也没有他们的音乐 IP 市场，他们所谓的“经典作品”，人们也弃之如敝屣。为什么？道理同样显然，爱屋及乌、厌屋及乌，人艺相通、识人论艺，当人们对一个人反感了，对他创造的艺术也就反感了，人们（乐迷）心中曾有的那份美好情感就不再了，消费他们的 IP 产品的情感冲动也就烟消云散了——谁会愿意花钱恶心自己呢？

因此，我们说优质的音乐 IP 必然也必须要附着一种健康美好向上的积极情感。这是音乐的艺术性要求，更是人性的自然，也是音乐“粉丝”经济的奥秘所在。当然，这种美好的情感不能仅限于少数个人，它必须体现于众多，所以，更完整地讲，优质的音乐 IP 必须蕴藉着人们（“粉丝”）美好的、普遍的、共同的情感。

五、结论与思考

通过以上讨论，笔者认为我们当前处于“融媒”时代，其最大的文化生产力来自互联网，互联网技术的急速发展给人们信息的沟通与获取带来极大的便捷，其中包括艺术审美质料。因此，人们对美好艺术的审美品质和内在要求不断提升，“融艺”成为更全面满足人们精神消费需求的重要品类。音乐艺术具有突出的情感属性，因此成为各类“融艺”中不可缺少的元素，由此造就网络音乐用户[①]及基于规模性粉丝群体而产生的网络性的音乐 IP 的海量产生。由于音乐 IP 具有天然的亲市场性，所以，其持有人往往因不适应巨大财富的易取而造成欲望的膨胀、理性的疏控和心理的变异、行为的失范，与此同时，国家对互联网重视度和管控力度日益加强，因此造成音乐 IP 大面积的突然死亡，其中超级音乐 IP 轰然坍塌也成为一种经常性发生的现象。优质音乐 IP 成为“融媒”时代音乐产业市场急需的稀缺珍贵资源，故笔者对优质音乐 IP 属性进行了专门分析和探讨，认为其最主要的特质是要具有三本体。一是“市本体”，即具有可迁移变现的规模化流量；二是“社本体”，即具有合规力；三是“艺本体”，即蕴藉着人们美好且普遍的共同情感。在现在

① 根据中国互联网络信息中心（CNNIC）公布了第 41 次《中国互联网络发展状况统计报告》，目前我国网民总数达 7.72 亿人，在网络文艺中，网络音乐用户排在第一位约 5.4 亿人。

和未来的国内与国际的文化市场竞争中，拥有优质音乐 IP 的大小多寡将发挥越来越重要的作用，小到一个音乐文化企业，它是决定其市场竞争力的核心要素，大到国家的文化发展，它是判断一个国家音乐文化软实力强弱的重要指标。

第六章　网络音乐环境下提高大学生素质教育的实施路径

重庆师范大学涉外商贸学院　刘倩

在大力推进素质教育的今天，人们对音乐教育寄予了厚望，培养大学生创造力、陶冶道德情操、提高审美修养等使命落到了音乐素质教育的肩上。音乐素质教育对于培养开拓型人才、发展学生个性和完善他们的人格，具有举足轻重的作用和意义。网络环境下海量音乐信息资源带给大学生前所未有的新视听体验,其体验有别于传统音乐教学供给模式。传统的音乐教育手段单一、教育观念滞后，已无法满足当代大学生对音乐教育的需求和对音乐素质的追求。为深化推进音乐素质教育发展，实现素质教育目标，网络时代大学音乐教育应把追求改进教育理念作为重点，以推进网络信息时代大学音乐素质教育的全面提升。

一、网络音乐的类型及特点

1. 网络音乐的类型

2009年8月26日，文化部印发了《文化部关于加强和改进网络音乐内容审查工作的通知》。明确了网络音乐的定义和涵盖的范围，指出网络音乐是以数字化方式通过互联网、移动通信网、固定通信网等信息网络传播的音乐产品，不仅包括通常意义上的歌曲、乐曲等音乐产品的数字化形态，还包括为表现音乐产品内容而辅以视频画面的MV、Flash等。在《音乐传播与传播音乐——中国音乐传播论坛第二辑》一书中，曾遂今老师通过音乐传播这一人类社会特有的现象进行分析和梳理，提出了音乐信息“双角色论”[①]概念，即“社会信息的角色和艺术思维的信息角色”。同时，他概括出在音乐传播理论研究的思考中，有两种不同的思考路线：“其一是音乐形态具体的传播、运动方面，其二是音乐文化的传承、发展方面。”[②]这为本文关于网络音乐的分析提供了展开思路。网络音乐需要进行身份角色的转变，不仅是其自身内在的，我们在认识理解上也需要进行主体关系的重新定位思维转变。我们既要看到网络音乐在解决传统音乐音响的历时保存、地域局限上的贡献，也要思考网络音乐在文化线路上的衍息。

2. 网络音乐的特点

（1）音乐学习的自主性和交互性。人们在互联网的交互活动过程中不仅是资源共享的受益者，同时也通过互动、协作、展示等手段将知识信息反馈回网络，在无形中也担任着信息资源的建设者角色。不同年

① 曾遂今. 音乐传播与传播音乐——中国音乐传播论坛（第二辑）[M]. 北京：中国传媒大学出版社，2007.

② 曾遂今. 音乐传播与传播音乐——中国音乐传播论坛（第二辑）[M]. 北京：中国传媒大学出版社，2007.

龄、文化、价值观和意识形态的人们都能获得广泛而自由的认知空间，也增加了更多知识的涉猎机会，从而获取多元化的信息来满足内心的需求和喜好。计算机网络所呈现的人与计算机、人与网络信息源、人与人之间全方位、多层次的即时互动特性促使音乐信息在进行传递的过程中一并完成教育目的。它提供了多种交流的服务，可以通过多种聊天工具在线进行的文字、语音、视频等形式实时交谈，也可以通过网络邮件、网络贴、微博等页面的留言、评论来进行非实时性沟通交流。在网络中的教育者和受教育者可以建立双向或多向的交流互动，学习者可以向专家进行问询，也可以在音乐爱好者之间展开互动，交流对象足以扩展至五湖四海，从而形成学习交流圈，增强音乐学习的环境和氛围，促进个体音乐学习的效率。网络音乐教育正是站在网络这一优势平台上扩大音乐艺术的影响，在不一样的音乐学习和教育体验中提升人们对音乐学习的自发性和主动性。

（2）音乐教育的大众化。网络在音乐信息的传播过程中将全球范围内各种差异的文化、习俗、价值观、信仰、生活和行为方式都呈现出来，通过人们自主地选择、认知和接受，使不同语言、不同国度、不同领域、不同阶层、不同民族的人们得到彼此的沟通、学习、借鉴和交融。它神奇地化解了人们之间在现实世界当中难以抗拒的隔阂，悄无声息地将硕大的地球变成一个“地球村”，在横向和纵向的空间中以令人难以想象的广度和深度为人类服务，真正实现了人类交往以及个体发展的平等性和自由性。随着科技的进步，在外部硬件方面网络终端从 PC 机发展到移动通信设备，越来越多的人可以轻松使用网络。信息化时代对未来的教育体制和形式将进行根本性变革，这也极大地降低了公办学校的门槛，使教育更为平易化和平等化。具体表现为：①教育从学校教育场所解放出来，实现教育形式的多样化；②开展终生教育；③不受年龄限制，按能力分班；④考试制度变为评价制度。[①]用比尔·盖茨的描述来看：未来网络教育时代的教育机会可能会对全球所有的人开放，任何地方的学生都能学到最出色的老师所教授的最好的课程，这将有助于提高每个人的教育水平；所有不同年龄、不同能力的学生都能自己获得信息并进行交互活动。这些发展变化使得音乐教育渠道得以拓展，影响范围扩大，从而帮助音乐教育更快地走进普通大众。

二、网络音乐教育在大学生素质教育中的价值体现

1. 改变音乐教育观念，彰显音乐教育的时代性

网络音乐的出现不仅丰富了音乐文化，也推动了音乐教育事业的发展。网络音乐是对传统音乐的继承与创新，并表现出诸多本体特性，是时代发展的产物，具有很高的教育价值。随着新时期音乐教育事业的发展，网络音乐逐渐被引入到音乐教育领域，与音乐教育进行了融合。这种融合使音乐教育在保留传统的同时萌发出许多新特性，给音乐教育赋予了时代特征。它使音乐教育工作者的教学观念由封闭、单一转向开放、多元，使教师的主体性和主导作用发生变化、教学方法和途径灵活多样、教学内容突破了书本的限定等。同时，网络音乐在教育领域中的应用也对教师的素质提出了更高的要求。它要求教师在提高对网络和媒体工具的应用能力、掌握使用网络和媒体工具方法的基础上具备对网络音乐进行解析、讲授、评价等的综合素养，全面提高对音乐教育的宏观把握与具体操作能力。

---

① 周琴芳 . 信息化时代与新教育 [J]. 未来与发展，1983（1）.

2. 充实音乐教学内容，为学习音乐注入新的动力

把网络音乐作为教学内容是发挥网络音乐本体价值和网络音乐在音乐教育中的价值的具体表现。网络音乐的独特存在形式使其可以借助教学媒体成为师生共同的学习对象，这是对传统以书本为载体的教学内容的发展。当前，大学生具有个性鲜明、想法多元、崇尚自由、追求娱乐等心理特征，尚处于人格形成的不稳定时期，具有很强的变化性和波动性。网络音乐凭借鲜明的主题特色、灵活的演绎形式、个性化的艺术风格和彰显时代气息的内涵等特点极大程度地迎合并满足了学生的心理需要，成为当今学生群体倍感兴趣的学习内容。网络音乐的上述特点不仅使其成为教学内容具备了可能，其本身更是对教学内容的充实和拓展，有利于激发学生的学习兴趣，强化学生的学习动机，对提高学生的自主学习能力具有非常重要的意义。

3. 丰富音乐教学形式，拓宽音乐学习平台

网络音乐的繁荣发展使音乐学习不再局限于学校的课堂之中，而是将学习的场域延伸至家庭和社会。随着互联网的普及，学生可以运用网络随时随地获取音乐资源，开展学习、欣赏、娱乐等音乐活动，这对传统的课堂音乐学习来说是一场颠覆性的革命，彻底打破了以往音乐学习范式和途径的单一，拓宽了音乐学习渠道，呈现出音乐学习方式的多元化局面。同样，在音乐教学方面，网络音乐的应用使音乐教学方式不再局限于教师的示范，它能够通过教学媒体以不同的形式呈现在师生面前，成为师生共同学习的客体和教师间接教育学生的媒介。教师通过视频、音频等不同类型的网络音乐对学生进行直观教学，引导学生开展模仿、分析、练习等一系列学习活动，使音乐课堂教学更为生动、形象。网络音乐的应用丰富了音乐的教学形式和学习途径，这也是网络音乐在音乐教育中的价值的具体表现。

4. 降低教学资源成本，资源获取快捷便利

网络音乐超越了传统音乐所受的时间与空间、地域与国界限制，极大程度地实现了资源的共享与整合，使人们不再局限于书本、音乐会、磁带、碟片等载体获取音乐资源。这不仅扩大了音乐教育资源的选择范围，也降低了获取音乐教育资源的成本。依托网络，广大师生可以根据教与学的需要进行快捷迅速的资源搜索来获得满足教育需要的内容。与此同时，网络音乐具有内涵丰富、主题各异、形式多样等资源特点，这些特点为满足师生的教育需要提供了广阔的、个性化的选择空间和范围。无论是欣赏、娱乐，或者学习、交流，运用网络音乐都减少了资源获取的时间，降低了资源使用的成本，表现出空前的廉价性与便捷性，展现出当前音乐教育的时代特征。

三、网络音乐环境下大学生素质教育实施的弊端

1. 过多接受网络外来音乐，阻碍大学生继承与发展民族音乐

当前时代的特征要求人们做事高速、高效。而很多网络音乐、快餐音乐正好符合这个时代的整体特征，所谓“快餐音乐”是由“快餐文化”中派生出来的一种音乐，这种音乐的最大特点就是听得快，同时忘得快，节奏比较简单，旋律变化也不大，更不讲究什么和声与曲式结构。所以创作起来简单，歌曲难度小，便于传唱，但同时，这种作品的生命力也不长，经常是流行几个月就迅速的被人们遗忘。在这种情况下，高雅音乐和一些传统音乐由于理解起来难度较大，节奏和曲式也更为复杂，如果是歌曲则更需要一定的演唱技巧，所以，很多有深刻文化内涵的高雅音

乐和民族音乐就成了阳春白雪，市场越来越小，越来越多的优秀音乐逐渐被人们遗忘，渐渐失传。由于当代大学生的民族音乐素养比较欠缺，因此，面对网络音乐的发展与渗透，当代大学生对我国的民族音乐比较淡漠，这对于大学生继承与发展民族音乐是非常不利的。同时，离开了本民族音乐土壤的滋养，也不利于大学生在音乐事业上的长远发展。

2. 低俗的网络流行音乐，对大学生思想的腐蚀

网络流行音乐铺天盖地、鱼龙混杂、良莠不齐，其中很多是低俗、肤浅的，品位高尚和底蕴深厚的作品极少。一方面，低俗的歌词影响大学生良好语言习惯的养成，导致大学生漠视社会公德。部分网络歌曲歌词极其粗俗、脏话连篇甚至还有一些人们所避讳的词语。有些脏话是网络歌曲创作者的口头禅，有些是作者为了直接集中的表达自己对某个人、某件事或者某种现象的愤懑之情，还有些是故意用一些人们所避讳的带有色情的词来吸引听众，以换取更高的点击率，获得商业价值。大学生容易接受新东西，但缺乏辨别能力，抵抗力差，如果来者不拒，那么，既可能影响了音乐素养的提升从而影响学业和将来的事业发展，还可能因为靡靡之音与多愁善感的心境“共鸣”而导致思想颓废，悲观厌世。

3. 商业化倾向的冲击，影响音乐素质教育的开展

在经济利益的驱使下，网络音乐的商业化倾向使音乐传播者、创作者背离了对真善美的追求，降低了音乐作品的艺术魅力和价值，进而影响到大学生的审美情趣和价值观。因网络音乐一夜爆红的歌手不在少数，像筷子兄弟、庄心妍、汪苏泷等，越来越多的“90后”学生歌手加入到网络歌手的队伍中。这种一夜走红现象在一定程度上也刺激了不少喜爱歌曲的同学，这些同学通过各种网络平台录制上传自己的作品，希望自己也能成名，渴望进入娱乐圈发展。很多大学生表示很羡慕这些能够一夜爆红的歌手，有条件也想创作歌曲然后上传至网络。大学生可以将

歌曲当作自己的爱好，但不是任何人都适合走歌手这条路。一夜走红现象在一定程度上促使部分大学生更加浮躁，形成急功近利的不良生活心态，从而无心求学，荒废了学业。

四、网络音乐环境下提高大学生素质教育实施的路径

1. 继承传统音乐教育精华，提倡多元化音乐文化教育

网络尽管给出的是一个虚拟的世界，但文化的竞争和意识形态的渗透在这一空间中表现得更为迅速而激烈。因此，在隐性化网络音乐教育的运行中要保持一种客观而平衡的教育引导。一方面，要继承传统音乐教育精华以重建传统音乐文化教育的人文价值，抵抗和超越来自西方的强势文化入侵以及享乐主义、商业功利、色情暴力等传播流弊。另一方面，要采取宽容、开放、客观的心态来看待这个世界和时代所造就出的事物。这也是实现隐性化音乐教育良性发展的重要途径。

（1）明确音乐素质教育的价值与地位。《中共中央国务院关于深化教育改革全面推进素质教育的决定》中指出："美育不仅能陶冶情操、提高素质，而且有助于开发智力，对于促进学生全面发展具有不可替代的作用。"音乐素质教育是素质教育的重要组成部分，是美育实施的重要手段，其核心价值与目标就是对学生进行美育教育。因此，我们的学校领导、教师以及学生自身都要正确认识与重视音乐素质教育的价值，明确音乐素质教育在我们普通学校的地位以及对高校学生发展的作用。

学校领导方面：要认真贯彻落实《中共中央国务院关于进一步加强

和改进大学生思想政治教育的意见》和《全国学校艺术教育发展规划（2001—2010）》等文件精神，进一步确立音乐素质教育在高校大学生教育中的重要地位。这就要求我们的领导要在真正认识到音乐素质教育在培养大学生创新思维方面的重要价值的基础上，真正正正、踏踏实实地搞好素质教育。只有明确音乐素质教育在学校的价值和地位才能引起校领导的重视，才会有较多的音乐教育经费提供足够的教学设施和资料，才能促进音乐实践活动的顺利进行，才能保证学校音乐素质教育的良好发展。同时，学校还要把音乐素质教育纳入到重要议事日程和学校教育发展战略之中，使学校音乐素质教育逐步走上规范化的轨道。

学生方面：作为普通高校大学生，对于音乐对自身专业发展和综合素质全面提高的独特作用要有清楚的认识，对于音乐与创新思维之间的促进关系也要有足够的认识。像爱因斯坦、钱学森、李政道等著名科学家，在他们身上我们可以看到很多音乐与创新相互促进的例证，这就要求我们在校的大学生要结合自身的兴趣爱好、知识结构等出发，充分发挥和利用音乐素质教育的美育功能和益智功能来提高自己的审美能力，激发自己的想象力和创新思维，促使自己在学科研究中实现不断创新。

（2）强化音乐素质教育课程建设。

① 教学内容。普通高校的音乐教育不同于其他专科类艺术院校的精英教育，而是一种普及化、大众化、综合化的音乐教育，教学中更多坚持“以人为本”来促进大学生人文艺术修养的提高和全面发展。

第一，高校要为音乐素质教育课定制统一的教材，保证学生在接受音乐教育的过程中有一个统一的基础要求和标准。通过调查我们看到，我们学校大部分在校学生的音乐基础素质都比较薄弱，因此音乐基础知识教学是十分必要的。音乐是通过音符、乐谱来表达的，如果不了解基本的音乐知识，就无法真正理解音乐、欣赏音乐，只有掌握了一定的音乐基础知识，才能去鉴赏音乐，才能通过音乐来开发自己的创新思维，促进自身的全面发展。

第二，高校的音乐课应结合本校的学科特点，达到音乐与人文、音乐与科学的融合。法国著名作家雨果曾说：“开启人类智慧的宝库有三把钥匙，一把是数学，一把是文学，一把是音乐。”可见，音乐与科学、人文学科是相互联通的。因此，我们的音乐教师在授课过程中就要不断探讨音乐与其他学科，尤其是理工学科之间相互促进与发展的关系，在教学中适当融入一些与理工科专业相关或相近的知识,用文化激活音乐，充分利用音乐与理工学科的关系，引导学生通过音乐在所学专业领域内不断探索，开发学生的想象力和创新思维，为学生的专业创新提供帮助。

第三，高校的音乐素质教育课程还应在立足于本土化的基础上，实现国际多元化的结合。我国是一个多民族的国家，各民族都有丰富的民间音乐。我们的教材应将这些优秀的传统音乐文化的精华进行选编传授给学生。坚持民族音乐基础性的地位，学习民族音乐文化能够增强学生的民族意识和民族自信心、自豪感，使学生在当今这个日益开放、复杂的世界里，仍旧能够保持强烈的爱国主义精神，因此，学校的京剧课在今后还有相当大的发展空间。在学习和掌握民乐的同时，还要积极地吸收世界各国的音乐精华，如西方音乐、非洲、拉丁美洲等各地音乐，补足学生这方面知识短缺的劣势，开阔他们的视野和情怀。欣赏世界各地的音乐文化，能够让大学生接触多角度、多方面的思考方式和处事行为，有利于发散他们的思维和想象，进而促进他们创新思维的培养。

② 教学方式。从高校目前情况来看，还必须重视第一课堂的教学，继续采用以讲授法为主要方式的音乐素质教育教学方法，但不能一贯到底，在课堂教学中还要穿插讨论、探究、合作式等的互动环节，调动学生学习音乐的积极性。如在音乐欣赏教学中，可以让学生自己一边欣赏

一边分析，先由学生发挥想象，接着教师再设置情境提问，共同探讨交流。多种形式的课堂教学方式容易使学生对音乐素质教育课程产生浓厚的兴趣，促使他们自觉地学习音乐及相关知识，同时还能增强他们的学习能力和思考能力，促进他们思维想象能力的发展，进一步提高学生的创新思维和综合素质的发展。

音乐素质教育是素质教育的重要组成部分，因此，音乐的教学方式也不能再局限在课堂教学，更多的是要开设实践课程，培养学生的动手能力、参与合作的能力等。我们要更多的将学生由音乐理论带入到音乐实践活动中，如定期举行乐器演奏、演唱队表演等，将音乐实践教学和校园音乐文化活动分别作为第二、第三课堂，实现音乐理论课和实践课双管齐下。音乐素质教育的实践过程，也是大学生自我发现、自我创新的过程，它能够使大学生独立思考，不断挑战自我、超越自我，从而引发丰富的想象力。

③ 开展媒介素养教育。媒介素养又叫媒体素养，“是指公众面对各种媒体信息的解读和批判能力，以及使用媒体信息为个人生活、社会发展所用的能力，具体包括对媒体信息选择、理解、评价、质疑、创造和批评的能力”。[①] 加强媒介素养教育可以增强大学生对网络音乐内容的鉴别欣赏能力。网络音乐品质良莠不齐，其对大学生受众的影响是双面的，这就需要大学生能对网络音乐有恰当的选择能力，对网络歌曲内容能够进行相当的理解、质疑以及评估能力。高校可以通过多种途径加强大学生的媒介素养，可以开设专门的媒介素养公共选修课，让大学生进行系统的学习，也可以将媒介素养教育融入其他课程当中，进行渗透式学习。还可以充分利用校园文化环境，比如说校园网络、广播、宣传栏等载体，帮助大学生充分地了解并利用媒体。针对网络音乐问题，高

① 张志安．媒体素养教育，为成长撑把保护伞 [N]. 华东新闻，2005-01-20.

校可以在音乐课程中加入网络歌曲的系统性学习，让学生对网络音乐的传播媒介的特征、歌曲的制作流程、商业传播过程有一定的了解。也可以让大学生直接接触网络音乐制作软件，创作上传歌曲，在创作上传的整个过程中切身体验网络媒介的运作过程，帮助大学生充分形象地了解网络媒体，并能够正确理性的看待网络音乐，能够认真的思考辨别网络音乐中所传播的各种信息以及其中所蕴含的价值观，从而懂得运用网络媒体汲取良好有益的信息，自觉抵制网络中的不良信息。

2. 加强网络环境建设，鼓励大学生利用网络自主学习

（1）构建大学生音乐素质教育网站。现代信息技术的运用使学校教育的转型成为必然,这种必然将因为网络的教育运用而逐步成为现实。网络的教育运用为实施素质教育开辟了广阔空间，其运用的直接结果是对制度化教育的冲击与挑战，使高等教育打破传统的时空限制，突破高校的围墙，超越国界、区域的樊篱，为构建全球化终身教育体系奠定基础，为全面提高学生的综合素质提供保障。

目前，存在于网络上的音乐网站大多数是供人们娱乐消遣使用，提供的音乐类型主要是流行音乐、通俗音乐等主流音乐。这些网站有的是搜索引擎中提供的专门用于搜索下载的功能网站，如百度音乐、搜狗音乐等；有的是空间或者博客的音乐频道，如 QQ 空间音乐等。当然也存在一些专业的音乐网站。但是，这些网站一般只提供及时、全面音乐信息，方便有需求者试听、下载，很少有音乐网站能详细地介绍各种音乐知识，更别提对听音乐者进行音乐素质教育。人们对音乐知识和音乐素养的需求已经越来越迫切，这就要求在网络环境下构建专业的网络音乐教育网站。

高校是音乐方面专业人才的聚集地，拥有最权威、最全面的音乐知识库，可以为构建网络音乐教育网站提供更多的便利。因此，高校音乐

素质教育网站就在众多音乐教育网站中脱颖而出。该网站将系统地介绍有关音乐欣赏的基本知识、乐器与乐队的基本知识，以及东西方各个时期、各个流派、各种风格的代表音乐作品和代表音乐家，对各种乐器如钢琴、管乐、弦乐的入门知识讲解。不但可以增加大学生对音乐的理解和认识，还可以加强对大学生的审美教育，提高其审美修养。通过音乐审美活动的渗透，用音乐诸多要素来充实大学生的内心世界，达到陶冶思想情操、美化内心世界、促进身心全面和谐发展的目的。

对于音乐素养教育网站的构建，具体可以从以下几个模块来进行分析。

音乐名家。此版块主要介绍古今中外音乐名家生平、主要作品。让学生由音乐名家引导欣赏高雅音乐，激发学生的兴趣。同时，音乐名家的生平奋斗事迹也能感染学生，使学生向他们学习。

音乐资讯。此版块快速全面地搜集整理发布音乐方面最新的新闻、演奏会、演唱会及学术报告等信息动态，可以使学生随时了解音乐资讯，扩大音乐视野。

音乐档案。此版块有选择地吸收了音乐名人轶事、乐器发展史、各时期音乐流派的发展历程及音乐考古成果，旨在为学生展现音乐的历史厚重性、全面性、多成果等特性，让学生全面了解音乐。

音乐理论。乐理知识作为欣赏高雅音乐必须具备的基本技能，应加大培养力度。因此，在这一版块着重从音的属性、高低、长短、强弱、五线谱及记号这六方面来加强对基本乐理知识的掌握。如果仅仅是单纯枯燥的乐理知识的讲解，或许还不及经验丰富的老师在课堂上讲解的生动、引人入胜。为了能引起学生们学习的兴趣，通过利用Flash这个平台，将枯燥的乐理知识以一系列动画的形式展现在大家面前。作为在网络上听课的学生，有疑问的时候可以点击动画上面专门设置的提问的按钮，将问题发给课题组，课题组将及时进行解答。并且课题组还对 Flash 动画设置了在线测试的功能，若想继续看下去知道后面会有什么更神秘的知识在等着你，就一定要完成测试。这无疑增加了大学生们在看动画时的专心程度。这种新颖、独特的授课方式，相信会使更多的大学生了解、掌握基本乐理知识，从而提高欣赏高雅音乐的能力。

音乐鉴赏。有了对基本乐理知识的掌握和中外乐器的了解做铺垫，便具备赏析高雅音乐的基本能力。欣赏一部好的音乐作品，不只要用耳朵去听，更要用心去听。当然，在此之前还需要课题组做很多功课，如了解乐曲的作者、音乐的创作背景等。这样才能够全面充分、从更深层次来体会音乐所要传达的情感及深意。因此，我们在这一版块收录了大量中外优秀的音乐作品，包括作品作者的介绍、作品的产生背景，还附带有作品的在线试听、MP3 以及乐谱的下载。

（2）加强网络音乐课程的开发与整合。网络音乐课程资源的开发包括“音乐教学内容的开发”与“网络音乐教学支撑环境的开发”这两大板块。“音乐教学内容的开发”主要体现在音乐教学大纲的确立以及随之产生的“教学设计”“网络音乐课程原型实现”等环节；“网络音乐教学支撑环境的开发”则主要是指与网络音乐课程相关的软硬件系统建设所能够提供的网络教学环境，一般体现在“脚本编写与课程制作”环节中。

一是音乐教学内容的开发。音乐教学内容的开发是网络音乐课程建设的主要方面，而且它具有系统的工作流程，且在大多数环节都需要相应的媒体技术支持。①

① 开发网络音乐教学内容就必须首先确立教学大纲，这与我们的传统实体教学是完全一致的。

② 在教学大纲的指导下进行教学设计，这是开发网络音乐教学内容的核心环节。需要音乐教师/网络音乐课程资源建设者确定“学习目标”“音

① 郭庆光．传播学教程 [M]. 北京：中国人民大学出版社，1999.

乐教学的基本知识点以及重难点”“参考资料”“学习进度与课时规划”“学习策略”“练习题与自测题”等各种“教学模块”，并对这些“教学模块”之间的关系进行统筹规划，列出一定的学习“路线图”。

③ 网络音乐课程原型实现。选取具有代表性的特定“教学单元”，确定网络音乐课程的知识体系建构方式、界面风格、导航策略等要素，并在一定范围内通过“试讲”“试听”等活动来征求音乐学习者的意见，以便确定网络音乐课程教学的总体风格。

二是网络音乐教学支撑环境的开发。“网络音乐教学支撑环境的开发”主要包括软硬件建设、技术队伍建设以及网络音乐课程脚本的编写和网络音乐课程的制作。由于软硬件及技术队伍建设已经隐含在音乐课程脚本编写和网络音乐课程的制作过程中，故而本文主要探讨网络音乐课程脚本的编写和网络音乐课程的制作问题。

① 脚本编写。脚本编写属于计算机技术范畴，通常在网络音乐课程建设中综合运用 HTML 脚本语言以及 JavaScript、ASP、 PHP、SQL 等各种脚本语言来实现对于音乐课程脚本的编写。脚本编写所描述的是学习者将要在网页中所看到的学习要求、学习内容及步骤细节。因此，它既是课程内容设计的总结，又是网络课程实际开发的指导依据。[①]

② 网络音乐课程制作。网络音乐课程制作属于网络音乐课程资源建设与开发的实现环节。因而它与计算机技术的联系也最为紧密。一般来说，网络音乐课程的制作应注意把握以下几点内容。

第一，注重采用丰富的超文本与超媒体方式来整合、建构网络音乐课程的知识体系与教学案例、素材体系，促进人机交互的优化设计，帮助教师与学生创建教学“情境”。

比如，在切分音的网络课程教学中，教师就可以用超媒体的方式将

① 戴定澄 . 音乐教育展望 [M]. 武汉：华东师范大学出版社，2001.

众多以视频、音频、图片形式存在的教学案例和素材整合成为一个为音乐教学服务的网状结构，而且可以根据不同的教学理念便捷地修正这个架构，以便为学生提供丰富多彩、意趣盎然的音乐“情境”教学；而学生也可以采用超媒体链接来建构自己的音乐课程资料库，从而有效地扩展音乐学习的视野。可见，强调超媒体方法的应用，就是着眼于解决如何利用丰富多彩的网络音乐资源来为音乐教育服务这一问题。[①]

第二，注重采用多种类型的导航手段来强化网络音乐课程学习的目的性和逻辑性。由于网络音乐课程资源网站往往充斥着海量的信息，容易导致信息“迷航”。故而，我们可以看到，在本文第二章问卷调查的数据分析部分，许多填写问卷的同学都反映网络音乐教育资源站点应该“增强导航设计”。

第三，注重运用智能代理技术来为网络音乐课程学习者提供轻松、便捷、高效的学习环境。智能代理技术是不需要人为的即时干预即能够完成所需任务的一系列应用程序和技术的总称。一般来说，类似Browser Buddy、 Autonomy这样的智能代理程序都包含有其特定的“学习模块”，能够观察并模拟用户的行为，接收用户反馈的信息来不断修正自身的规则，以便适应用户的个性化需求来更加高效、准确地完成信息检索、组织等一系列任务。[②]具体到网络音乐课程教育，智能代理系统则能够根据用户搜索行为的兴趣取向来修正自身的搜索规则，以便能够为用户提供更为精确的搜索服务。比如，音乐学习者倾向于搜索某一类特定的教学视频如Flash，则智能代理系统根据这一特点提供的搜索结果将是以Flash音乐视频为主，其他相关度较小的视频将被过滤；[③]

---

① 康长河.建立高校共享音乐数据库的构想[J].艺术教育，2005（2）.

② 闵光辉.音乐网络传播与音乐创作观念的变化[J].艺术教育，2007（9）.

③ 孙远.中小学音乐教育中的网络音乐资源拓扑性与可行性研究[D].信阳：信阳师范学院，2013.

而且，基于“神经网络程序设计语言”的智能代理系统，可依据用户的行为规律而非关键词，将搜索结果中与用户搜索规律不相关的无效部分加以过滤，从而帮助用户找到更为适用的文档、图片、视频与音频。

第四，注重动态网页的建设，提供协作工具，以便建设自主性与协作性相结合的网络音乐课程学习环境。动态网页一般根植于数据库技术，其优点在于可随着操作的时间、环境或者数据库的操作行为和结果而发生变化。因此，动态网页经常被一般网站用来实现“在线调查”“用户注册及登录”“订单处理”等功能。就音乐教育课程资源网站来说，可通过 Dreamweaver 8 软件，采用微软的 ASP 技术，基于 Access 关联式数据库管理系统来制作动态网页，运用超链接方式将动态页面中的各种素材同后台数据库直接进行链接，以便为学生自主式的乐理学习提供有效的支持。同时，动态网页也能够支持网络音乐课程学习者将自己在学习中的体会、感想以及自己对于一些基本乐理概念的理解，以“网页书签”的形式进行注释，并保证这些“网页书签”能够让学习者通过面板进行个性化的管理。[①]

以上，我们探讨了动态页面对于自主式乐理学习的支持功能。与此相对应的是，网络音乐课程学习还需要交互式的协作性学习环境。这就需要网络音乐课程资源网站提供诸如 BBS、聊天室、会话组等协作工具，以便音乐教学的师生之间、学习者互相之间能够利用这些协作工具进行即时的、有效的交流、会话，在第一时间使音乐学习中的疑问得到解答。

（3）搭建网络互动平台。新的《音乐课程标准》中强调学校音乐教育要把社会音乐教育环境和家庭音乐教育环境主动纳入自己的视野，使三者形成合力，把音乐教育与学生的日常音乐生活有机地联系在一起。在内容的选择、要求的确立、教材的编排等方面不过分追求系统、全面

① 邹渊．论网络资源在《和声学》教学中的应用 [J]. 新疆艺术学院学报，2004（1）.

和整齐划一，为教学留有足够的接口和创造余地。要加强音乐课程与学校其他学科课程，特别是其他艺术课程之间的横向联系，使之密切配合，相互渗透，共同发展。要改变传统的教师单向讲授及定时间、定地点的分课教学的封闭式教学模式，采用探究、交互式学习和多种艺术形式交叉融合的开放式教学模式。网络互动平台下的这种协作学习、合作学习，使学生之间打破了空间的限制，使每位参与者的思维与智慧相互碰撞，集思广益，有着开放式的教学模式，符合新课程改革的方向。

网络互动平台首先要建立起校际内外或更高级别的音乐教学网络信息网。不光是计算机网络、广播电视网络的连接，更为重要的是网络信息音乐学习环境即音乐教与学资源的网络构建。让各地区学校不同特色的音乐教育资源充分共享。同时要不断地开发音乐网络资源，使学生处于丰富的网络资源学习环境中。通过计算机网络可扩展至全社会的每一个角落，生活与学习完全融为一体。教室不再是唯一的音乐学习环境，学生在家庭、学校、社会各处都能任意时间、任意地点进行音乐学习、获得指导帮助，这是真正意义上的开放学习。

① 建立网络环境下的音乐资源库。建立网络互动平台首先就要建立音乐资源库，音乐资源库具体内容有以下几方面。第一，音乐知识光盘库：（知识、欣赏、乐理、歌唱、作曲、视唱练耳、演奏等）包括中国民族乐器介绍、西洋乐器介绍、世界各地乐器介绍、作曲大师、音乐大师、音乐圣殿、音乐圣经、流行歌曲词谱大全、电子琴演奏、电子书籍、吉他演奏、视唱练耳、京剧脸谱欣赏、电脑音乐、音乐乐谱、音乐词典等等。第二，音乐作品音响库：中外名曲、西洋歌剧欣赏（男声、女声）、世界上各类音乐会实况、自动伴奏音乐等。第三，音乐教学电子图书库（中外艺术知识、音乐欣赏）。第四，音乐教学课件库（教师教学课件、学生学习课件、同步教学课件、各种媒体课件、音乐教学模式）。第五，各类型的库，音乐教学交流论坛板库（不同年级组建不同

的论坛板库）。

② 建立网络环境下的虚拟音乐学校。虚拟音乐学校，由不同地区、不同学校的一些音乐教师组成教研组，负责课程规划与课本脚本的设计，再由信息老师把脚本制作成网上音乐教学课件，然后实施网上教学或网络视频即时教学，由来自不同地区的学生组成虚拟音乐学校，从而实现远程教学，如广东天河教育网、中央音乐学院的远程教育中心。虚拟音乐学校的教学有很多不同的形式，常用的有讲授型、示范型、个别辅导型、讨论型、探索型和协作型。

③ 搭建网络环境下的互动平台。利用聊天室、公告栏、BBS 或微软 MSN Messenger 搭建网络互动平台。网络互动平台中的论坛功能区为自主性学习的教学带来了很大的方便，这个系统不仅可以实现教师与学生之间的实时在线式教学，还具有发布信息、讨论和交流等功能，而且操作方便快捷。利用论坛，可以在教师与学生之间实行辅导（如疑难解答、提问），或发布临时的教学信息，也可以是学生将疑难问题发布于公告牌，寻求其他同学解答的学习方式。在这里形成一个教师、学生、家长网上的虚拟社区，通过人机交互、网络信息共享、小组合作学习、师生对话、生生对话等内容，为学生创设轻松愉快的学习环境，教师可以最快地掌握学生的学习动态和节奏，家长也可以直接地了解学生的学习情况。网络环境下的互动平台比以往的任何一种模式都更为先进，它通过网络系统把教师和学生、家长联系在一起。这种崭新的教学模式跨越了时空和地域的限制，实现了各种资源的超文本链接，彻底打破了传统的课堂教学模式，教学范围不仅可以从课内延伸到课外，从校内延伸到校外。

3. 净化网络音乐生态，促进大学生素质健康学习

（1）重视对网络音乐的支持和引导。网络音乐既具有音乐的娱乐

功能，又融入当今网络的先进技术，对青年大学生具有强大的吸引力。音乐来源于生活，蕴含了创作者的思想，也承载了一定的文化价值意义。不良内容的音乐作品势必会影响青年大学生的价值观，让大学生在不知不觉中接受或认同一些不良的价值观。为了年轻一代的发展，国家应重视网络音乐的支持与引导，鼓励优秀网络音乐的创作，引导网络音乐传播社会正能量，弘扬社会主义主流价值观。首先，在法律政策上支持引导正版优质音乐的发展，大力发展网络文艺，扶持一批信誉好、创新能力强、具有自主知识产权的网络音乐企业，引导网络音乐市场的良好发展。其次，可定期举办网络音乐选评大赛，培养一批优秀的网络音乐创作人，用优秀作品做典范，引领优质网络音乐的创作热潮。最后，还可以利用网络音乐创作的即时性和现实性特点，鼓励独立音乐创作人根据现实生活创作反映人们的良好诉求的歌曲，反映社会美德、提倡积极价值观的歌曲。国家思想政治工作者应兴利避害，充分利用网络音乐这一崭新的网络媒体，创新大学生思想政治教育方法，探索服务大学生的新方法，制作青年大学生喜闻乐见的音乐节目，并通过网络音乐的点击量，及时把握大学生的成长需求和思想动态。针对不健康的网络音乐，用细化的法律手段和有效的技术手段加以限制与取缔，从而营造一个自由又优秀的网络音乐试听环境。

（2）强化网络音乐质量监管。随着网络信息时代的发展，我们要加快互联网立法，同时针对网络音乐问题，我们的立法工作也要做到明确政府、服务商、网民等互联网主体参与者的权利和义务，对法律进行细化，明确保护什么、禁止什么。我国为了进一步加强我国网络音乐的管理，文化部于 2006 年 11 月 12 日公布《文化部关于网络音乐发展和管理的若干意见》（以下简称《意见》），首次向社会表明国家关于网络音乐的发展及管理政策。《意见》指出，要建立优秀原创网络音乐产品评选、奖励和推广机制，奖励思想性强、艺术性高、音乐内容和网络技术完美结合的原创网络音乐产品，以不断提升我国原创网络音乐制作质量和水平。为了落实《意见》精神，2009 年 8 月 26 日，文化部印发了《文化部关于加强和改进网络音乐内容审查工作的通知》（以下简称《通知》），要求要加强网络音乐内容管理，禁止含有淫秽、色情、暴力、迷信和危害民族风俗等危害社会公共道德的网络音乐产品的传播。在 2011 年，文化部至少通告三批未经内容审查或备案的网络音乐产品的黑名单，要求各搜索引擎、门户网站、行业网站、娱乐网站以及企业或个人网站对黑名单所列网络音乐产品立即删除。2015 年 8 月 10 日，文化部又公布了一批网络音乐产品“黑名单”，要求互联网文化单位集中下架 120 首内容违规的网络音乐产品。

陆续出台的法律法规以及黑名单的通告，有效地减少了低俗、恶俗的网络音乐的传播，净化了网络音乐市场。但是网络音乐的快速发展亟待更加完善的质量监管，笔者认为政府及相关部门可从以下几个方面加以努力：一是应设置网络音乐质量标准。明确哪些词、哪类歌曲是不可以上传到音乐网站进行传播的，虽然网络音乐推行了备案审查制，但网络音乐运营商并不明确标准。从历年公布的“黑名单”的内容与社会反响可以看出，涉及色情、淫秽、暴力或者违背社会公德等歌曲是国家法律所禁止的，但是标准还不够明确，网站服务商仅从所禁歌曲中以此类推来删减网站中所上传的歌曲。二是国家执法部门要加大惩处力度。不仅要拉黑不良网络音乐，应对“毒”音乐的违规发布者实施高额罚款，对监管不力、纵容传播的单位以及传播媒介要提高违规成本，对违法者应追究法律责任。三是对网络音乐进行分级管理和过滤。国家应积极采用完善的过滤软件，对涉及违法和危害青年学生的歌曲加以鉴别与过滤，同时进行分级管理，对网络音乐进行严格的审核和分级，对于有教唆犯罪倾向的网络音乐予以坚决取缔，对于有色情、暴力等倾向的网络音乐予以限制。四是对网络音乐的多样化传播渠道进行管理。文化部通过责令网络运营商下架非转授歌曲，酷狗、酷我等各大网络音乐播放器纷纷下架盗版及非转授歌曲，但是仍有部分小网站未进行自我审查，仍上传传播非转授甚至暴力、色情的歌曲。另外，仍有一些歌曲在微信、微博等渠道传播。对网络音乐的多种传播渠道进行深层次管理也是当前净化网络音乐环境的一大重要内容。

通过健全的法律，严格的行政执法，规范网络运营商、创作人的行为，从而净化青年学生的视听空间，使青年大学生免受不健康的网络音乐的影响，同时也让大学生音乐创作人在更好的环境中创造有益社会的优质作品。

五、结语

社会科技的迅猛发展大大超出人们想象的步伐，新一代的高速网络信息技术不断发展，未来的网络信息音乐教学环境将更加全方位、全球立体化，网络环境下的音乐自主性学习也将不断发展变化。网络音乐环境下，学生可以通过教师的引导，运用网络资源为载体，主动参与音乐、探究音乐、表现音乐，养成搜集和处理信息的能力、分析和解决问题的能力以及交流与合作的能力，为终身学习音乐、享受音乐奠定基础。但是，网络环境纷繁复杂，学生自控能力不强，如果完全让学生在网络上自主地学习，一些学生在时间上掌握不了度，而且容易被网络上一些不良信息误导，导致耽误学习，造成负面效应。作为现代社会的音乐教师，必须不断学习，特别要重视教育观念和新教学模式的更新，使音乐教学顺应时代发展的方向，从而提升大学生音乐素质教育。

总体来说，当前我国高校的音乐素质教育正逐渐的步入正轨，而整个探索过程对于那些热爱音乐教育并且想把音乐素质教育的作用发挥到极致的学者们来说是漫长而艰辛的，本文也只是此类研究成果中的一小部分，微不足道，期望能在网络音乐环境下对大学生创新思维的培养与大学生音乐素质教育的建设发挥一点作用。

第七章　大数据时代下未来数字美术馆信息共享平台的研究

沈阳大学美术学院　杨晓博

美术馆是为艺术家和观者搭建的进行艺术作品展示和艺术活动交流的空间。数字美术馆是以实体美术馆作为基础，利用现代化的科技手段，在虚拟空间中搭建的艺术公共平台可以足不出户地浏览世界各地的美术馆。大数据是如今处理复杂问题的技术手段，应用于各项领域当中。大数据如果和美术馆产生了交汇，会出现我们从前难以预测的艺术形态空间。如今，许多美术馆对于展品进行了数字化的信息存档处理，更加便于美术馆管理人员的工作，也为观者提供了数字化的观展方式，有的美术馆甚至能够看到一百年前的展览。将这些数字化的信息进行大数据化的关联处理，是十分必要的。构建一个世界美术馆的数字信息共享平台，是本篇文章论述的重点。

一、数字美术馆的审美探析

1. 传统美术馆的职能

传统的美术馆是以展陈和收藏为主要目的，兼具举办相关艺术活动。它们呈现的方式，是在城市的特定建筑内部，在一定体量的空间内，在一段时间里，通过策划展览的过程，让观者鉴赏到极具魅力的艺术作品，使艺术家的作品得到展示，达到艺术的交流与互动。传统的实体美术馆相较于现代美术馆的主要区别在于：现代美术馆更趋向一个“艺术综合体”，是集合展览、学术交流、展品保护、艺术创作、教育、艺术衍生品等一系列的艺术活动，而这些文化行为均与展览和美术作品紧密相连。传统的实体美术馆的功能相对来说更单一，最初的美术馆仅仅是为了展示艺术作品。一间美术馆，它的功能和职责主要有两个方面：“知识生产”和“知识传播”。“知识生产”是美术馆的核心动力，美术馆是“知识生产”的综合体。① 美术馆是一种社会媒介，关注并传播艺术动态，整合了艺术家、馆内工作人员、观者、研究人员等的学术资源，它不仅仅是一座建筑，更是一座城市、一个国家的文化枢纽，这些人员在其中储备传统的艺术知识，又对新的艺术形态进行欣赏和再创造，在这样一个开放的空间中，碰撞出浓烈的、意想不到的新思维。最终，我们收获了崭新的视觉体验、严谨的学术架构，丰富了人们的精神生活，也充实了人生，促进了祖国的文化事业的繁荣。

2. 数字美术馆的发展以及大数据对于数字美术馆的运用

“数字美术馆”其实已并非是一个新鲜的词汇了。美术馆与“数字”结合起来，我们不禁会产生一些疑问：数字美术馆是如何产生的？建设过程中运用了什么科技手段？“数字美术馆”的真正范畴如何界定？“数

---

① 王璜生. 美术馆的能量和精神向度［N］. 人民政协报，2012-10-29.

字美术馆”与实体美术馆二者的区别是什么？二者在功能上如何相辅相成？“数字美术馆”能否在未来替代实体美术馆的职能？

何为“数字”？为何“数字”？在美术馆的数字化发展进程中，我们所了解的，例如官方网站的全景美术馆、美术馆的手机APP客户端、微信公众账号、微博账号、美术馆的VR装置等。数字美术馆似乎是凌驾于实体美术馆之上的，利用大数据、互联网、前沿的科技手段，将作品、展览、学术文件、馆藏臻品、教育资料等所有的信息全部用数字化的方式进行采集和处理，生成具有跨时代意义的“云中”美术馆。它为我们的文化带来的颠覆是不可预估的，它的成长速度也是我们始料不及的。

“数字美术馆”是在互联网的快速发展之下应运而生的，大数据也是近年来国内乃至国际用来收集和分析的一种重要的科技手段。互联网的发展改变了艺术家的创作方式，改变了艺术的形式，改变了批评家的语词，它也会改变未来美术馆的发展趋势和职能。大数据的特点是“4V”：Volume（容量）、Variety（种类）、Velocity（速度）、Value（价值），在这“4V”当中，最重要的就是“Value”（价值），这是大数据应用的最终意义。大数据的技术远远超越了普通软件的采集、分析和处理数据的能力，它对信息的分析能够做到更多、更杂、更相关。[①]本文论述的重点就是大数据为未来美术馆的信息共享能够做出巨大的变革。

3. 数字美术馆的全新观展视觉体验

提起数字美术馆，这里有两个看起来相似，实则不同的概念：“美术馆的数字化”和“数字美术馆”。“美术馆的数字化”是指当今的美术馆通过科技、信息、数字等方面的处理，使其科技化和现代化，是推动实体美术馆建设的一项重要建设。包括美术馆藏品的信息化处理、美术馆管理机制的科技化手段、策展以及观展方式的转变等。而“数字美

① 于平．大数据时代的艺术学对策研究［J］．艺术百家，2013（5）．

术馆”是凌驾于传统美术馆的基础之上，在当今社会互联网、信息和科技高速发展的大环境下应运而生的新型美术馆，结合了数字化技术，基于传统美术馆的功能并且超越这些功能，运用于网络中，是一种虚拟的“云中美术馆”。

2016年是“VR”元年，“VR”即“Virtual Reality”（虚拟现实）。运用“VR”技术，是当今数字美术馆创作“虚拟展览”的重要途径之一。传统的观展方式是：得知展讯—前往美术馆观看展览—回顾总结。仔细地观看，在馆中移步。而“VR”技术使展览呈现的方式更为多元化，带来的视觉体验也更为丰富。观者可以通过PC端、手机端、Pad端等电子设备，看到因虚拟技术介入而呈现出的数字展览，通过触屏、调节鼠标等方式，可参观虚拟展馆内的任意一幅作品，走向任何一个角落。这是全景的、全方位的视觉体验。所以，借助“VR”技术产生的数字美术馆在观赏体验方面相比传统美术馆更加动态、多元和立体化。

2017年是“AR”元年，“AR”即“Augmented Reality”（增强现实）。“AR”在数字美术馆中是如何运用的呢？近几年来，我们在观展的时候，越来越对一种数字化的方式所熟悉，在每件展品旁边，有其配套的二维码，观者通过扫描二维码，可以听到以及看到关于该作品的讲解。“AR”技术可以将展品以及藏品进行数字化的处理和记录，观者扫描二维码后，出现的是艺术品的3D立体图像，并且可以旋转观看任意角度，这便是一种崭新的美术馆的观展方式。观者利用“AR”技术观看结束后，可以点击“分享”功能，将这样先进的技术和视觉体验通过互联网的传播让更多的人知晓，这也提高了艺术品传播的效率，增加了宣传的媒介和途径，还形成了批评领域的新形式——网络美术批评。“AR”技术和互联网的发展，让观者看到了不一样的美术作品，提升了他们对于艺术的兴趣，也让美术馆的发展更加多元化和科技化，从美术馆的机制到展览到馆藏资源，都是快速发展的。

在数字美术馆的网络终端中，我们常用的有PC端、手机端和Pad端。国内外的很多家美术馆、艺术中心、博物馆等，都开发了基于互联网计算机技术的展览互动，包括用网页来搜索数字美术作品，让观者有身临其境之感，还有在网络语境下进行艺术品展示，甚至，可以观看到网络下的艺术品视频和网络艺术专题纪录片等。以雅昌艺术网为例：网站方面，有雅昌艺搜、雅昌云图、雅昌拍卖等；在手机APP客户端开发方面，有雅昌交艺、雅昌拍卖图录、雅昌云图等。这就说明，实体美术馆已经逐渐地成了“掌中美术馆”，就像手机中其他APP一样，成为人们精神食粮的组成部分，我们已从“展什么，我们看什么”过渡到“我们期待看什么，就会看到什么”的时代。这是互联网和数字化技术对于美术甚至其他艺术形式的推进。

4.数字美术馆打破了传统美术馆的“边界”

我们不难看出，美术馆的“边界”逐渐被打破，这个边界包括：一是物理的边界，或者说是打开美术馆的“墙壁壁垒”，冲破传统的各个程序；二是人的边界，美术作品不再是传统中小众的精神享受，而是面向更广大的群体，更加普及化和广泛化，是人人都可以拥有的审美空间。人们的精神需求提升，互联网和信息技术发展，人们的生活方式改变，数字美术馆的发展模式也在不断革新，这是相辅相成的发展成果。

二、国内外数字化技术应用于美术馆的现状

1.大数据时代下的艺术形式

（1）大数据思维与美术形式的转变。什么是大数据思维？所谓大

数据的应用，是打破传统的因果、先后、主次的逻辑关系，不以历史和经验为理论依据，而是从整体的现实规律、出现频次、彼此间的相互关系中，利用数据分析的手段，得到从前不可设想的结论，而大数据的结果最重要的特征是一切可以“量化”。当今，我们获取艺术方面的资讯有多种渠道：书、网络、媒体、博物馆、美术馆等，大数据会集合这些所有的方式，依靠云技术和提供的客观数据，实现关联价值的最大化。

大数据对于美术形式、技巧的变革是前所未有的。大数据听起来也许很抽象，但会比我们所认为的更加前卫和深入。将视觉艺术进行大数据的运用和分析，在这个过程中分为采集数据、分析数据、得出数据关联。近年来，有一些艺术家已经开始和科技学者进行合作，这些艺术家为当代的艺术做了很多新鲜的尝试，也为发掘更多的可能性。

以艺术家 Laurie Frick 为例，她创作的作品就是以“大数据”为主题，让人们相信它是个清晰的、在近处的可以改变世界的事物。与大数据研究人员不同的是，她用水彩画分析大数据，是一位用画笔、纸张、画布、颜料等工具来呈现大数据准确特征的艺术家。在她的个性化和生动化的笔触下，大数据不再神秘，不再遥远。她说：“此时此刻，我们产生的数据就是一个天文数字，数量庞大而惊人。”我们要做的是如何正确而容易地应用这些数据。关联的数据显示，会影响个人的思想、行为和习惯，会改变人们对于形态的认知，正所谓“近朱者赤，近墨者黑”。所以，数据会给人们带来比文字、图像、声音等更为真实和直观的影响。[①]大数据之“大”，追溯到美学本质中，与康德的“崇高”理论有异曲同

① 李小年．让大数据可视化，艺术家想用它帮我们选择更好的朋友[EB/OL].（2018-03-03）[2018-10-10]. http://tech.ifeng.com/a/20180303/44894657_0.shtml.

工之处，康德的“崇高美学”是数字的崇高和力学的崇高，也许他在几百年前就预见了未来美学之大器和包罗万象。

（2）大数据时代观展方式科技化以及打破艺术边界。大数据时代，美术馆面临着经济的发展，高端的科技手段，崭新的艺术形式，在数据挖掘、收集、记录、关联和处理后，推动了美术馆构建的信息化、科技化、包容化的大格局。我们应该由“点状研究”过渡到“面状研究”和“体量研究”，关注数据之间的共性、关联和变化。数字化带来的不仅仅是技术的革新，更多的是人们生活方式的转变。艺术形式的每一次变革，究其原因，都是生产方式的改变，生产工具推动了新思维的转变，例如印象派，管状颜料的诞生间接促进了画家将画画的地点转向户外。大数据是一种新兴的技术与思维，它使美术馆成为一个线上和线下都能进行体验的实体与虚拟空间，人们随时随地与美术馆以及艺术家实现着互动。美术馆和美术作品已经不是传统的固态空间和物件，它更像是一种具有精神价值的信息载体，不再关注艺术家、美术馆、观者、批评家、管理人员的身份主次，模糊了时间和地理界限，承载了改变艺术史和社会文化发展的新要求。我们利用这样的生产和思维方式解决从前的难题，提出新的疑问和设想，并逐一突破它们。

从前的观展方式是在知晓展览的相关信息之下，观者前往美术馆鉴赏美术作品，批评家撰写关于艺术家、艺术作品和展览的批评性学术文章或报告，艺术家也会在这个过程中与诸多人一起探讨和分享见解，有的大型的美术展还有同系列的学术报告或创意活动。美术馆进行数字化升级之后，人们不再拘泥于“现场观展”这种单一的形式。全景美术馆依托 H5 设计这种交互的媒介，通过在手机屏幕上展览空间方位的划动，还有美术作品详细信息的点击，让我们用手机端就能看到处于千里之外的美术馆，以“从洛桑到北京”第九届国际纤维艺术双年展为例，

2016 年 9 月于深圳关山月美术馆举行。该展览其中的一项传播媒介就是运用高端 H5 技术，在手机端、PC 端、Pad 端浏览，并且在微信朋友圈有大范围的转发、点赞和评论，这样就使得宣传的方式更加全面化和立体化，观者也获得了更迅速、更直接的观看体验。鉴赏视角涵盖了从美术馆的正门到里面的各个展厅，可以用箭头指向馆内各个角落（见图 7–1 和图 7–2），可以指向各件展览作品的详细情况以及文字说明，区别于传统的网页版的展览新闻传播只能看图片的方式，在 H5 设计的展览首页上，可以选择展厅，可以直接点击获奖作品页面，了解本次展览的主题以及最优作品（见图 7–3），还有 VR 界面，利用 VR 眼镜来观展（见图 7–4），体验一种非凡的视觉冲击。

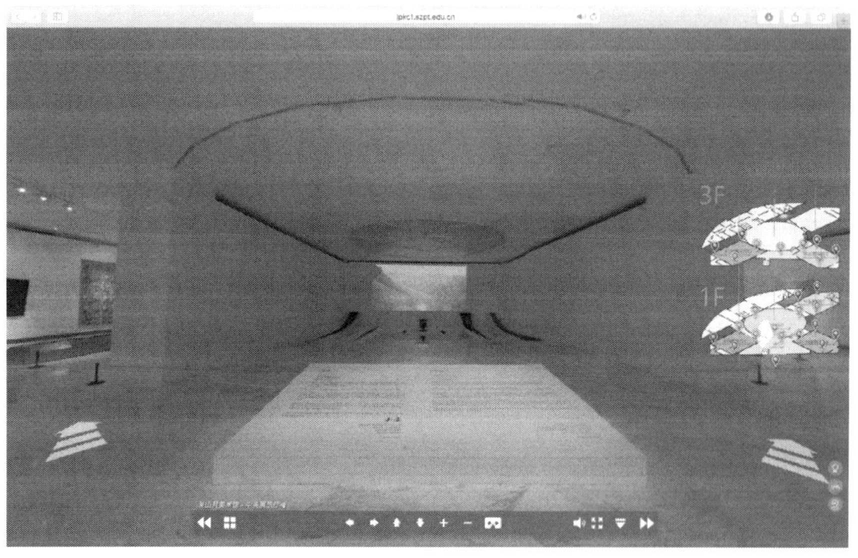

图 7–1　数字美术馆之“从洛桑到北京”第九届国际纤维艺术双年展正门入口

图 7-2　数字美术馆之“从洛桑到北京”第九届国际纤维艺术双年展展厅

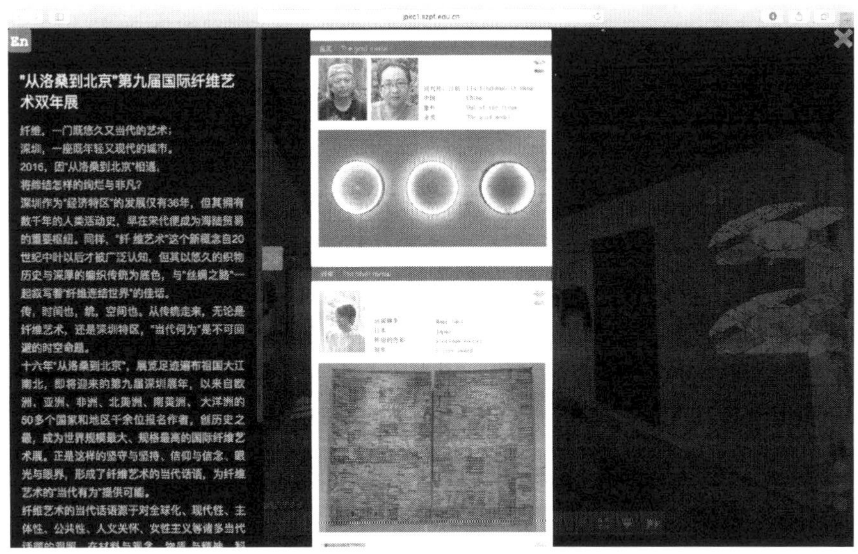

图 7-3　数字美术馆之“从洛桑到北京”第九届国际纤维艺术双年展获奖艺术家简介

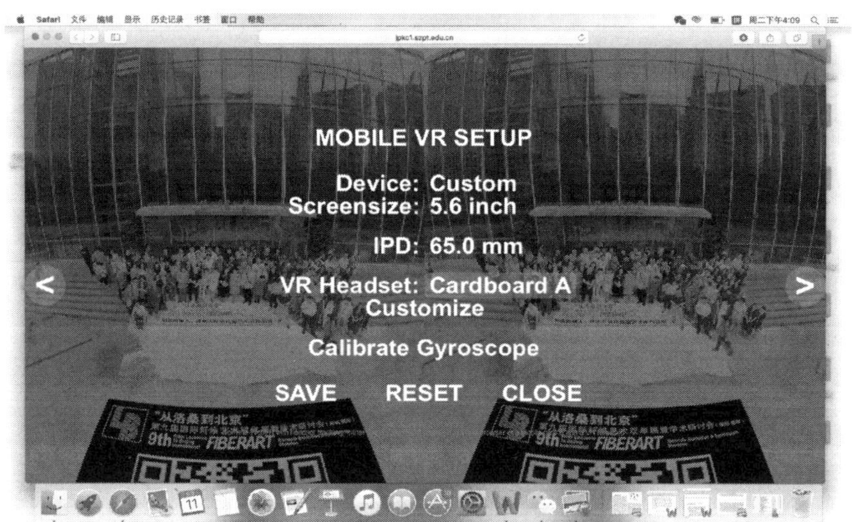

图 7-4 数字美术馆之“从洛桑到北京”第九届国际纤维艺术双年展 VR 界面

当今的美术作品，强调打破综合边界，实现一种跨媒介的技术融合表现形式，而对于美术馆的经营，对于我们观看展览的媒介和角度，又何尝不需要去打破和重构呢？对于传统的鉴赏和批评方式，我们是要分析它的风格、时代、背景、艺术流派、材料、表现手法等方式，而在大数据产生以后，打破了常规的规律，在历史和现今之间串起一条纽带，无论从艺术家还是观者的角度，都发生了质的变化。大数据关注的更多是事物之间的关联性，在时空体系中形成了网格化的输出与跨越。如果我们将艺术看成是一张巨大的网，任何艺术家、艺术作品都不是孤立存在的，艺术家、艺术作品、材料、画布、画商等所有与艺术有关的人或物，都是这个“艺术网格”中的一个点，而这张网就是整个艺术世界。本雅明提出“机械复制时代”的时候，一定不会料想，一百多年以后的世界，有另一张“网”将整个世界紧紧相连，它就是互联网，也应该不曾预料当今世界如此新奇的多媒体技术和展示空间。美术作品的大数据化，甚至能够和其他学科、其他媒介进行跨界交流，它不再是单纯的小众群体的精神产物，而是让社会的文化形态上升到一个前所未有的高度的高科技手段，这样的期待是世界的，也是前瞻性的。从前是展览牵动着人们，现如今，观者、艺术家、批评家以及其他相关的人群成了展览的主体，角色分量的转变背后是社会生产方式的变革，也说明美术作品会越来越成为人们日常中提升生命体验的组成部分，我们不禁为艺术的世界感到高兴。艺术家创作艺术作品的本质终究是要为这个世界记录一些非同寻常的情感和更加深邃的哲思，大数据改变了艺术家的创作方式，改变了观者的欣赏路径，改变了美术批评的语词、媒介和作用，所以，这一切的突破都源起于最重要的空间——美术馆。

2. 世界的美术馆数字化的范例

（1）Google Art Project（谷歌艺术计划）。艺术赋予我们的生活很多美好，也让整个时代的文化熠熠生辉。艺术的形式多种多样，等待着我们探究的，不仅仅是一个传统的艺术空间，更是一个活跃的精神意识形态。2011 年 2 月 1 日，由全球搜索引擎巨头“谷歌”开发的项目“谷歌艺术计划”（Google Art Project）是一个具有美术馆跨时代意义的创造，谷歌与全世界著名的艺术机构进行合作，将美术馆以及博物馆中的作品、藏品以 70 亿像素的高清晰度呈现于互联网，如此高的像素意味着比肉眼还要清晰，让全世界的受众可以在家里、在单位、在任何一个角落都能够浏览全球的艺术作品，这改变了美术馆的功能和经营模式，也改变了观者对于美术鉴赏的方式方法。[①]“谷歌艺术计划”已与全球的 61 个国家和地区的 700 多家文化机构展开合作。例如美国大都会博物馆、英国大英博物馆等国际知名的美术馆，中国也有今日美术馆、尤伦斯艺术

① KENNICOTT，PHILIP. Google Art Project: “Street view” technology added to museums[N]. The Washington Post， Arts Post. 2011-08-25.

中心、湖北省博物馆、龙美术馆等机构加入。“谷歌艺术计划”吸收了世界各地的文化和文明，进行重新的归纳和再创造，带我们走进全世界的博物馆，线上欣赏数万种艺术作品，包括绘画、雕塑和建筑作品等。观者还可以用街景方式来游览美术馆，也能够从其他的角度来欣赏艺术作品。横贯中西，通融古今。除了记录艺术作品，谷歌还利用网络平台的方式增加了艺术的互动和交流，因为谷歌是一家网络公司，所以它的职能促使它将向外输出和向内获得的信息最大化，不同于传统的博物馆和美术馆，它将这些职能融于网络，成为一种新型的交互机制。“谷歌艺术计划”还开发了如网上评论、个人收藏，即是一种“个人”形式的美术馆，是个人用于珍藏、思考和分享，这样打破了时间和空间的界限，足不出户，节省了很多资源，就像随时可以观看很多间移动美术馆。艺术家的作品、时间、流派等也都成为“谷歌艺术计划”中很重要的一部分，艺术家和观者不再是主动与被动的关系，从前的“展什么，看什么”过渡到观者“想看什么，就能够看到什么”，观者成了虚拟的观众以及展览的执行者，重新架构了展览的秩序，这是艺术史上美术馆和博物馆数字化的一次重要突破。

（2）MoMA（The Museum of Modern Art）数字化记录展览历史。MoMA 即美国现代艺术博物馆，2016 年 9 月，该馆的数字档案库上线，观众可以看到过去 86 年在该馆的 4800 余场展览，包括展览现场、展览清单、新闻稿、图录等，甚至观者可以看到很多他们未出生时的展览，共 33000 余张照片。打开 MoMA 的官网（见图 7–5），点击相应版块，可以看到若干场从前的展览（见图 7–6 和图 7–7），有 MoMA 的首个展览——塞尚、高更、凡·高、修拉等艺术家的作品；有 1932 年的“现代建筑”展；有 1936 年的“立体主义和抽象主义”展；有 1939 年的“包豪斯 1919 至 1928”和 1970 年的“信息”等，点开网页，我们能看到作品、序言、时间、艺术家简介等相关信息。我们不难发现，整个数字展览呈现给我们的是近一个世纪的艺术史。除此以外，还能够在线上看到展览过程中的很多“历史性瞬间”，例如：明星奥黛丽·赫本在毕加索的作品《拿着烟斗的男孩儿》前驻足欣赏（见图 7–8）；建筑师密斯·凡德罗与菲利普·约翰逊在展览开幕式上聊天（见图 7–9），这些资料也是珍贵的历史资料。我们能够看到 20 世纪 40 年代的展览收藏清单，是手写在纸上的清晰英文，很好地留存下来。这是美术馆数字化建设非常全面和整体的一个典范，网络平台让我们看到了跨越时间、空间甚至生命的艺术作品。数字展览让已经结束的展览永久地存活下去，将从前的艺术作品运用高新的科技手段加以保留，似乎艺术家和他们的作品离我们并不遥远，生生不息。

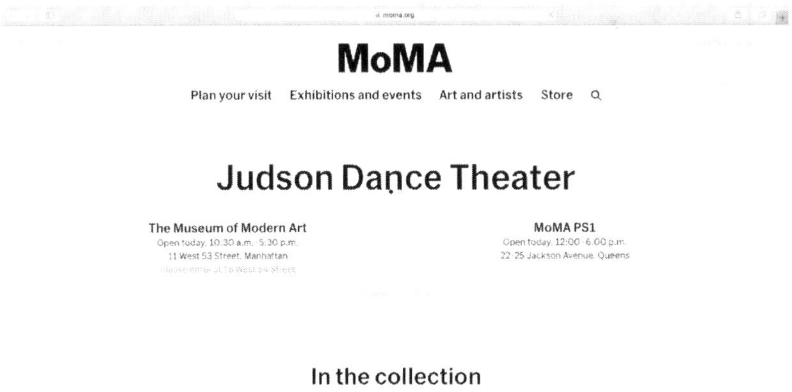

图 7–5　MoMA 美国现代艺术博物馆官网首页

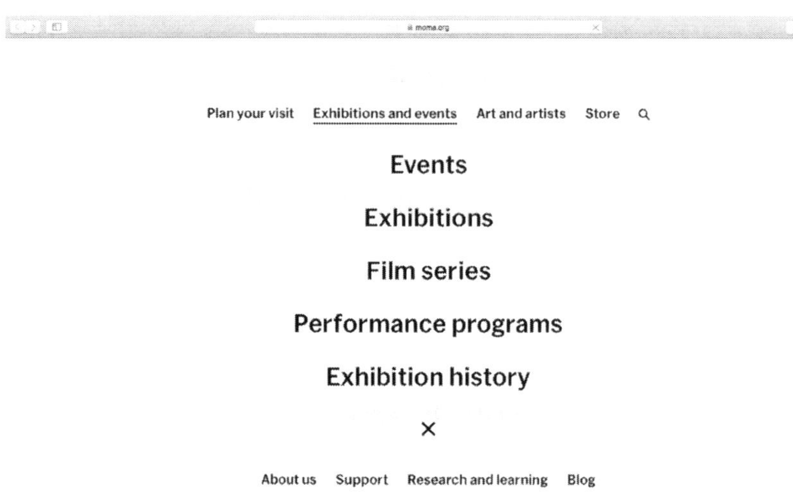

图 7-6　MoMA 美国现代艺术博物馆官网“Exhibition history”模块

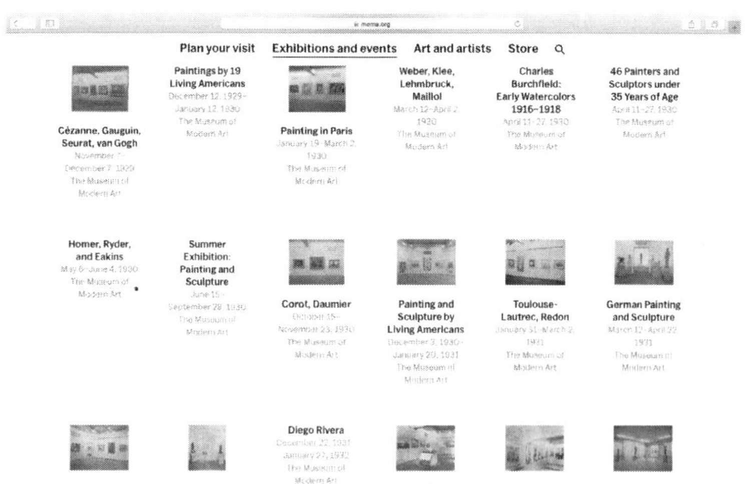

图 7-7　MoMA 美国现代艺术博物馆之历史展览数字档案

图 7-8　明星奥黛丽·赫本在毕加索的作品《拿着烟斗的男孩儿》前驻足欣赏

图 7-9　建筑师密斯·凡德罗与菲利普·约翰逊在展览开幕式上聊天

（3）数字敦煌。“数字敦煌”（参见网址：http://e-dunhuang.com）（见图 7-10）是敦煌研究院与国外科研机构合作的项目，经过数年的探索创立而出。“敦煌研究院对43个洞窟进行了数字化保存，对敦煌莫高窟的洞窟、壁画、彩塑和分散在世界各地的有关敦煌的文献、研究成果、相关资料等，全部进行数字化处理。在文物图像采集与保存、文化遗产历史复原、洞窟虚拟模拟、壁画图案创作等方面已经掌握一套成熟的技术和经验。”①（见图7-11和图7-12）在研究过程中，分析文献、研究成果以及其他相关资料，将图像、文字、视频、音频、三维数据进行智能化的关联，是一个具有历史意义的现代化科技化的活态石窟。我们可以进入官方网站搜索感兴趣的内容，可以动动手指进行作品和洞窟方向的选择，还可以人机交互进行300DPI采集精度、4430平方米的壁画面积、10个朝代、30个洞窟的欣赏。“数字敦煌”，让敦煌看起来不再神秘莫测，不再是人们跋山涉水才能目睹芳容的文化遗址，大数据的采集与分析，是关联、互动和开放的，为其他文物或是艺术作品做出了新的范例。我们将传统文化资源视为宝藏，未来如何保护并使它们得到创新，是我们需要依靠创造力和知识来完成的。

图7-10 “数字敦煌”官方网站首页

---

① 周怡.浅谈美术馆的数字化建设[J].数字技术与应用，2011（12）.

图 7-11　“数字敦煌”中的石窟壁画

图 7-12　“数字敦煌”中网上动态游览示意图

（4）日本武藏野美术大学美术馆与图书馆资源整合。日本武藏野美术大学位于东京，1957 年建校，是一所以美术专业为主的学校。其在为美术馆与图书馆的合二为一而努力，将美术馆的设计作品、视觉资源、民间艺术资料等与图书馆的特藏资源进行数字化的资料整合，建立了多方位的数字化信息，所以师生可以查阅该校的艺术家、艺术作品以及美术馆收藏作品等所有资料。由于笔者在本篇论文中是论述美术馆的信息化共享平台的建设，所以图书馆的建设暂且不论。武藏野大学美术馆将设计作品进行数字归档，这些设计作品包括海报、产品设计、自然历史插画作品等。作品数量庞大，在各个作品中有附带的作品信息，例如年代、制作地点、艺术家、颜色、质料等，这个集成数据库目前还没有正式建成，它最终是为用户在唯一平台上检索美术馆艺术品数据库，主要功能是可以同时检索艺术品、书籍、期刊、文献等知识信息。由于美术作品与图书、文献等资料密不可分，所以美术馆与图书馆的资源整合更加便于用户进行资料的查阅，在艺术和文学的学科的发展上，具有积极的进步空间。参观美术馆，鉴赏艺术作品与阅读书籍是互生的关系，所以，这样的资源整合对于学校的馆藏资源数字归档和校园文化建设非常有意义。也不妨设想，如果国内美术类高等院校将美术馆与图书馆的馆藏资源做数字化的整合，为校内外的观者提供一个艺术信息的共享平台，这将是一种全新的视觉体验和冲击。艺术与艺术史、绘画与书籍、设计与生活，都是紧密相连的，数字化的资源整合改变的不仅仅是艺术的传播和流通方式，更是人们对于艺术体验的另类途径。①

① 李琼艳．日本武藏野美术大学图书馆与美术馆的资源整合研究及启示［J］．图书馆理论与实践，2016（6）．

三、现今在大数据的时代背景下数字美术馆的优势与不足

互联网时代改变了艺术的历史与未来，让物质价值、商业价值、文化价值和精神价值都今非昔比。经济和科技都高速发展，人们的生活节奏越加迅速，对于艺术或者精神领域的需求也越来越高，在生活节奏加快和艺术需求增多的双重前提下，美术馆数字化信息平台共享就是十分必要的未来趋势。建立数字化和信息化的美术馆，并不等同于将此类所有信息进行包括馆与馆、人与馆、艺术品与收藏作品之间的共享，所以，笔者将针对现今数字美术馆在数据平台分享以及其他经营状况的优势和不足进行分析与阐述。

1. 大数据时代下数字美术馆的优势

（1）在多种媒介下参观数字美术馆。区别于非互联网时代，现如今，手机端、PC 端改变了人们的生活方式，很多的数字美术馆、云端艺术品交易 APP、网络约展、线上和线上艺术课程、线上艺术品商城等等，都能够通过一部手机来执行，也就是我们通常所说的“掌上美术馆”。我们从手机端、PC 端获得了以前只能在实体格局中才能够感受到的事物，并且速度更加快捷，大大提高了生活效率。我们能够阅读艺术评论家的文章，我们能够通过互联网看到千里甚至万里之外的展览，我们能够穿过历史与时间，查阅到从前在美术馆发生的故事。如果艺术是一条长河，那如今的大数据技术就是将这历史长河中的一点进行分流，分成更多个支流，流向更远、更多的地方。

（2）增强受众的艺术趣味、丰富观展的视觉体验。大数据时代下美术馆的数字化建设，增加了受众对于美术鉴赏的欲望和乐趣。时下人

们对于艺术作品的兴趣越来越浓厚，尤其是在国内的一线城市，展览众多，形式和题材也多样化，不同于从前的美术馆，观者的观展渠道也发生了变化，例如用 360º 全景数字美术馆在美术馆官网中查看展览等。还有利用 VR、AR 技术让艺术作品更具活力和科技手段，给观者带来更加丰富和趣味性的视觉互动体验。有的艺术家完成的多媒体艺术作品，让观者和作品很好地互动起来，增强了“参与度”与“成就感”，实现了艺术品、美术馆与观者的多维交流。

（3）实现了美术馆的公共教育和公共交流的功能。美术馆的公共价值包括展陈的教育意义、美术史的记录与发展、文化交融的空间和渠道、社会文化活动的交流平台、大众美育的诞生和发展等。“公共性在今天来讲，实际上是一种广域视角中的当代艺术教育。做好、做足这样的公共性事业，就是建设当代文明的行动，也是人类创造力和想象力的最大体现。当代社会的有机组织离不开当代美术馆的教育公共性。”① 大数据时代下，解决了美术作品的归属地问题，美术馆不仅仅是一种物理空间，它还是一种具有精神感召力的、能够承担社会责任感的、能够改变历史的空间战略，不同地区的美术馆馆藏及增加了彼此间沟通的频率和方式，获取知识更加便捷和通透。当今美术馆也受地域特征的影响，从艺术形式、艺术内容、艺术风格中都能够看出该地域的民俗和风情，而大数据让我们从更加多维的角度去欣赏远方的艺术，甚至能够感受跨界的艺术作品。美术馆的公共空间功能是连接美术馆、观者、艺术家、美术馆管理人员的重要方面，许多美术馆的建筑是由古建筑翻修而成，馆的建筑本身就是一种活态的历史传承。这样的教育功能使观者在参观过程中无意识的吸收知识，另一种公共教育功能是定期或者不定期做一些学术交流、艺术实践活动，再进行线上和线下的结合，例如做学术交

① 王春辰.美术馆的公共性与展览——美国美术馆的一段考察[J].海外艺坛，2013(9).

流活动，如果观者不能亲临现场，则可以申请远程观看直播，并随时发送评论与现场进行良好的互动，甚至我们可以尝试在抖音、快手这样的网络平台中加入学术类的视频和评论。美术馆的公共职能无论从科技手段还是意识形态上一定是要具有独立的精神和超前、创新的思想，它一定是能够引领大众，而不是只做撰写历史的空间形态。而对于大众而言，去美术馆参观，或者观看数字美术馆，也愈加成为生活中的一种常态，他们的精神诉求越来越多，从看作品逐渐过渡到创作作品和深入地理解美术史，这对观者来说是由表及里的提升。以国内的美术馆为例，像清华大学艺术博物馆、首都博物馆等，在有特殊展的时间里会有青少年带着画具去临摹艺术家的作品，一些学校也会组织学生来参观，为他们讲解艺术作品的前世今生，这都说明艺术的空间越来越开放，艺术也早已不再是小众人赏玩的事物。

（4）推动社会文化事业，间接促进了经济和科技的发展。数字美术馆是一项多维的跨界的项目，与大数据、物理、电子商务等学科门类都相关，是高科技发展下的产物，我们设想，如果没有声、光、电等基础设施，也就不会有美术馆数字化的建设。数字美术馆的诞生，让艺术品欣赏和交易、艺术活动展开甚至是艺术衍生品的销售都增加了渠道，相关的专业人士和科研人员的研究水平也会随着数字化的需求而相应提升，所以，美术馆数字化的进程还有很大的空间，还有很多未知的功能和创新的改变等待我们去填充。

2. 大数据时代下数字美术馆的不足

（1）数字化的展品无法替代原艺术品的真实感。数字美术馆的蓬勃发展并没有给传统美术馆过度的冲击。究其原因，我们可以将视角回到艺术作品本身来看，实体美术馆的艺术作品会给观者以近距离的真实感，虽然数字美术馆会将艺术作品用高数字的 DPI 采集精度，但是真实的作品和观者之间永远都隔着一道屏幕，这是数字化无法解决或者暂时无法解决的问题。况且，观者在欣赏原作的过程中，最直观的感受和与其他观者、艺术家的交流是“后观展时刻”很珍贵的学习过程，这个过程中面对面的碰触比网络中虚拟空间的交流更真实和深刻。

（2）新形势下，美术馆的管理机制并没有真正向前推进。美术馆的数字化建设变得信息化、科技化，但美术馆的管理机制并没有真正地推向新的征程，大数据思维和艺术作品的情感化、真实化之间仍存有现实矛盾。“美术馆管理人员常常缺少行之有效的策略。其结果只是被动、盲目地从技术上追随数字化，缺乏对未来趋势规则的战略思维和洞察能力。美术馆藏品信息数据库时重要的文化资源和知识资产，但多数情况下，美术馆数字化的主要用途仅限定在藏品的信息化管理，大部分馆藏信息等基础数据仍然被看成是藏品的从属部分和次要信息，是阐释性和补充性的，大量的数字资源没有得到足够的重视和应用。”①

（3）美术馆数字化的共享平台还需很长的路。数字美术馆目前是隶属于传统美术馆之下的一个科技分支。如果有，是锦上添花的项目；如果没有，似乎也并没有影响到美术馆的正常运营。虽然展品、馆藏艺术作品已经被信息化和科技化的处理，但是这些工作也仅仅是数字化的归档，并没有生成“信息共享”的平台，况且如何运用大数据的技术使这些信息关联，是大数据在数字美术馆中的研究意义真正所在，如何将不同区域、不同类型、不同规模的美术馆进行数据化的信息共享，现如今这些研究较为少见。

（4）数字美术馆与传统美术馆的平衡关系是未来发展需要注意的方向。如何平衡传统美术馆和数字美术馆之间的关系？未来，因为距离、时间等现实因素，观者对于数字美术馆的需求和喜爱会更多，但这并不

① 李戎．大数据时代的美术馆思维［J］．艺术科技，2016（7）．

代表传统美术馆会被替代，相反，传统美术馆的艺术水准和价值取向是决定了数字美术馆能否良性发展的关键因素。数字美术馆和实体美术馆就像两个共同成长的交互空间，经典的作品永远是值得推敲的。

四、未来的美术馆信息共享平台的构建

1. 未来的美术馆打破时空的界限

未来的美术馆充满了想象和期待，它不再仅仅是一间美术馆，也不仅仅是一张网页，而是一种充满了交流、分享、获得的空间。美术馆的职能也不只是展陈和收藏，而是大数据时代下具有自身文化特征的精神产物。美术作品数字化的变革是传播媒介的变革和留存方式的变革，这些是普通的搜索引擎做不到的，笔者所研究的，是用大数据的科技手段来颠覆传统美术鉴赏、创作、评论和交流的方式，建立数字美术馆信息共享的平台。我们不妨设想，这些数字美术馆之间是否有关联？同时间段全球不同的展览，如果我们能够在已经数字化的基础上提取出共性信息和个性信息，将会是一种新的艺术状态，也是数字美术馆在“信息共享”层面上的提升。以 MoMA 为例，我们可以搜索到从建馆以来的若干场展览的作品图片及展览现场，实现了跨时代的数据化信息共享。我们继续设想，如果 MoMA 和其他地域美术馆之间做以信息共享和数据分析，也许会为人类的艺术史培育出新的火花。艺术家如果通过“信息共享平台”更直接和快捷地与其他艺术家、策展人、画廊、观者等进行打破常规的联络，他们很可能会创作出极为丰富的艺术作品。大数据“信息共享”的技术，使艺术家、观者、美术馆、批评家、画商等角色成为“散射”状的扩展，艺术品或者艺术家都突破了传统的小圈子，也改变了他们的

沟通交流方式。在数字化“信息共享”过程中，能否得到更多关于类似作品、同时代作品或该艺术家其他作品，就像网上购物时为顾客推荐的“您可能喜欢的东西”，这样是从被动接受改变为自我选择。大数据时代下美术作品的价值分析有了新的变革，原来是从艺术家、作品形式、艺术流派等方面进行批评，而未来对于美术作品的价值还包括网上作品点击率、搜索量、展品停留时间、下载量、评论内容和次数等，用数据来记录和分析美术作品、艺术家、年代背景等，打消时间和空间的距离。

未来的数字美术馆信息共享平台的建设，不仅仅是简单的数字化、科技化的支撑，它是一种全新的立体的云空间，在这个云空间内，承载了成千上万种艺术品、艺术家和展览，任何一个元素在这个空间里都是一个“点”，这个“点”中又包含着无穷无尽的内容，而这恰恰是看似精微，实则不可或缺。未来美术馆的网络化空间是对于美术界的新的社会思考，在实体与虚拟之间不断交换和变更，共同突破现有的美术馆管理机制。

2. 未来数字美术馆的发展不容我们所预估

融入了大数据技术与其他崭新科技的数字美术馆将会成为人们生活的一部分，就像吃饭喝水穿衣一样常见，我们不妨设想，未来的美术馆也许会成为每个人的“掌中美术馆”抑或“口袋美术馆”，它是生活中精神食粮的必需品，而不再只是锦上添花的事物。我们运用大数据的科技颠覆传统的观展方式、艺术创作手段、艺术评论形式等，也会改变传统美术馆的内部结构，使我们用另一种思维面对艺术的欣赏。我们研究某些艺术家或者艺术作品，不再像从前那样只是针对要研究的对象而收集资料，借助大数据的关联性和速度性，把点对点的搜集上升为点对面甚至点对体的收集，资料在空间上的体量感更加厚重和丰富，例如：我们想要搜索某一画家的展览和作品，我们现在利用数字美术馆、图书和电子文献、搜索引擎等能够找到他的作品信息、作品数量、作品图片、参展信息、本人的生平介绍、批评家对于他的评价等，而大数据的技术会帮助我们从更宽广的角度来找寻和分析这些信息，例如会关联到历史上其他类似艺术家和风格，或者是相背离的艺术作品，我们找到的，是构建在艺术历史的时空中的新形式和新结果，甚至与科学、物理、地理、哲学、文学、音乐、戏剧等方面进行跨界交融，打破的不仅仅是找寻资料的网络化方式，更是改变了美术作品的“艺术观”和“世界观”，而这样崭新的“艺术世界”的建立，需要的不仅仅是将数据进行信息化记录和存档，也不仅仅是建立一座单纯的数字美术馆，更是一种网络化的文化体系，让我们从多种角度和渠道认知艺术世界，认知从前未曾见过和体验过的领域，让我们明白，艺术品不是孤立存在的，艺术家不是独自在创作，与艺术相关的领域原来是相互烘托的产物，与艺术看似无关的领域其实也有它们存在的重要价值。我们寻找的主题词，也不仅限于艺术家的名字、作品、流派、画集等，而是将艺术的所有的知识点和范畴做以有机的整合。未来的艺术世界，是一个开放的空间，我们可以获取、分析、分享和填满这些活态流动的元素。

期待未来的数字美术馆可以应用于多个领域和事业，它的终极意义是改变生活模式。如今的实体美术馆和数字美术馆是以艺术和馆体作为主要目标，围绕这个目标进行研究、实践和创造，但我们不妨设想，未来的云端美术能否为科技、经济、环境、农业等领域的发展提供必要的支撑呢？科学在某一程度或者进行到较高程度时，它需要感性的思维和人文情怀的引导，科技不仅仅是理性的机械和数字，它最终是改变人类的生活趋势。未来的数字美术馆会为城市的发展做出哪些改变呢？艺术也许不能直接作用于生活，但是城市存在的弊端，是否可以运用艺术来解决？最终，数字美术馆也许会为城市做一点什么。城市的美观，并不仅仅是视觉上的美观，是要为人们解决生活以及工作中的问题。所以，数字美术馆的内容会涉及城市规划与设计、大众美育、民俗文化等，已不仅仅是为当代艺术或者传统艺术负责，它更多的是倡导了公众参与的互动性。例如 iPhone 手机，是手机历史上的一个巅峰之作，无论从外观、UI 设计、产品功能设计上，都是一种全新的体验，而就是这样一种非同寻常手机的特殊“感觉”，就是它的创意所在，也是产品的灵魂，它将人们原来需要很多支撑的生活物品和信息完全压缩到一部手机中。对于未来的数字美术馆而言也是如此，我们预测未来和尝试新技术新形式的过程中，会遇到已知的、未知的各种问题，会激发新的灵感，我们要做的就是不断突破和解决这些问题，“未来”，一定是具有创新精神和创造力的。

3. 大数据时代下用新思维分析和记录美术馆

大数据时代下的数字美术馆，会有区分于常规展览的陈列和批评模式，会分析作品的摆放位置带来的观展感受力的异同，一场真正成功的策展，展品之间的位置如果互换，会带来大相径庭的视觉效果。观者在每幅作品前停留的时间长度，任意一幅作品吸引的观众是男性还是女性居多？是老人、年轻人还是孩童居多？他们的职业、出生地、年龄、喜好、对艺术的感悟程度都是什么？全世界去观展的众多观者，如何找出他们中各种方面的共性？如何找出作品和艺术家之间共性和个性？如何分析不同时代下艺术品的创作规律？如何找到各地域各时间下展览之间的关联？这些都是大数据技术带给我们的思考和目标。不可否认的是，大数据时代下对于美术馆的颠覆是难以把控的，大数据毕竟是一种理性的思维结果，而艺术的创作中有很多非理性的成分，用理性的科技去逆转非理性的感受力，就像机器人的制作科技再高端和仿真，它也很难拥有和人类同样的情感。未来的数字美术馆的发展究竟能走多远，是我们不好预测和想象的。

“未来的美术馆将成为创想的发生地与实验场，它将驱动文化艺术为生活也为城市赋能。”[①] 城市是文化的载体，一个国家、一个民族、一座城市，它的特殊“味道”是区分各地域间的特征。无论是数字美术馆还是实体美术馆，它们都具有提升整个社会的文明程度的责任感。未来的数字美术馆将是一个包罗万象的创新世界，而大数据是为信息数据的收集与共享提供技术支撑，以构建全新的数字信息共享平台。科技为美术馆带来了诸多的可能性，让我们从前想象不到或者不敢想象的虚拟事物变得触手可及，我们去积极地迎接这些崭新的发现，期待未来开创信息共享功能的数字美术馆能够尽快地应运而生。

五、结语

数字美术馆已逐渐发展为当今人们观展的一项重要的内容，而从目前发展来看，数字美术馆虽然有其科技化和便利化的优势，但是它仍然不能完全替代实体美术馆。即便在世界中艺术市场最活跃的地方，观者在观展以前的第一选择，在大多数情况下仍然是实体美术馆，因为艺术作品的实物有图片和视频永远替代不了的真实感。大数据的技术使从前的展品、藏品、展览被数字化处理为电子档案，以互联网这个媒介传播给大众，使具象的物质变成了抽象的概念形态。数字美术馆的信息共享平台的构建，是能够打破艺术发展和美术馆机制与管理的项目，这是一条漫长又深富历史感的路，我们要用多久能够到达预期的目标？我们能否在实现目标的过程中，改变原计划另辟蹊径？我们能否在半路中，遇到现今科学和艺术都无法解决的问题而中断研究？这需要综合当今美术

① 范昕．“新时代的美术馆＋”研讨会在中华艺术宫举办，有专家指出——未来，科技让我们“生活”在美术馆［N］．文汇报，2018-01-10.

馆的机制、艺术的成长、观者的需求以及社会大形势下经济和科技的发展，而进行考量。大数据的信息处理方式和艺术创作的处理技巧从根本上来说，是不同的，能否用理性的科技解决非理性的情感，或者能否将理性与非理性通过科技进行恰到好处地融合，我们拭目以待。

第八章　介入与疏离：大卫·霍克尼的网络美术创作述评

武汉理工大学　刘　振

大卫·霍克尼作为20世纪英国最受欢迎的当代艺术家之一，在多个艺术领域取得了非凡的成就。尤其是，在21世纪初他尝试性地使用了刚问世不久的iPhone和iPad等数码设备进行创作，并以此为载体，借助网络实时将作品分享给朋友，为网络美术的创作进行了有益的尝试。其后，这种方式逐步获得认可，并数次参加了许多大型的国际展览。可以这样说，霍克尼是西方最先以数字屏幕为创作载体，以网络为传播手段的先驱艺术家之一。总体上看，近年来，霍克尼借助iPhone、iPad进行美术创作，并且使用YouTube、Facebook和Twitter等自媒体进行实时分享和传播展示，具有了网络美术的特点，而且也延续了他以往创作的特点。因此，有必要对其艺术生涯进行回顾。

自1962年离开英国皇家美术学院后，大卫·霍克尼开始了其半个多世纪的艺术创作，期间结识了许多著名的艺术家，并发起、参加了众多艺术活动，对英国乃至西方当代艺术的发展产生了重要影响。大卫·霍克尼之所以取得如此令人瞩目的成就，与其教育和生活经历密不可分。

一、大卫·霍克尼生平及其教育经历

大卫·霍克尼（Hockney David 1937—），英国当代最为著名的画家、舞台设计者和摄影师。作为20世纪60年代重要的波普运动推动者，被认为是20世纪英国最有影响力的艺术家之一。目前，他主要生活在英国东约克郡的布莱德福德（Bradford）和伦敦的肯辛顿（Kensington）。在其半个多世纪的艺术生涯中，他在洛杉矶尼尔克斯峡谷和西好莱坞圣塔莫尼卡大道两地度过了30多年，直到20世纪90年代才返回英国。

霍克尼从幼年开始便对绘画表现出浓厚的兴趣，并且励志成为一名优秀的画家。他将大部分时间用于绘画上，在威灵顿小学和布莱德福德语言学校就读期间，几乎每学期都会获得学校绘画奖。这一点与其父母的引导密切相关，霍克尼出生于英国一个普通的工人家庭，他的父母对艺术有着浓厚的兴趣，时常陪同孩子参观博物馆等艺术场所，尤其是他的父亲酷爱摄影，对大卫·霍克尼的成长产生了重要的影响。

此后，他曾相继就读于布莱德福德艺术学院和英国皇家美术学院，并且在这里结识了对其艺术生涯产生重要影响的著名波普艺术家R.B.奇塔伊（R. B. Kitaj）。皇家美术学院浓郁的艺术氛围和优良的治学传统为霍克尼的发展提供了良好的平台，他感到一种前所未有的轻松气氛，并且开始创作出许多其引以为傲的作品。1962年，皇家美术学院举办的当代青年艺术展预示着英国波普艺术运动的兴盛。大卫·霍克尼的作品以独特的反叛色彩在展览上崭露头角，他被认为是波普艺术运动的重要参与者，早期的作品呈现出有别于弗朗西斯·培根（Francis Bacon）的表现主义元素。在皇家美术学院求学期间，由于大卫·霍克尼拒绝提交期末考试论文，1962年英国皇家美术学院拒绝其毕业。作为回应，他创作了素描作品《毕业证》（*Diploma*）以示抗议，借以强调应该以他的作品作为评估的依据。最终，鉴于霍克尼杰出的艺术才能以及其日益见长的艺术名气，英国皇家美术学院被迫改变了规章制度，并且准予其毕业。

后来，在加利福尼亚的一次访问经历给了他很大创作灵感，促使他创作了一系列以游泳池为主题的作品。这些作品以明亮的色调和当时相对新颖的丙烯媒介呈现了高度写实的风格。在此后十余年的时间里，霍克尼先后曾迁居多地。1964年之后，他主要居住于洛杉矶，1973年到1975年期间移居巴黎。1978年，他又返回了洛杉矶，并且在此地建立了自己的工作室。

二、大卫·霍克尼的创作经历

在数十年的创作经历中，大卫·霍克尼的画风格、创作观念变化多样，他的绘画成就主要体现在肖像画和风景画上，另外，他还在版画、摄影、舞台设计等方面也取得了突出成就。从1953年到1957年，他在布莱德美术学校接受传统绘画教育的同时，开始尝试各种创作方式，处于艺术生涯的探索阶段。

霍克尼作为一名公开的同性恋者，他的许多品流露着对于同性恋本质的探索。例如，他在1961年创作的一幅以诗人惠特曼（Walt

Whitman）的一首诗命名的作品《我们两个在一起依附的男孩》（*We Two Boys Together Clinging*）被认为是对于他自身同性爱情的暗示。此后，他相继创作了许多类似主题的作品，如1963年的作品《家居场景》（Domestic Scene），其素材来源于某部同性恋杂志的摄影图片，作品表现了两个淋浴的男性。

从1965年到1970年前后，霍克尼的绘画进入了“自然主义叙事”时期。在1968年后的数年时间里，他绘制了许多以身边朋友、爱人和亲属为主题的肖像画。在这些作品中，其父母、艺术家莫·麦克德谟克、作家兼时尚设计师西莉亚·波特维尔、克拉克、策展人亨利、经销商尼古拉斯·瓦尔德和乔治·劳森及其爱人芭蕾舞员维尼·斯利普等成为他反复表现的绘画对象。这些绘画作品通过视角的转换，向观众呈现了霍克尼自身的观念意识。

20世纪70年代，虽然大卫霍·克尼的艺术在市场上获得了巨大成功，却为他带来了危机意识，促使他开始反思以往的艺术创作。这一时期，囿于之前“自然手法”的局限性，霍克尼开始试图摆脱这一创作方式。1973年创作的作品《天气系列》（*The Weather Series*），预示着他开始进入“技法探索”创作时期（Invention and Artifice）。

在移居加利福尼亚之后，大卫·霍克尼开始尝试丙烯绘画。他的作品具有画面形象生动简洁、色彩明亮的特点。当然，这些作品画面表现多借助摄影照相技术对场景的快速动态捕捉。他借助围绕着图片边缘四周的油画布这一现代主义画中画的形式去呈现一种更为传统的空间观念。此后，霍克尼在他的作品中对现代艺术流露的焦虑已经逐步减少，这归于他对摄影设备熟练自如地使用，使其可以在忠实客观的基础上，能够以作品自述的形式展现他的观念。如1970—1971年期间创作的以友人为表现对象的双人肖像作品《克拉克夫妇和猫》（*Mr and Mrs*

Clark and Percy)，曾经被伦敦泰特美术馆誉为最受欢迎的当代绘画之一。

20世纪70年代，超级照相写实主义大行其道。这一时期的肖像画的创作由于过度依赖摄影手段显得呆板、冷酷和毫无生气。霍克尼却以自身生活作为表现对象，用钢笔画形式借助优雅、顿挫的线条进行肖像画创作，独具艺术魅力。如1972年的《尼克和亨利在尼斯到卡尔维的船上》（*Nick and Henry on Board, Nice to Calvi*）就是这一时期的代表作品。正因为如此，大卫·霍克尼奠了定他在当代艺术中的地位。

从1970年到1986年，霍克尼率先使用35mm镜头、拍立得照相（Polaroid photographs）和商业彩色打印技术制作照片拼贴画。大卫·霍克尼以蒙太奇的手法创作了一系列的照片，并将这些作品称为“结合者”（joiners）。这种艺术形式得益于他将所要表现的主题，以拍立得照片形式呈现，然后再将众多形象置于同一个画面上不同的网格内。在这些作品中，表现对象多处于快速运动的状态，他以拍摄镜头的视角诠释了物体的运动形态，他注重在艺术创作中探究人类的视觉的观察方式。在后期作品中，这种表现手法逐步被改变，开始注重以一种全方位的视角去全方位拍摄物体，力求达到对事物最逼真的表现。这一形式的产生更多的是出于偶然性。这些作品中，比较著名的风景作品有《皮尔布劳森的高速公路》（*Pearblossom Highway*，1986）、肖像画《卡斯敏》（*Kasmin*，1982）和《我的母亲在博尔顿修道院》（*My mother*，*Bolton Abbey*，1982）等。他认为，这一时期的摄影师多以广角镜头进行拍摄，造成了照片在视觉上的扭曲。在表现洛杉矶的一处起居室的时候，他采用了拍立得快照的处理手法，并且将这些照片粘贴拼合在一起，试图借助图片自身连续的叙事功能进而成为一幅互相关联的整体作品。正是在这幅作品创作的最后阶段，霍克尼开始意识到其创作所具有的叙事特性。

此后一段时间，霍克尼停止了绘画创作，全身心投入“霍克尼式”

摄影的创作中，力求去发展这种新的艺术形式。然而，由于受到摄影技术自身的限制和单眼观察方式的制约，最终大卫·霍克尼还是回到了绘画创作上。他开始从专注事物逼真上转移到思考如何重塑对象，才能更好地表现事物的本质。这一时期，他创作了数量众多的版画和友人肖像，还为英国皇家剧院、柏林伯恩音乐节和意大利米兰斯卡拉大剧院以及纽约大都会博物馆等诸多场馆设计舞台。在舞台设计过程中，他把合成色彩视为对音乐刺激的反应，依据观众听到的音乐转折点来设计舞台的背景和定光的夜色。虽然这一特点并没有展现在他的绘画和摄影作品上，却作为一种普遍原则隐含于他为芭蕾和歌剧所做的舞台设计中。1975年，他为格林德伯恩歌剧节设计的斯特拉文斯基的《浪子的历程》（*The Rake' s Progress*）是其第一部舞台设计之作。在其后的数年间，他先后在美国大都会博物馆、檀香山美术馆、芝加哥剧院以及伦敦皇家歌剧院从事了包括舞台设计在内的诸多工作。1976年，霍克尼在克罗莫林克工作室（Atelier Crommelynck）受到诗人著名诗人华莱士·史蒂文森（Wallace Steven）的启发，创作了一组由20幅蚀刻画组成的系列作品——《蓝色吉他》（*The Blue Guitar*）。这组作品的主题源自于史蒂文森的一首诗，即《抱着蓝色吉他的男人》。随后在1977年，皮特斯伯格出版社刊印了这组作品，并在作品中配以史蒂文森的诗文。

20世纪80年代，在经历了长达三周的中国访问之后，大卫·霍克尼创作了一系列具有中国传统文化元素的舞台背景。如作品《罗西尼奥的皇帝和朝臣》（*Emperor and Courtiers from Rossognol*，1981）。除此之外，霍克尼还为1985年11月的法国《时尚》杂志设计版式和封面。源于对立体主义的兴趣和毕加索的钦佩，霍克尼在对于西莉亚·波特维尔（她曾多次出现在霍克尼的作品中）的描绘中采取了多角度的典型立体主义表现方式，如同眼睛斜看着她的面部一样。同年，他开始以一种名为“数字绘画工具”计算机程序进行绘画，这一技术可以允许其直接在电脑屏幕上进行绘画。他的此类作品在1989年被用作布兰德福德的电话簿封面。

从20世纪90年代开始，霍克尼多居住在约克郡。这一时期他开始尝试用绘画形式去表现家乡风景以及童年记忆。随着对水彩画研究的深入，其画风发生了重要的转变。受此影响，霍克尼此后的绘画作品多以许多小尺寸的组合形式构成。通常为了能够较大程度的实现作品的视觉效果，他开始使用逼真的复制品。2007年，大卫·霍克尼的绘画作品《水边大树》（*Bigger Trees Near Water*）在英国画家美术学院的夏季展览中展出，这件作品以纪念碑似的尺寸表现了其家乡的灌木林。他以一种“交互式情境”的处理手法呈现出自身的艺术观念，观众不再是单向的欣赏者和接受者，不再局限在一个固定的观察点上，而是被巧妙地纳入了作品的创作过程中，成为这一系统不可或缺的组成要素。

三、网络美术创作及艺术特点

网络美术的产生与新媒体艺术密切相关。可以说，网络美术是新媒体艺术与传统绘画相互作用的结果。网络美术的一个鲜明特点，就是借用以往新媒体数字技术的创作手段，使用网络通信技术实时分享，消除了传统展示空间和距离的局限性。作为网络美术的前身，新媒体艺术作为一种崭新的艺术形态，发端于20世纪初期。近半个世纪，随着技术的发展，尤其是近年来计算机和互联网技术的快速进步，新媒体艺术获得了长足的发展，在当代艺术领域内显示着愈加强盛的生命力，呈现出纷繁复杂的多元面貌。霍克尼作为西方网络美术领域的重要代表人物，多年来长期从事新媒体艺术的创作与研究，在一定程度上反映了这一地区当下新媒体艺术的总体水平与发展趋势。

21世纪的第一个10年，便携式数字通信技术快速发展，尤其是手机、平板电脑等设备的问世，为网络美术的出现和发展提供了先决条件。自2009年开始，大卫·霍克尼用手机绘画笔、绘画工具在iPhone和iPad上绘制了数百幅肖像、静物和风景画，并且经常将这些作品分享给朋友欣赏。在2011年加拿大皇家安大略博物馆举办的鲜花公开展上，他的百余幅作品分别在数十台iPad和iPod上展出。之后，他再次受邀访问加利福尼亚，并在iPad描绘约塞米蒂国家公园。并且，2012到2013年期间，他同样在iPad上为维也纳国家剧院设计了一幅巨型图片作为展览的幕布。

另外，从2010年到2014年，霍克尼还制作了多摄像头电影，他用三到十八部相机拍摄一个场景。这些场景主要包括了约克郡的不同季节的风景、杂技演员和舞者，以及他自己在德扬博物馆和皇家艺术学院的展览等。之后，霍克尼将数百张照片组合在一起，创作了他的朋友群的多视角“摄影素描”。2017年，他使用了更先进的Agisoft Photoscan光电测量软件，该软件使他能够将数千张照片缝合在一起，并重新整理成千张照片。这些照片被打印成巨大的照片，并于2018年在佩斯画廊和LACMA展出。

2017年5月，80岁的大卫·霍克尼在英国泰特举办了个人展览，汇集了他从艺60多年来的许多作品，包括绘画、制图、摄影和视频等。随后，这些作品相继在法国蓬皮杜艺术中心和纽约大都会艺术博物馆得到展示。

当下，在数字电视、网络媒体等各种新型媒介充斥着社会生活各方面的背景下，媒介的“碎片化”在某种程度上反映了个体对于后现代之后社会传媒类型化、整体化的一种排斥。近来，在新媒体范畴内两种基于网络平台和现代通信平台的新艺术逐渐形成，即生成艺术和软件艺术，并且在当代艺术之中逐步活跃起来。在当今数字化语境下，生成艺术和软件艺术已成为新兴艺术范式实现介入社会生活的一种有效手段和方式。

而霍克尼即是这一领域的重要代表。数年来，其一系列的作品为我们呈现了对于生成艺术和软件艺术二者在当下数字时代的艺术形态和发展趋势。亦如菲利普·加兰特（Philip Galanter）曾这样界定生成艺术："生成艺术是指所有和系统相关的艺术,这些系统包括了自然言语规则、计算机程序、机械以及其他的介入程序，他们在完成艺术品的过程中发挥着一定的作用，生成艺术作品和过程有关，通常是根据艺术家实现编排好的程序和规则，计算机独立生成和自我组织的过程。"不难发现，其定义同样适于对霍克尼新媒体艺术的界定。

与此同时，在新媒体艺术所特有的这种交互式的情境之中，霍克尼以一种"碎片化"的处理模式呈现自身的艺术观念。在他的作品中，观众不再是单向的欣赏者和接受者，而是被巧妙地纳入了作品的创作过程之中，成为这一系统不可或缺的组成要素。碎片化的视觉和欣赏者的自身反省为个体心灵提供了认知材料，心灵在此材料上加工，从而构成了复杂的观念。观念的清晰明确因其作品指向的模糊性，造成了观念语言传达的碎片化与不确定性。在这一过程中，观众在交互式的情景之中，通过个体经验去追寻与之对应的"实体观念"，在一定程度上，导致了经验性的空白。正如美国著名哲学家阿德诺·贝林特（Arnold Berleant）所言："采取静观的态度之时，对于环境经验就获得了一种遥不可及甚至与观察世界相疏离的旁观者形式。"洛克曾说："实体的观念是复杂的，是由心灵将简单的观念结合在一起构成的。某一个实体复杂的观念由许多性质的概念组合而成，可以说代表了一个独特的个别的事物；同时，也是这种性质的支持者或者负荷者的含糊概念。”正是这种思想观念与现实经验文本的“碎片化”模式，赋予了观众在类型化传媒之中的一种独特性的体验，切断了与现实文本的距离，在一个无叙事、却充满观念思维的虚拟交互式语境去感受这种网络美术的魅力。

交互式的“碎片化”以及观念的哲学化，使得霍克尼作品以一种简单的“样态观念”和更加理性、冷静的方式去面对着纷繁的对象，更多的是以一种看似“游戏”的态度去传达个人的观念。艺术的观念化亦是霍克尼作品不可忽视的一个显著特征。观念艺术是西方艺术进入20世纪六七十年代以后的产物，虽然霍克尼以波普艺术成名，但其后的艺术创作中仍然流露出观念艺术的痕迹。当然，对于“观念”的借用，霍克尼的作品更多地界定为一种作品呈现的思想指向。“观念”对于艺术创作的介入、渗透及其运用和外显在新媒体艺术中是一种历史的进步，标志着新一代艺术家在经过了当代艺术在技术和艺术的结合、创作和表现艺术的方式等方面发生了变化。美国艺术史家拉塞尔曾说：“艺术不仅仅存在于所理解的事物之中，而且还存在于我们对它的认识方法中”。因此，霍克尼的网络美术创作不止是对数字作品的理解，还是对创作者置身网络语境下传统创作观念的解构，以及对自我本体认识的重新构建，甚至可以说是一种颠覆性的认识。

此外，霍克尼的新媒体艺术外显的观念化还隐含着个体性对于“存在对象”的反思，在这一过程中群体性的思考被逐步消解，取而代之是个体的、多元的、反思的诠释方式。如其在“未来展”中的作品，巨大的信息显示屏为与观众在交互式情境中完成了这件作品的构建。这件作品的原理以及展现的方式、内容构成机制看似平面化、简单化，实际上则反映了一种“存在”的思想观念。当观众以一种疏离的态度对待这件作品之时，它以一种“此在”的形式呈现在观众面前，当观众采取介入这一体系之中，成为交互模式的主体元素时，作品便以一种“存在者”的形式与观众发生关照。在这种新媒体所特有的互动模式和情境下，观众既是欣赏者，也是创作者。通过人机交互，“物”从静置“此在者”完成了与欣赏主体相对照的“存在者”。海德格所认为，“艺术品的真理和美的显现是通过‘建立一个世界’达到的，这种建立世界的活动是一个艺术的创作过程。它是动态的，因为存在只是在时间中存在，时间性是存在的基本特征。”海德格尔理论中所谓的世界，反映在霍克尼的作品中，即是人机交互的“碎片化情境”。同样，时间作为新媒体艺术的一个重要因素，在霍克尼的作品中也得到了充分的诠释。作品的生成与时间的有限性得到了完美的契合，欣赏者则成为触动这一机制的关键因素。

具体地说，霍克尼的创作对社会的“介入”所采取的态度和方式具有不同于以往艺术家的鲜明特点。而艺术对于社会生活的介入早已成为现代艺术、后代艺术不可忽视的一个重要因素。早在20世纪60年代，在新的社会情境下，以霍克尼为代表的英国年轻一代的艺术家，不再去担负其前代所承担对艺术的美与崇高的要求，更多沉溺于都市消费文化和现代生活所带来的快节奏和瞬息万变的视觉图像。判断事物的性质与道德优劣似乎在他们的作品中变得看似无关却更加隐晦。他们不再从群体的角度去反映对象，更多的是凭着个人的直觉来审视对象、彰显个性。在对于社会问题的介入方式上，比前代艺术家更加含蓄和富有个体特性，作品更多的是对个体心理体验和自我意识的呈现。情节的逻辑性逐步退隐，取而代之的是对我们所忽略的日常生活的情景描述。

“疏离”是霍克尼创作的另一个不可忽视的特征。“疏离”既是一态度，也是一种行为和方式。面对纷繁的社会现象，新一代青年画家在含蓄“介入”的同时，以一种静观的态度呈现出对于社会模糊性繁荣疏离。在艺术表达上，他们更加注重个体性的表达，刻意地去拉开与文本叙事的关系。与文本的疏离，产生了“空隙”，进而导致了其作品语义的歧变，阐释的多样性和理解的多重性。在此，我们借用伊瑟尔所说的“空白”或许更为适当：“文本与读者之间的不平衡刺激了读者的建构活动。”从文本所产生的空白和或缺中获得独特结构，促使我们更加关注创作者本身的生活经历、创作经验。创作倾向和态度的逐步演进，导致了对作品本身的抽离，转而更为注重创作主体自身。

近年来，随着大众消费的盛行和互联网等信息媒介的快速发展，叙事模式也进入了碎片化时代。网络美术，尤其是以数字屏为载体的绘画，作为一种信息思维的载体和可读性的“文本”，在这一时期内容的表现方式上也具有了许多碎片化的特征。

从社会文化层面上看，霍克尼的绘画叙事所具有的碎片化特点，有着深刻而复杂的原因，与其个人经历和性格密切相关。这一趋势肇端于20世纪60年代初他在伦敦皇家艺术学习院期间接触到现代艺术开始，尤其是在其加入后现代艺术创作后，开始流露出反权威、反精英、反宏达叙事等特点。他的肖像绘画和风景，以一种微视角、个性化的叙事方式展现创作者的自我内在世界。尤其是，近十年，随着互联网等信息媒介的快速发展，这些特点在其网络美术创作的过程中表现的愈加明显。具体表现为，借助Facebook、Twitter等一系列社交媒体传播个人创作，有意识地摆脱传统的艺术体制，进而促进了艺术家个体展览意识的逐步加强，为反群体、反类型化、反大众化等展览趣味的发展提供了存在的基础。

而这种意识体现在霍克尼的艺术创作上，则表现为以一种更加微型化的叙事方式，更加个性化、自我化的创作语言以个体的角度去呈现个体内在观念。在某种意义上说，“碎片化”是霍克尼一种个人化的“微观”叙事方式，特点是以小见大，以细微的视点去审视探究社会变化中的诸多现象和问题。

四、结语

总的来说，大卫·霍克尼作为英国当代最为著名的艺术家之一，在近半个世纪的艺术创作生涯中，他的艺术特色是纷繁多变的，艺术成就也是多方面的。在其晚年，使用便携式数码设备进行美术创作，开拓了网络美术穿过的新领域。而他自信、天真而又充满好奇的性格与生活历程成为我们了解其网络艺术的关键。从某种程度上看，霍克尼的艺术创作是英国乃至西方艺术 20 世纪后半期艺术发展概况的个体写照，而其网络美术的探索和实验，更是西方后现代艺术发展历程的一面镜子。

第九章　网络语境下艺术市场发展运营机制探析

北京艺投行、中国国家艺术网　钟文

英国巴克莱银行依据机构投资者与高端人士通常会配置 5% 的资产进行艺术品投资，按中国保守 130 万亿元的财富来计算，得出“中国艺术品市场潜在的需求是六万多亿元，而目前的规模只有几千亿元”。①

2011 年是中国艺术市场发展的顶峰，当时我国文化部公开的数据显示：中国艺术品市场交易总额达到 2108 亿元，其中艺术品拍卖市场的交易额 975 亿元，画廊、艺术经纪和艺术品博览会的交易额 351 亿元。②

据文化部每年公布的《中国艺术品市场年度报告》显示：2011 年全国艺术品网上交易额 12 亿元人民币。③2013 年中国艺术品网上交易

① 中国文化报．中国艺术品市场潜在需求 6 万亿 [EB/OL].(2016-05-30)[2018-09-26]. http://art.people.com.cn/n1/2016/0530/c206244-28388604.html.

② 中国新闻网．2011 年中国艺术品市场交易总额达到 2108 亿元 [EB/OL].（2012-05-24）[2018-09-26]. http://www.chinanews.com/cul/2012/05-24/3913902.shtml.

③ 王嘉．2011 年中国艺术品网上交易额达 12 亿 白领成消费主力 [EB/OL].（2012-07-16）[2018-09-26]. http://finance.ifeng.com/collection/fxpl/20120716/6764985.shtml.

额接近30亿元，比上一年增长了67%。[①]2016年12月，雅昌艺术家服务中心《Hiscox 2016在线艺术品交易》报告显示：在线艺术品交易在过去12个月销售总额达30.27亿美元，同比增长24%。[②]

除此之外，根据2017年《巴塞尔艺术展与瑞银集团环球艺术市场报告》报告显示：2016年全球艺术市场销售额总计约566亿美元，相比2015年下降了11%；线上销售占8%。[③]

2018年3月，世界知名艺术市场信息公司Artprice发布的《2017全球艺术市场年度报告》。报告特别强调了推动全球艺术市场发展的力量包括互联网销售。

从中国互联网络信息中心（CNNIC）发布的第42次《中国互联网络发展状况统计报告》可知：截至2018年6月30日，我国网民规模达8.02亿，互联网普及率为57.7%。手机网民规模达7.88亿，网民通过手机接入互联网的比例高达98.3%。[④]随着我国网络覆盖范围显著扩大、连接速度不断提升、使用费用持续降低，互联网与各产业的融合程度进一步加深。

由上述艺术市场数据和互联网相关数据可以看出（见图9-1～图9-3），在中国艺术市场自2012年开始整体明显下滑的情况下，随着互联网的快速发展，无论是全球艺术市场的网上销售占比还是中国艺术市场的网上销售占比，都是越来越高，同时网上销售总额也在快速提升、

① 王国良.全球艺术品网上交易愈发火热[EB/OL].（2018-01-15）[2018-09-26]. http://news.cang.com/info/539715.html.

② 欧志葵.市场增长迅速：不能忽视的艺术品网络拍卖[EB/OL].（2017-01-09）[2018-09-26]. http://www.rmzxb.com.cn/c/2017-01-09/1272129.shtml.

③ 朱绍杰.亚洲缓冲了全球艺术市场下滑[EB/OL].（2017-03-25）[2018-09-26]. http://ep.ycwb.com/epaper/ycwb/html/2017-03/25/content_52543.htm#article.

④ 中国网信网.第42次《中国互联网络发展状况统计报告》（全文）[EB/OL].（2018-08-20）[2018-09-27]. http://www.cac.gov.cn/2018-08/20/c_1123296882.htm.

线下销售对互联网传播的依赖度越来越高。本文将从艺术家个体、一级艺术市场、二级艺术市场三个角度入手，解读互联网对艺术市场的作用、影响，并由此看清艺术市场的未来发展与互联网的关系，从而描绘出互联网语境下的艺术市场概貌。①

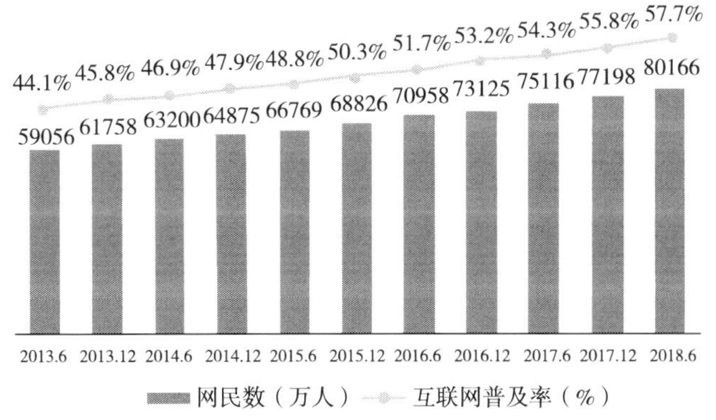

图 9-1　中国网民规模和互联网普及率

图片来源：中国互联网络信息中心（CNNIC）第 42 次《中国互联网络发展状况统计报告》

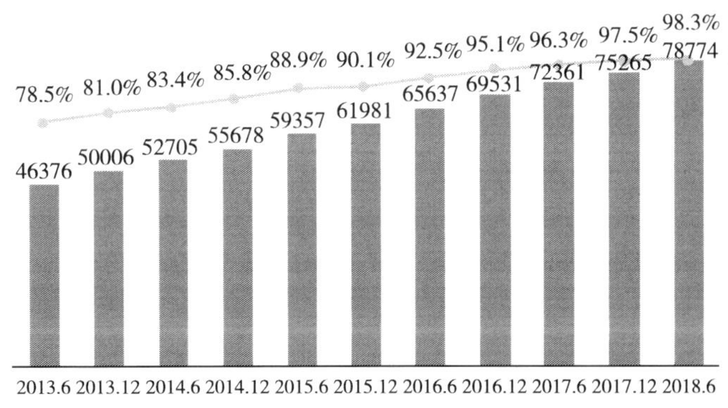

图 9-2　中国手机网民规模极其占网民比例

数据来源：中国互联网络信息中心（CNNIC）第 42 次《中国互联网络发展状况统计报告》

① 本文所指的艺术仅限于书法、美术范畴；艺术市场是指书法、美术类作品的艺术市场；艺术家是指书法、美术类艺术创作者。

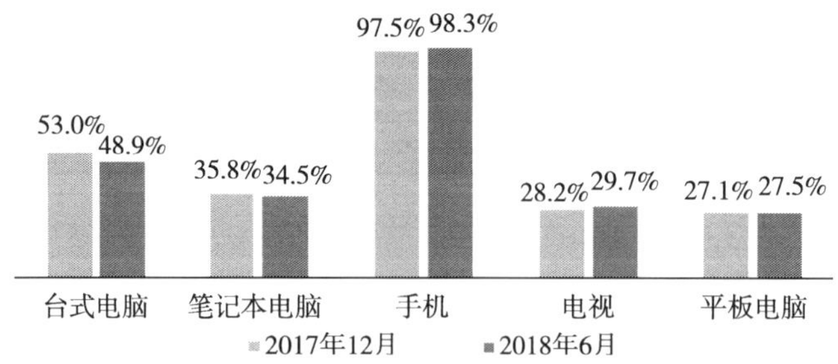

图 9-3　互联网络接入设备使用情况

数据来源：中国互联网络信息中心（CNNIC）第 42 次《中国互联网络发展状况统计报告》

一、互联网对艺术家个体艺术市场的影响

1. 官方网络媒体对艺术家个体的影响

官方网络媒体主要是指以新华网、人民网、中国新闻网、中国网、中国经济网、央广网、央视网、中国日报网为代表的中央级国家重点新闻门户网站，国家各部委、各省市人民政府官网，以及各省、自治区、直辖市党委宣传部、报业集团（或省级党报）主办的门户网站。这些网站具有严格的、与平面媒体基本一致的采编制度，在内容主题和选题上具有高度的政治性和严肃性，被百度、360 等搜索引擎列为“新闻源”，所以在这些网站上发布的报道很容易被搜索引擎收录、被各大网站转载。

由于官方网络媒体在内容主题和选题上具有高度的政治性和严肃性，所以涉及艺术界的报道，所报道的人物、事件和艺术水准都必须是没有争议的，被纪检监察调查的艺术家、拥有一堆山寨头衔的艺术家，以及激进的行为艺术、江湖艺术家都是不会给予报道的。官方网络媒体对艺术家个体的正面报道代表的是官方对艺术家的评判和认可，报道后不但在百度、360 等搜索引擎很容易被搜索到，并且容易被其他网络媒体转载，形成更大的影响。

据 2018 年中国互联网络信息中心（CNNIC）发布的第 42 次《中国互联网络发展状况统计报告》披露：全国政府网站总数为 19868 个，较 2015 年第一次普查时缩减 70.1%；同时，各级党政机关和群团组织等积极运用微博、微信、客户端等“两微一端”新媒体，发布政务信息、回应社会关切、推动协同治理，不断提升地方政府信息公开化、服务线上化水平（见图 9-4）。

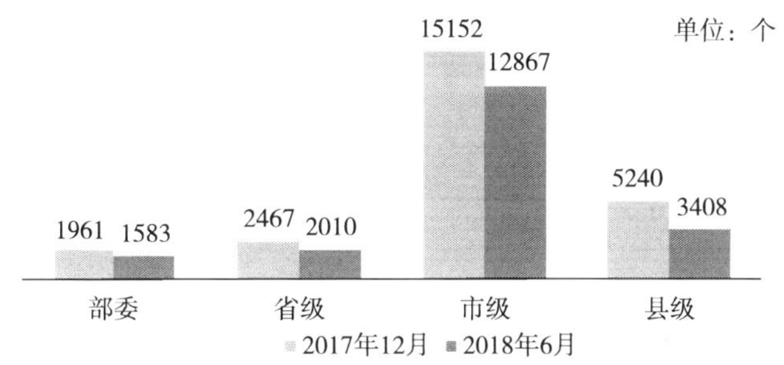

图 9-4　2017 年 12 月—2018 年 6 月各行政级别政府网站数量

数据来源：中国互联网络信息科心（CNNIC）第 42 次《中国互联网络发展状况统计报告》

2. 综合性商业门户网站对艺术家个体的影响

综合性商业门户网站主要是指以腾讯网、新浪网、搜狐网、网易四大门户为代表的综合门户网站，这些网站虽然没有官方背景，但是它们具有超级流量，深深地影响着每一个人每天的浏览习惯和新闻获取途径，所以说它们的流量是所有官方媒体、专业媒体无法比拟的。

由于这类门户网站内在的商业特性，所以其刊发宣传相对官方网络媒体容易一些，它们甚至为了吸引流量，通常会有一些带有诱导性的标题、图片等。为此，中国传媒大学张金尧教授就曾在课堂上痛斥某门户网站赤裸裸的诱导性标题（见图 9-5）。

男子同时爱上姐妹俩 三人结局出人意料

- 小伙爬山失踪20年后出现 娶了大七岁女上司后悔不已
- 偷看隔壁女同事电脑男子吓傻 女子为报恩以身相许
- 夫妻野外郊游车内昏迷 男子入职新公司遭遇冷暴力
- 女子误把小偷当成丈夫 保镖奉命保护华夏第一美女
- 让老婆参加同学聚会我后悔了 送醉酒女同事回家后…
- 炼药炼器成就凌天战尊 妻子查出怀孕丈夫伤心痛哭
- 上司劝告男下属：找老婆不能只挑漂亮的
- 公司高层遭遇打击触底反弹 离异富婆爱上小区保安
- 务工返乡小姨留我在家吃住 私人保镖月入50万美金
- 女子嫌丈夫太穷离婚后悔了 给女上司送礼被锁进厕所
- 一个不为人知的特殊行动 女司机错把刹车当油门惹祸

图 9-5　中国传媒大学张金尧教授斥某门户网站诱导性标题截图

众所周知，在互联网领域是“流量为王”，腾讯网 2017 年独立访客突破 1.7 亿，页面浏览量突破 250 亿人次；因此在这些综合性门户网站做艺术家个体的宣传推广影响是很大的，也是许多艺术家主要认可的宣传途径（见图 9–6）。

中国主要门户网站排名表现

排名	网站名称	UV	PV
9	QQ	1.7亿	250亿
11	新浪	1.3亿	36亿
15	网易	0.98亿	27亿
21	搜狐	0.82亿	19亿

图 9–6　门户网站 2017 年 4 月份全球排名及数据

数据来源：http://www.sitetop.cn/

3. 艺术类专业网络媒体对艺术家个体的影响

艺术类专业网络媒体作为艺术类行业垂直性媒体，它与生俱来就具有兼有艺术学术性、艺术市场性、媒体传播性等多重属性。尽管艺术类专业媒体没有腾讯网、新浪网、网易、搜狐网等综合性门户网站的那种超级大流量，但是它具有艺术圈圈内效应的优势，所以现在许多艺术家还是首选艺术类专业媒体进行宣传推广，正所谓墙内开花墙外香，圈内有名了，市场自然就不用愁了。如果说在圈内都无人知晓，这样的艺术家在整个市场上的表现是可想而知的。

当然，以艺术、美术、书画等相关字眼命名的网站非常多，只要有个域名、一套或盗版或购买或开发的程序、一个服务器空间就可以开设一个网站，但是这里所指的艺术类专业网络媒体并不涵盖所有以艺术、美术、书画等相关字眼命名的网站。这里所指的艺术类专业网络媒体是指具有自己的学术态度和立场、丰富的内容、明确的办网方向、资讯更新的及时性，比如：雅昌艺术网具有强大的拍卖数据库；中国国家艺术网以研究和传播中国国家艺术为导向，秉持艺术家官网的学术态度、资讯更新的及时和丰富的内容著称；中国美术家网以丰富的内容和网络媒体矩阵管理系统著称。除此之外，还有以艺术类别为划分的艺术类专业媒体，如99艺术网深耕于当代艺术领域，在艺术领域也具有重要影响。

4. 网络自媒体对艺术家个体的影响

网络自媒体是互联网发展到一定阶段的产物，主要是指BBS（论坛）、博客、微博、微信（微信公众号）以及头条号、腾讯企鹅号、搜狐网搜狐号、新浪看点、凤凰网大风号、百度百家、一点资讯、简书、美篇等等都属于网络自媒体，在这个网络自媒体发达的时代，艺术家其实也是受益者，多了许多的窗口展现自己。在以前，齐白石、张大千、徐悲鸿诸先生，为了传播自己的学术思想、学术成果，总是离不开大大小小的报纸杂志，倘若那时候就有了网络自媒体，他们也必定方便多了。

众所周知，BBS（论坛）作为互联网发展的第二代产品，风靡一时，

“网红”鼻祖芙蓉姐姐就是从水木清华 BBS（论坛）走出来的。但是随着互联网门户网站的兴起，BBS（论坛）逐渐没落，现在我们比较熟悉的当属天涯社区了。在其他BBS（论坛）网站都纷纷或倒闭或转型的今天，文学、书法类 BBS（论坛）却依然神奇般地活着，目前各大网络文学网站基本还停留在 BBS（论坛）升级版的阶段，但是由于网络文学的 IP 效应，停留在 BBS（论坛）升级版阶段的文学网站依然具有良好的盈利空间和发展空间，不仅形成了网络文学的新生态，还诞生了唐家三少、月光、辰东、我吃西红柿、天蚕土豆、骷髅精灵（王小磊）等每年版税收入数千万乃至过亿甚至数亿元的网络文学作家，各地也相继成立了网络文学作家协会、网络文学研究会等相关机构，推动了中国文学事业的繁荣与发展。同样“青睐”BBS（论坛）的书法界却没有文学界幸运了，不仅没有通过 BBS（论坛）走出来几个叫得响的书法家，还贻误了中国书法的最好发展时机。

博客作为艺术家可以较全面系统展示作品、学术思想的窗口，一直被艺术家推崇，随着手机上网的普及、微博微信的相继诞生，许多艺术家的博客已经停止更新。

作为兼具自媒体和社交工具双重属性的微博、微信，具有简单快捷明了的特性。在微博上，尽管艺术家的长篇大论在上面无法体现，但是它可以把艺术家最精华的思想片段、最精彩的作品、刚刚完成的作品都及时地发布到上面，从而吸引更多人的关注，发的内容喜欢的人越多，关注该艺术家的人就越多，“粉丝经济”就是这么来的。在艺术家的微信朋友圈，主要面对的是自己的同学朋友、同行道友、收藏家、粉丝等，这些人虽然大多数对该艺术家有所了解，但是每天的微信朋友圈更新可以让朋友圈更了解该艺术家的最近动态、创作情况、最新活动、最新学术成果等，从而达到稳固、提升、挖掘收藏客户群体的作用。

微信公众号解决了微博无法发布较长学术观点和内容的弊端，但是它有一个新的弊端，就是它是封闭式的，只有关注者才可能看到发布的某条信息，需要运营者、作者、读者主动转发出去的一种自媒体。倘若图文没有足够的吸引力，那么除了运营者和作者，已关注并且已看到的读者去主动转发传播这种可能性并不是太大，这就更需要作者撰写优秀的文章和创作优秀的作品，才会有更多的读者自觉自发的去转发，实现阅读量的提升和点赞量的增加，吸引更多读者对该微信公众号的关注，达到一定粉丝关注量了，便可以在某种程度上实现“粉丝经济”效应了。

今日头条的头条号是当下最流行最有效的自媒体传播方式，它依托今日头条新闻客户端 7 亿的用户量，改变了手机上网用户的新闻阅读习惯。同时今日头条开创了以作者个体为单位，基于数据挖掘为用户推荐个性化信息，以科技创新为依托的全新新闻传播模式。今日头条的头条号作者只要能创作出真正原创的、具有独特思想、独到观点的图文内容，就可能成为 10 万 + 的“爆文”。

现如今各大传统综合新闻门户网站腾讯网、新浪网、搜狐网、网易、凤凰网等等都在效仿，纷纷推出了腾讯企鹅号、新浪看点、搜狐号、网易号、大风号。遗憾的是它们的推荐模式远远逊色于今日头条，但是各门户网站依托强大的读者群体资源和各门户网站新闻客户端巨大的下载量，文章一旦得以推荐，其影响力也是不可小觑的。

作为搜索引擎巨头的百度也推出了百家号平台，百家号平台类似于各大传统综合新闻门户网站腾讯网、新浪网、搜狐网、网易、凤凰网推出的腾讯企鹅号、新浪看点、搜狐号、网易号、大风号。它有一个最大的优势就是依托百度这个强大的搜索引擎，优先收录在百家号上面发布的内容，并且在用户使用百度搜索相关字眼时，优先搜索出在百家号发布的内容。

总体来看，网络自媒体的作者主要分三类：一类是个人，一类是公司企业，还有一类是政府机构和媒体。在哪一类上发布直接关系到该内容的真实性和权威性，一般情况，政府机构和媒体发布的内容最为权威。

因此，网络自媒体作为使用简单、传播快捷、影响持久的传播模式，艺术家如能很好地利用起来，对艺术家的市场推动效果可想而知。

5. 社交媒体、社交软件对艺术家个体的影响

社交媒体（Social Media），也称为社会化媒体、社会性媒体，是指允许人们撰写、分享、评价、讨论、相互沟通的网站和技术。QQ 空间、新浪微博、人人网、开心网、Twitter 等均属于社交媒体范畴。社交媒体最大的弊端（三大特点）是局面难以掌控、效果不易检测、数据容易造假，所以艺术家在使用社交媒体时必须谨慎。在 2016 年美国总统选举投票前夕，社交媒体调查的数据一直显示希拉里将当选，最后结果却是相反的，特朗普当选了，这充分体现了社交媒体的弊端性。

社交软件在中国主要是 PC 端的 QQ 和手机端的微信，上线于 1999 年 2 月份的 QQ 成了每台电脑的必备软件，一般同时在线人数都是 3 亿多。同样由腾讯公司开发的诞生于 2011 年 1 月的微信是目前智能手机的必备软件，日用户活跃数已经超越 10 亿。以前在 QQ 群发产品广告和 QQ 群拍卖，极易形成交易。微信诞生之后，QQ 上做产品推广的慢慢转移到了微信上，于是微信群、微信朋友圈出现了“微商”大军。社交软件对于艺术家来说，运用好了，对自己的市场是加分，运用不好则会产生副作用。比如，2018 年 5 月份，号称中国美术第一把交椅的某协会主席被双规的消息，犹如病毒般在微信群、微信朋友圈疯狂传播，直接导致其作品价格断崖式坍塌，由原来的几十万一平方尺掉到几十万甚至几万一幅（四尺整张一幅为八平方尺），都在纷纷抛售，这不得不

承认社交软件的影响巨大。

6. 艺术家个人官网对艺术家个体的影响

艺术家个人官网是指艺术家个人在艺术类专业门户网站，如雅昌艺术网、中国国家艺术网等开设的专门用于展示艺术家个人艺术成就、最新艺术创作状态的个人主页，也指艺术家自己申请的独立域名并以艺术家个人名字命名的小型个人网站，其功能、作用与前者是一样的。

目前，艺术家个人官网以开设于雅昌艺术网、中国国家艺术网等艺术类专业门户网站为主要形式。它依附于专业网站的专业受众群体（艺术家、艺术爱好者和收藏家），便于传播艺术家的学术思想和艺术作品，便于广大艺术爱好者和收藏者发现、欣赏和交流。艺术家自己申请注册的独立域名的个人网站，有一个最大的缺点就是如果不做推广，浏览量十分的小。

现在主要的一线艺术家基本上都有自己的个人官网，有的甚至好几个，对艺术家的传播是全面的、立体的，它既可以涵盖艺术家的最新的创作动态、艺术思想，也可以系统地反映艺术家过去的艺术历程和求学历程，见证艺术家的整个艺术转变过程。因此艺术家个人官网对一名艺术家来说是至关重要的，甚至是一种身份、一种知名度和影响力的象征。

7. 网上交易平台对艺术家个体的影响

网络交易平台包括以淘宝为代表的综合性交易平台和以博宝艺术网、嘉德在线、微拍堂为代表的艺术类专业化线上交易平台。淘宝网除了我们众所周知的涵盖各行各业、五花八门的产品服务之外，还有一个显著的特点就是便宜，这个便宜的特点正好与艺术品的“艺术无价”这一特性相矛盾。许多经营低端艺术品的商家利用淘宝网的超级流量薄利多销。

2014 年年底，山东日照一画廊负责人通过艺术家张某在中国国家

艺术网开设的个人官网，看到张某的作品觉得不错，想做张某作品的代理商，经与客服人员、艺术家张某联系沟通，最后确定了其代理价格和首批进货的数量，就在与画廊负责人敲定合作细节即将签署授权经营协议的时候，该画廊负责人在百度上搜索该艺术家时无意中发现了该艺术家有两幅作品曾经在淘宝网上进行过销售，其中一幅的成交价是一百元，另一幅是三百元，该画廊负责人截图发给客服，求证价格的真实性，经与艺术家张某沟通了解到，这两幅作品可能是张某赠送给他人或者是以慈善的名义捐献出去最后流落到淘宝网上进行了销售。最后的结果是该画廊没有代理艺术家张某的作品。

由此可见，倘若一名作品具有一定的学术价值和收藏价值艺术家，想要真正拥有稳定、持续和向上的艺术市场，想要被真正的艺术品经营者、收藏者认可其作品，他的作品不应该在淘宝网这一类的网上进行销售，一旦出现这种情况，对于艺术家来说是毁灭性的打击。

艺术品不是普通的商品或产品，它具艺术性和收藏性这种艺术品独有的特性，因此像博宝艺术网、嘉德在线、微拍堂这一类专门以艺术品、收藏品为经营方向的电商平台，他们尽管取得了不俗的销售业绩，赚取了一定的利润，但是具有较高学术价值和收藏价值、定价也较高的艺术品，一直是销售的瓶颈难以突破。因此具有较高学术价值和收藏价值的艺术品在网上进行销售时如何定价，是艺术家、经营者应该慎重思考的一个问题，价格定的好，会起到一个积极推动作用，定价一旦出现问题，它的副作用也是显而易见的。

8. 直播、录播平台对艺术家个体的影响

直播平台、视频网站作为自媒体的新形式、新载体，有必要拿出来单独分析其功能与作用。以虎牙直播、一直播、映客、斗鱼、花椒、熊猫、抖音、火山小视频等为代表的直播平台可以持续、直接、立体的以语言、行为营造现场感，在游戏、娱乐领域较为流行。由于艺术家的直播行为主要以传播艺术创作和学术思想为目的，主要集中在一直播和映客。

视频网站就像一个走入寻常百姓家的电视节目。以前对于普通艺术家来说，上一次电视节目是非常困难的事，因为电视节目的制作成本很高、节目时间很有限，现在有了腾讯视频、搜狐视频、网易视频、西瓜视频、优酷、爱奇艺等视频网站，录制好的视频就可以上传播放，艺术家多方面的思想、才艺可以得到立体化的呈现。所以，如果这类的视频平台运营的好，艺术家在节目里表现的观感较强，传播效果也会大大的提升，和微博、微信公众号一样的原理，都是“粉丝经济”效应。一段视频，无论是直播还是录播，艺术家讲得好、讲得有趣，转发的人就多，观看的人自然就多，宣传效果也随之提升。

9. 百度、360 等搜索引擎对艺术家个体的影响

最大中文搜索引擎百度以及神马搜索、360 搜索三者占据整个中文搜索引擎超过 90% 的份额。艺术家平时的活动、创作、评论、学术思想等等，但凡在网上的报道传播最终要落脚到搜索引擎的搜索上，收藏家、艺术爱好者想要了解某一位艺术家，必然使用百度、360 等搜索引擎来进行搜索了解，因此艺术家的学术思想、活动报道、作品能否在这些搜索引擎上搜到成了至关重要的一个环节（见图 9–7）。

百度推出的百度百科人物词条是对艺术家的一个权威的诠释，许多收藏家、艺术家都视百度百科的人物词条为衡量一位艺术家成就的重要标志，因为百度百科引用的是官方权威门户网站的报道关于该艺术家的介绍资料，因此如何巧妙地运用好百度、360 等搜索引擎来进行宣传推广是一门四两拨千斤的学问。

也有少数艺术家与画廊或文化公司等机构进行签约之后，通过资本的力量建立了独立的官网之后再花钱在百度进行竞价排名这一类的广告

推荐，这种模式或许在市场火爆的时期有一定的效果，但是这种推广是一种烧钱的、急功近利的模式，它不具有持久性和客观性，许多了解百度推广模式的人一眼就能看出来这是花钱做的一种百度广告。因此，在某种意义上来说，这一现象不利于艺术家树立学术、艺术的良好形象，给收藏家呈现一种商业铜臭味、急功近利的人物形象。不得不说，这是一种负面的影响、有害的推广行为。

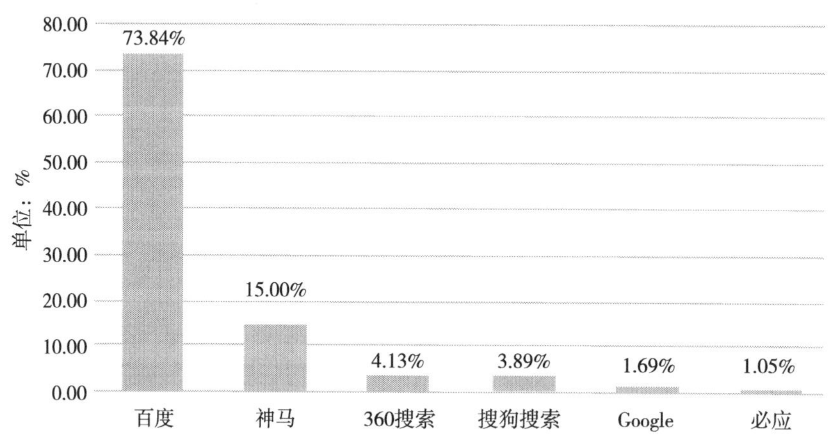

图 9-7　2018 年 7 月，中文搜索引擎市场份额占比图

数据来源：http://www.search1990.com/other/semsc.html

二、互联网对一级艺术市场的影响

1. 一级艺术市场的定义

一级艺术市场是指从艺术家手里直接取得艺术品，通过代理或合作机制联系艺术家，以展览展示的形式介绍给买家，将艺术品进行销售的途径。如画廊、文物艺术品公司、艺术经纪人等签约代理艺术家作品进行销售，均属于这种形式，艺术博览会、艺术品市场、古玩城是一级艺术市场的主要平台。[①]本文所述的一级市场不包括第一节所述的艺术家个体。

2. 一级艺术市场的形成

我国艺术品现代一级市场的形成可追溯至新中国成立前的琉璃厂、新中国成立后的文物商店系统，以及 1989 年 9 月 23 日成立的全国第一家古玩市场——北京古玩城。20 世纪 90 年代初，北京潘家园市场、郑州古玩城等一批艺术市场相继成立，成了全国艺术品市场的代表，并逐步形成以北京为中心的艺术品市场格局。

北京琉璃厂书画市场的地标是荣宝斋，以北京荣宝斋、上海朵云轩（上海文物商店改制）、杭州西泠印社为代表的国有艺术品经营企业和以成立较早的琉璃厂书画市场的茹古斋、宏宝堂等民营、改制艺术品经营机构。在全国各省份，尤其是省会城市都有国营的文物商店以及国营的、民营的画廊、艺术品市场、古玩城，这就在全国范围内构成了艺术品经营的一级市场。

3. 一级艺术市场目前的规模

业内权威人士都说艺术品一级市场的规模是一个数字无法具体统计的、巨大的规模，无法具体统计，是因为除了国有文物商店之外的最大规模的画廊以及整个艺术市场他组成单元和环节的数据都是相对不透明的。早在十七届四中全会，我国就提出了到 2020 年把文化产业做成国民经济的支柱产业。在这一个发展目标基础之上，可想而知艺术品市场是大有可为的，2003 年到 2011 年期间是中国艺术市场蓬勃发展的黄金九年，中国艺术市场从犹如一位蹒跚学步的婴儿到一个身高两米有余的巨人般迅速茁壮成长。

① 赵孝萱. 艺术收藏投资的 70 个问题 [M]. 北京：文化艺术出版社，2011.

在过去的 5 ~ 10 年中，艺术品在文化产业投资中的表现都超过了金融资产、股票和房地产，全球股市年平均回报率为 13.4%，房地产平均回报率为 6.5%，而艺术品的年平均回报率达到 26.6%，艺术品的投资回报率是其中最高的。①

4. 北京荣宝斋、上海朵云轩、杭州西泠印社为代表的国有“老字号”的辉煌

以北京荣宝斋、上海朵云轩、杭州西泠印社为代表的国有老字号艺术品经营企业在整个艺术市场的起步、发展到兴盛这个从无到有的过程中发挥了重要的作用。在计划经济时代私人是不允许做买卖的，那时候几乎没有私营企业，所以在艺术品市场也是国有企业一统天下，当时齐白石、李可染、黄胄、启功等先生作品都是由荣宝斋这样的国有艺术品经营企业代理经营，最后成名成家、流芳百世，当时几十块钱最多百元的作品到现在已经动辄数百万乃至数亿元人民币，着实为艺术市场的发展、为艺术收藏的魅力做了最好的诠释。

5. 互联网时代画廊的兴衰

在互联网时代，无论是以北京荣宝斋为代表的艺术品经营老字号企业还是以琉璃厂、北京古玩城为代表的传统艺术品市场，或是以北京 798 为代表的当代艺术区，生意都日趋惨淡。2016 年 7 月，时任北京荣宝拍卖有限公司总经理的刘尚勇说：“北京荣宝斋集团在 2016 年上半年的亏损就达到 5000 ~ 6000 万元人民币。”②

北京古玩城从 2012 年之前的单个店铺转让费达几十万元乃至百万元，到现在的不要转让费还有许多店铺空置。与北京古玩城毗邻的天

---

① 观于艺术．用数据说话 | 艺术品投资回报率真的那么高吗? [EB/OL].（2017-08-04）[2018-09-27]. https://www.sohu.com/a/162307896_758649.

② 中国美术报芜生．专访刘尚勇：荣宝斋辞退我不合规矩 [EB/OL].（2017-08-04）[2018-09-27].http://news.meishujia.cn/?act=app&appid=4096&mid=48470&p=view.

涯古玩城、弘钰博古玩城等市场也是商铺空置、商家多日不开门、商家续不起房租等各种惨淡景象已持续多年，更谈不上赚取店铺转让费了。种种迹象表明：中国艺术市场在互联网时代受到互联网强大的冲击，业绩日益下滑、生意日趋惨淡。在这种背景下，有的画廊或其他类型的艺术品经营机构纷纷建立自己的网上商城、网店、网站、网上交易平台等，但是由于艺术品的特殊属性，网上的生意并没有预期的那么好。

6. 青州画廊群体在互联网时代的集体崩盘

（1）成因与背景。在艺术界，有一句十分流行的话形容山东青州的艺术市场，叫作“中国艺术市场看山东、山东艺术市场看潍坊、潍坊艺术市场看青州”。在山东青州这个人口不足百万的县级市，从2000年的三四十家画廊，发展到2016年上规模的画廊就有一千多家，从业人员近10万人，年交易额120多亿元人民币，在当地形成了一个十分庞大、成熟的艺术品产业链。目前国内知名的范扬、何家英、史国良等许多知名艺术家，皆首先在青州获得了艺术市场上的成功，为他们在日后走向更广阔的成名成家的道路奠定了充实的物质基础。目前这些艺术家在山东青州艺术市场依然有着较为广泛的收藏群体。

（2）现状。青州作为最具影响力最具代表性的画廊聚集地，它形成缘于一是山东具有良好的文化氛围和群众基础，在经济建设上山东也获得了的长足发展，在经济上有能力去支撑这种收藏习惯和培育收藏氛围；二是政府的扶持、地方领导的重视为产业的发展带来保障。因此在艺术市场红火的时期自然形成了青州这么一个画廊聚集地，形成一个良好的艺术市场生态。但是在互联网蓬勃发展的时期，这些画廊没有抓住互联网这个风口，依旧以传统的模式进行交易、进行推广，因此在互联网成熟的今天，这些画廊集体成为这个互联网时代的“淘汰品”。

7. 全国古玩城、书画市场、文博城等文化艺术市场类交易场所在互联网时代的衰败与转型

改革开放以来，随着我国市场经济的蓬勃发展，之前国营的荣宝斋、朵云轩、西泠印社等艺术品经营机构以及各地文物商店为代表的单店经营模式远远无法满足人民日益增长的物质文化需求。在这种大背景下，各类艺术品经营机构如雨后春笋般在全国各地蓬勃发展，先后涌现出了以北京古玩城、郑州古玩城为代表的最早一批古玩城，后来相继出现书画市场、艺术品市场、文博城等命名的文化艺术经营类市场，艺术品经营机构、画廊都纷纷聚集在这些市场里面开店经营，这些市场渐渐成了艺术爱好者、收藏爱好者闲暇时间尤其是周六周日必去的淘宝之地。随着中国经济的蓬勃发展，经历了近二十年的繁荣兴盛时期，这些艺术市场却互联网风口上错失了最好的转型机遇。在互联网日趋成熟的今天，全国各地古玩城、书画市场、艺术品市场、文博城等艺术品交易市场都有许多铺位空置，勉强度日，有的市场在转型引入茶叶等消费品业态入驻，有的甚至入不敷出已经或准备关闭歇业。

也有一些古玩城市场在这个时期为了取得生存的空间，投资开发网上交易平台、手机客户端交易平台，但是在互联网日趋竞争激烈的时代，如果不具备互联网思维，还以传统艺术品经营理念来经营他们所开发的网上交易平台、手机客户端交易平台，要取得较大的成功，实属不易。

8. 艺术品电商的兴起

2016 年 12 月，雅昌艺术家服务中心《Hiscox 2016 在线艺术品交易》报告显示：在线艺术品交易在过去 12 个月销售总额达 30.27 亿美元，同比增长 24%。[①]

---

① 欧志葵.市场增长迅速：不能忽视的艺术品网络拍卖 [EB/OL].（2017-01-09）[2018-09-27].http://www.rmzxb.com.cn/c/2017-01-09/1272129.shtml.

自2013年8月亚马逊艺术频道推出以来，艺术品电商的发展今年来发展迅猛，但是三大难题有待突破：一是不少艺术品电商创业者不懂艺术产业，或者不懂互联网，即懂艺术的不懂互联网，懂互联网的不懂艺术；二是许多优秀艺术家固守传统思维，对互联网、对艺术品电商认识不到位、不接受，导致网上真正有收藏价值的作品稀缺；三是艺术品的真伪辨别，尤其是价格较高的艺术品的真伪问题，图片不易辨别，导致买家出手谨慎。

北京保利国际拍卖有限公司执行董事赵旭在第六届中国艺术品市场高峰论坛中公开表示，“非标准商品电商空间无限，艺术品电商是艺术品交易的空白及未来。”[①]其发言某种意义上代表了当下中国艺术品经营巨头们对艺术品电商的主流看法和认识。

三、互联网对二级艺术市场的影响

1. 二级艺术市场的定义

二级艺术市场是收藏家由一级市场中买入艺术品，再出手流入市场，即进行二次流通的市场交易。[②]拍卖行属于最典型的二级市场，我们通常说的二级艺术市场即为拍卖市场。

2. 二级艺术市场的全球概览

拍卖是商品交易中最为活跃，最为公平、公正、公开的一种商业形式，在我国这种拍卖的交易形式始见于魏晋时期，当时的寺院为了筹集

① 99艺术网．第六届中国艺术品市场高峰论坛举办[EB/OL].（2016-01-20）[2018-09-27].http://cang.meishujia.cn/index.php?act=general&api=appid-12-mid-45592-aid-1&appid=12&id=0&mid=45592&p=view&said=4&usid=0.

② 赵孝萱．艺术收藏投资的70个问题[M].北京：文化艺术出版社，2011.

善款，将人们捐赠给寺院的僧衣、供品等多余物资，用类似公开拍卖的形式出售，当时把这种交易形式叫作“唱衣”。到了唐代，随着市场经济的发展，这种交易形式更为普遍。据唐玄宗二十五年（737 年）的《通典》一书记载：“诸以财物典质者，经三年不赎，即行拍卖。”拍卖这个词汇正式出现在我们的典籍中，所以说拍卖这个词汇是我们中国自己的，不是舶来品。到了清代道光年间，拍卖这种交易形式在沿海的广州、上海、天津等沿海城市比较普遍。1949 年新中国成立以后，拍卖这种交易形式沉寂了三十多年。①

新中国的艺术品拍卖始于 1992 年 10 月 8 日在北京团结湖 21 世纪饭店剧场举行的北京国际拍卖会，这是中国内地的第一场艺术品拍卖会，得到时任国家文物局局长张德勤的大力支持，王光英出席了该场拍卖会（见图 9–8）。

图 9–8　内地第一场拍卖会 1992 年北京国际拍卖会现场

图片来源：中国拍卖协会艺委会顾问赵榆老师摄影并供图

二级艺术市场在全球范围的形势与二级艺术市场在中国国内的表现高度的一致，在全球范围基本形成以佳士得、苏富比两大巨头为引领的全球拍卖市场，在国内基本形成以保利拍卖、嘉德拍卖、瀚海拍卖、

① 赵榆 . 中国文物艺术品拍卖二十年 [M]. 北京：文物出版社，2013.

匡时拍卖、上海朵云轩拍卖、浙江西泠拍卖等少数几家拍卖公司为引领的格局。2017 年，市场占有率最高的 25 家拍卖行，拍卖总额占全球中国文物艺术品拍卖额的 80%。[①] 这就是为什么原中国国家画院副院长、中国拍卖行业协会艺委会顾问赵榆先生 26 年来研究中国艺术品拍卖只参考中国艺术品拍卖前十名的拍卖企业（北京保利、中国嘉德、北京匡时、西泠拍卖、北京荣宝、广东崇正、北京翰海、北京诚轩、上海朵云轩、北京华辰）的拍卖数据，这是不无道理的。今年 80 岁高龄的赵榆先生从 1995 年开始，每年年底撰写发布《全国 10 家文物艺术品拍卖公司述评》，已持续发布 23 年，在业界具有广泛影响，成为研究拍卖重要的参考数据报告（见图 9–9）。

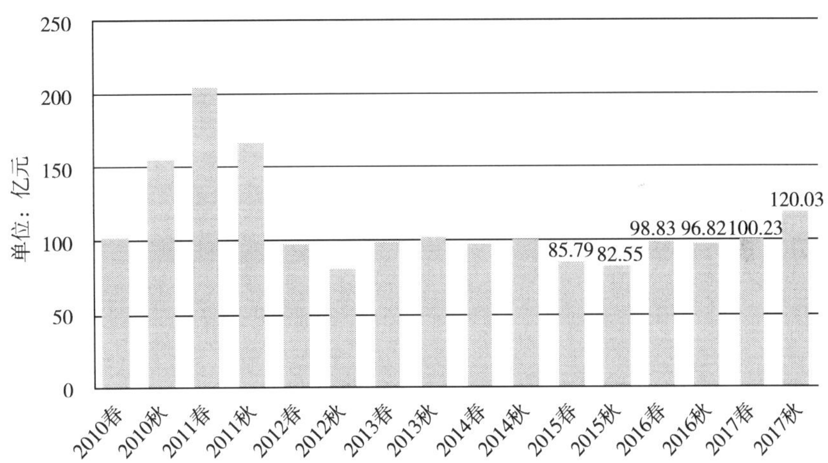

图 9–9　2010 年—2017 年 10 家拍卖公司各季成交额趋势图

数据来源：中国拍卖行业协会艺委会发布《2017 年全国 10 家文物艺术品拍卖公司述评》赵榆、余锦生主笔

3. 二级艺术市场目前的规模和形势

2017 年 3 月，《巴塞尔艺术展与瑞银集团环球艺术市场报告》报告显示：2016 年全球艺术市场销售额总计约 566 亿美元，相比 2015 年

① 华夏收藏网 .2017 中国艺术品拍卖统计年报发布：38 件亿元拍品 [EB/OL].（2018–08–10）[2018–09–27].http://news.cang.com/infos/201808/551289.html.

下降了 11%；艺术品拍卖销售额年同比下降了 26%，总额约为 221 亿美元。[①]

2017 年度 Artprice 全球艺术市场报告显示：2017 年全年，全球艺术品拍卖额达到 149 亿美元。相比前一年，全球拍卖额增长了 20%，中国依然是全球最大的艺术拍卖市场，交易额达到 51 亿美元，占全球交易额的 34.2%。美国排名第二，交易额为 49 亿美元。[②] 但是，据欧洲艺术博览会（TEFAF）2017 年年初发布年度报告显示，拍卖销售额在全球艺术品销售总额中的占比已降至 37.5%，拍卖市场占据艺术市场主导地位的形势已经彻底改变。[③]

青年艺术消费者人口的增长（截至 2017 年，已由 20 世纪 50 年代的 50 万增至 9000 万），98% 的市场参与者实现联网。[④] 互联网正在改变艺术品销售和购买的模式。

《2017 年全国 10 家文物艺术品拍卖公司述评》显示：2017 年度，国内 10 家主要文物艺术品拍卖公司总成交额 220.27 亿元，其中古代书画（艺术品拍卖的主要板块）成交额 35.05 亿元，较上年下降 25.07%。[⑤]

---

① 凤凰艺术 . 中国艺术品电商行业 2017 展望 [EB/OL].（2017-05-22）[2018-09-27]. https://news.artron.net/20170522/n932319.html.

② 美通社 .Artprice 发布 2017 全球艺术市场年度报告 [EB/OL].（2018-02-28）[2018-09-27].http://www.kepuchina.cn/zhuaqu/mts/201802/t20180228_554615.shtml.

③ 新华网 . 2017 年中国艺术品市场盘点 [EB/OL].（2018-01-18）[2018-09-27].http://www.xinhuanet.com/shuhua/2018-01/18/c_1122273940.htm.

④ 惊鸿一瞥！全球年度艺术市场报告 [EB/OL].（2018-03-06）[2018-09-27].https://news.artron.net/20180306/n990174.html.

⑤ 赵榆，余锦生 . 中拍协发布 2017 年全国 10 家文物艺术品拍卖公司述评 [EB/OL].（2018-01-30）[2018-09-27].http://www.xinhuanet.com/shuhua/2018-01/30/c_1122338683.htm.

4. 主要拍卖公司互联网的运用形式

在主要的国内拍卖公司当中，嘉德拍卖对互联网的运用算是走在前面。早在 2000 年 6 月 18 日就已经上线了网上拍卖平台——嘉德在线，开通当天，嘉德在线推出了 30 个网上专场拍卖会，包括当代艺术陶瓷、后新生代油画、中青年名家书法、老版画家经典作品、中青年雕塑精品、古代中国画、近现代中国画、玉件等种类繁多的精美之作，目前嘉德在线每年的成交额持续增长。

2015 年，保利十周年秋拍夜场联合艺典中国网上同步竞拍，李可染的《昆仑雪山图》和齐白石十八开的《叶隐闻声册页》经过数十轮的竞拍，分别以 7015 万元和 1.15 亿元成交，两件作品的买家均是通过艺典中国网上同步竞拍所得，且后者至今保持了网上竞拍艺术品最高价纪录。①

2018 年 9 月 18 日，嘉德拍卖还在自己官网上推出完全网上拍卖模式（线下只做预展），可见网上拍卖在传统拍卖巨头眼里已经是需要抢占的阵地了。

2016 年，北京保利、中国嘉德、西泠印社拍卖、广东崇正、上海天衡等国内拍卖巨头，以及国际拍卖巨头佳士得、苏富比等均开展了网络竞拍（早在 2012 年佳士得举行了 4 场网上拍卖活动，2014 年佳士得举办了 78 场网上拍卖活动②），争夺新线上拍卖渠道，给拍卖会注入了强大的活力，并且取得了不俗的成绩。其中，2016 年 9 月，中国嘉德举办的四季拍第 47 期玉器工艺品拍卖引入实时网络竞拍；2016 年 10 月，西泠印社拍卖行举行首届网络拍卖。值得注意的是，从佳士得、苏富比的 2016 年上半年销售业绩报告来看，虽然两大拍卖公司上半年的总成

① 艺术市场通讯．艺术市场走向互联网时代 [EB/OL].（2016-11-23）[2018-09-27]. http://art.china.cn/market/2016-11/23/content_9178848.htm.

② 刘彤．互联网 +：让艺术品进入寻常百姓家 [EB/OL].（2015-12-05）[2018-09-27]. http://www.ce.cn/culture/gd/201512/05/t20151205_7327579.shtml.

交额仍然下降，但是网上销售的增长惊人。佳士得的网络平台业务相比2015年同期更是上涨了96%之多。

2018年，莫迪里安尼《向左侧卧的裸女》（见图9–10）风靡全球（仅中国国家艺术网头条号阅读量就达111.5万人次，推荐量更是高达529.8万），最终以1.572亿美元成交。

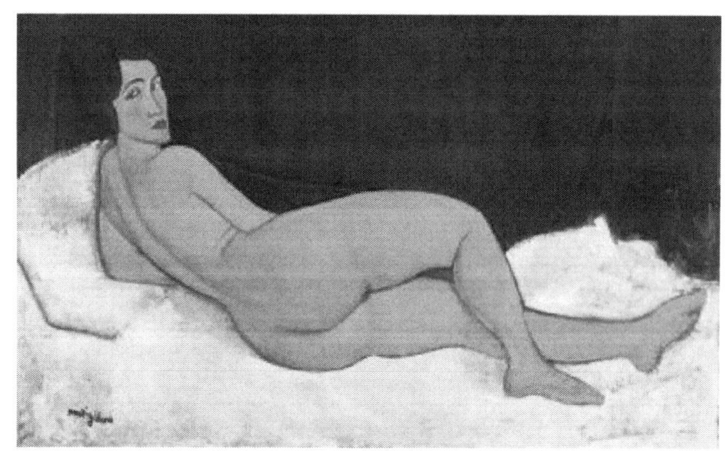

图9–10　莫迪里安尼《向左侧卧的裸女》

全球拍卖巨头佳士得拍卖和苏富比拍卖在互联网的运用上更加的超前。他们主打的一些拍品无不让其在全球范围之内制造强大的影响，不仅深入收藏家的内心，甚至做到全球人人皆知，让一幅作品在一夜之间犹如美国好莱坞老牌明星般路人皆知，这就是互联网时代的强大魅力。比如说天才艺术家莫迪里安尼的《向左侧卧的裸女》，最终以1.572亿美元成交；莫奈的《睡莲》、凡·高的自画像系列、向日葵系列、麦田系列等，都是拍卖巨头经过互联网的传播，使之拍出天价，并成为研究西方美术史家无法忽视的代表作品。

5. 嘉德在线、微拍堂等为代表的两种线上拍卖模式

嘉德在线、微拍堂这两种线上拍卖模式略有不同。嘉德在线是立足

PC 端，把传统拍卖搬到线上的拍卖模式；微拍堂则是以手机端为主导，依托微信的强大用户量，以微信登录、转发和交易为模式，在手机上直接进行竞拍和交易付款，微拍堂是手机互联网经济在艺术领域的领先运用。

2017 年，微拍堂全年交易额突破 120 亿人民币，同比 2016 年增长率达 167%，累计在线用户数达 2500 万。①自 2015 年 4 月上线以来，微拍堂经过短短不到三年的发展就实现了年成交额突破百亿的目标，为中国艺术品拍卖行业 26 年来的发展所无法企及的，甚至很快会实现其一家网上拍卖平台一年的成交额就比国内主要拍卖公司全年拍卖总额还要多，这不得不让人吃惊，不得不肯定互联网对拍卖领域的贡献和力量。

四、结语

总体上说，自改革开放后，我国艺术品市场经历了三次周期性“高潮”波动：第一个高潮是 1995 年至 1997 年，这个时期是中国互联网空白时期，艺术市场的兴盛与互联网无关；第二个高潮是 2003 年至 2005 年期间，这个时期中国互联网处于发展初期，艺术市场基本没有互联网的介入；第三个高潮是 2009 年至 2011 年，这个时期是互联网快速发展，互联网新模式不断涌现，网上销售各种模式不断创新的时期。在中国经济高度繁荣的时代背景下，这些艺术市场在传统思维模式下进行营销依然取得中国历史上最好的成绩，但是在 2012 年艺术市场急剧下滑之后，业界才发现错失了互联网的重要发展契机。业内人士根据国内外经验分析，一般艺术市场兴衰周期为 7~10 年，倘若此周期预测准的话，迎来

① 沈旭辉.微拍堂：构建文玩艺术品电商新业态[EB/OL].(2018-04-28)[2018-09-27]. http://zjnews.zjol.com.cn/zjnews/hznews/201804/t20180428_7136592.shtml.

中国艺术品市场的第四个高潮期的或许就是互联网。

意大利收藏家贝利尼曾说过："世界上只有艺术品是最有价值的，股票的平均增值率是40%，而艺术品的增值率是95%。就像在二战期间，德国人利用战争，拿走了大部分的艺术品，因为他们懂得，艺术品是无价之宝。"艺术品惊人的高回报率吸引了大量资本进入，是继股票、房地产之后的"第三极财富"， 也是三大投资类别中附加值最高的，回报率已远远超过股票和房地产，成为国际资本市场必备的投资组合。①

在发达国家中产阶级以上的投资组合中，文化艺术品投资占比已经超过20%，但是在中国，哪怕是一线城市的中产以上家庭，文化艺术品投资占比也不超过5%，②所以，在中国经济日益繁荣、互联网应用高度成熟、GDP成为世界第二的今天，中国的艺术市场具有广阔的发展空间，中国共产党十七届四中全会提出的把文化产业做成国民经济支柱产业的目标指日可待。这正是习近平总书记在中国文学艺术界联合会第十次代表大会、中国作家协会第九次代表大会上讲话所说的："文运同国运相牵，文脉同国脉相连，实现中华民族伟大复兴，广大文艺工作者要坚持以人民为中心的创作导向，坚持为人民服务、为社会主义服务，坚持创造性转化、创新性发展"③的重要体现。

---

① 界面.艺术市场历史性调整 艺术品电商或迎来新一轮高潮[EB/OL].(2017-04-01)[2018-09-27].http://www.wenwuchina.com/article/201713/287293.html.

② 李明珠.P2P爆雷后资金去哪了？有人开始转投艺术品[N].证券时报，2018-08-26.

③ 新华社.习近平：在中国文联十大、中国作协九大开幕式上的讲话[EB/OL].(2016-11-30)[2018-09-27]. http://www.xinhuanet.com/politics/2016-11/30/c_1120025319.htm.

后　记

“中国网络文艺批评丛书”是2017年度国家艺术基金艺术人才培养资助项目“网络文艺批评人才培养”结项成果。国家艺术基金是由国家设立，旨在繁荣艺术创作、打造和推广原创精品力作、培养艺术创作人才、推进国家艺术事业健康发展的公益性基金。由国家艺术基金资助，中国传媒大学主办的2017年国家艺术基金艺术人才培养资助项目“网络文艺批评人才培养”，是国家艺术基金第一次设立的网络文艺高端培训项目。我们真切地希望通过精心策划的研修培训和实践交流，率先为国家培养一批“互联网+”时代网络文艺批评的意见领袖和卓越人才。

2018年6月4日至7月3日，本项目在中国传媒大学进行了为期30天的集中培训，邀请了仲呈祥、欧阳友权、彭锋等文学艺术研究的巨擘来授课。2018年10月，学员们辗转在北京和杭州两地，参与调研了爱奇艺、完美世界、中国网络作家村等一批知名网络文艺创作实践的企业和机构。其中得到许多对当前网络文艺发展的精辟分析，也充分吸取了行业内企业前沿的发展经验。在这个过程中专家、企业家和学员们进行了深入、细致地讨论，对这一前沿问题大家都充满兴趣也收获颇丰。

2018年10月13日，我们还在杭州白马湖召开了国家艺术基金网络文艺人才培养结业研讨会，围绕网络文艺的类型发展与艺术批评进行了深入研讨。研讨会邀请了浙江省网络作家协会常务副主席夏烈、《芈月传》作者蒋胜男、同济大学文化产业系副主任夏洁秋、著名网络文学作家天使奥斯卡以及中国传媒大学文化产业管理学院院长范周出席评议。参与项目的学员们针对“网络文学”“网剧与网综”“网络视听艺术”以及“网络文艺理论与实践”四个主题进行了详细汇报。与会专家高度赞赏国家艺术基金开创性地以网络文艺批评为主题举办培训班，肯定学员在半年的时间创作的丰硕成果，认为本次培训的开展将大力促进我国网络文艺的健康发展和网络文艺批评人才的成长。

这些培训、调研、研讨和写作的成果，汇聚成为这套“中国网络文艺批评丛书”。丛书包括《互联网电视导论》《网络剧与网络综艺批评》《网络视听艺术批评》《网络文学批评》和《网络文艺批评理论与实践》五本书，它呈现了参与本项目所有老师和学员们的思考、智慧和努力，其中张含、王珺、桫椤和韩少玄还分别负责了《网络剧与网络综艺批评》《网络视听艺术批评》《网络文学批评》《网络文艺批评理论与实践》这几本书的统稿，付出了许多时间和精力。丛书以网络文艺各种类型为研究对象，第一次深入全面探讨网络文艺的性质和特点及其发生、发展的规律。丛书将成为厘清网络文艺相关概念，激发网络文艺的创作活力，引领网络文艺发展方向，弘扬新时期社会主义文化发展的系列重要理论著作。

王青亦

2018 年 11 月